空杯集

胡竹峰・著

目次

輯三 履痕

輯四 風物

前言

張宗子

中國畫中有一類，後人稱作文人畫。區別於其他畫家，特別是宮廷畫家之作的，在於其作者是傳統士大夫，或曰文人，即知識份子。文人畫的特徵是表現了文人的情趣，往深一點說，它是知識份子思想感情的體現，其中不乏高遠的寄託。因此，在文人畫裏，技巧和題材不是最重要的，重要的是技巧所服務的目的，和題材被處理的方式。畫匠筆下的牡丹只是一株牡丹，題上字，或可美其名曰「花開富貴」，但在文人那裏，同樣妍麗的牡丹，還有富貴之外的意思，就如歐陽修的詞，「直須看盡洛城花，始共春風容易別」，這句尋常告別的話，王國維卻要展讀再三，贊其「於豪放中，有沈著之致，所以尤高」。倪雲林的山水，疏淡平遠，畫面清爽，但又豈止是疏淡平遠而已。

同理，中國的散文中，也有一類，或可稱為文人散文。情之所趨，味之所嗜，志向之所存，與文人畫異曲同工。近幾十年來，這種曾經蔚為主流，既自然又親切的散文，已經很少見到。見到的，多是荒唐無稽的「載道」之鴻文，或嘤嘤如草蟲之鳴的無病呻吟。讀竹峰的散文於炎日，腦子裏閃過的念頭，便是文人散文的回歸。或者可以說，竹峰的散文，走的便是文人散文的路子。

事實上，竹峰在文章裏不止一次強調過他讀書和寫作者的身份，有時徑以「文人」自命，儘管語氣中夾著一絲諧謔的味道。這種強調，從單純為文的角度，似有累贅之嫌，但它正說明了對身份的自覺，而身份決定了一個人觀察事物的立場和思考的基點。竹峰的文字裏有著和他的年齡不相稱的成熟，偶爾流露的青春的傷感，因為浸潤在古色古香的句子裏，染上了禪榻茶煙的蒼茫，而他就世情和風物生發的感慨，則彷彿韓偓「歸來兼恐海生桑」的沉鬱。這種印象的造成，固然是喜好所決定，同時也是身份自覺的必然結果。

對他而言，寫作不僅是談人說物和破愁解悶的必要，更重要的，寫作是人對他所存身的世界的回應，包括讚美和感激，也包括鄙夷和反抗。套用笛卡爾的話，寫作乃是寫作者存在的方式，甚至就是存在本身。在一篇飲食專欄短文中，竹峰曾經拿食物的口味比喻他喜歡的一些作家：魯迅是陳年老酒，張中行是山藥粥，廢名如涼拌海蜇，知堂小品則似微澀而「口感清遠的」的竹筍。最後說到自己：「大抵算小蘿蔔吧」，雖然「不能果腹」，「倒也脆生生，甜絲絲的。」

自比為「茶餘飯後」隨時可「咬下半截」一清口腹的小蘿蔔，自謙之外，還有自許。小蘿蔔的可愛，體現在簡單隨意。好文章給人帶來情緒和智慧的雙重愉悅，有助於提高精神生活的品質，在一個世事混亂的時代，尤其如此。作為讀者，他這樣要求別人；身為作者，也如此自勉。對於他，閱讀和寫作都成了一種渴求，那種急迫感是一個年輕人身上很少見到的。急迫，不是因為日暮途遠，而是希望走得更遠，從一開始就提醒自己，我們所求的，所滿足的，不是尋常的抵達，因此，哪怕還只是旭日初升，也要惕然惶然，疾步如飛。在《手跋》的開頭，他這樣描述自己的生活：「我喜歡過自己喜歡的日子，讀點書，寫點字，熬熬夜，燒幾道菜，煲一缽湯。一個人不可以選擇生，但可以選擇活。」君子不遠庖廚，不遠我是做到了，但談不上喜，更夠不上工。竹峰卻是浸淫其中，大得其趣。這從他談飲食的文字中便能看出。我曾經對此很好奇，一個人闖蕩異鄉，燒菜做飯也許是生活的必需。現在看來，並非如此。烹調近於道，也是藝。情有所鍾，則與讀書作文無異。關鍵是迷，是嗜，能沉迷酷嗜，才見出趣味，才能有所得，有所成。

人皆有其精神世界。如今讀書，我更關注的，便是書後之人的精神生活。在竹峰的書裏，我們看到他隨時隨地提到讀書，讀書構成他生活，亦即精神世界的核心部分：「桂花開了，氣息馥郁，不願做事，只想讀書，坐在空蕩蕩的辦公室閒讀。」（《雨邊書》）「這幾天春寒微涼，廚房裏倒暖和些，可以伴火讀書。」（《筍乾及其他》）「我沉迷讀書，津津有味地沉迷於文字，無可自拔。」（《遲了》）那麼寫作呢？「寡淡的天氣，總覺得該寫點什麼。寫作是對寂寞的排遣。」（《青瓦雜抄》）還有從反面說的：「週末無事，不想作文，懶得讀書。」（《蔬筍氣》）在《遲了》一文中，竹峰感歎自己百無一用，做不了農民，做不了工人，當不了官，也經不了商，只好「淪為文人」，但「好在做文人簡單，讀書就是。」在一篇充滿勃鬱不平之氣的文章中，我們還是讀到了這樣暢快的文字：「近來狂覽圖書，以致文氣勃發，寫了一篇又一篇，頗有語不驚人死不休之意。」

回到文人散文，我願意再補充一點，而且是至關重要的一點：文字之所出，必與趣味和志向相關，是獨立思考的結果，價值判斷超越功利，絕不媚俗和屈服於任何勢力。文人散文歸根結底，便是誠而不偽。什麼是偽？故意往大題材上靠，沒有卻作態往所謂歷史和思想深度上寫，虛構情感，違心表態，拔高主題，就是最大的偽。竹峰寫讀書，寫聽戲，寫觀畫，寫山水草木，寫市井人情，寫童年經歷，寫自己的喜怒哀樂，很私人，很細碎，卻不為情造文，更不會一寫到中秋就要思鄉愛國，坐一趟飛機出國便是流浪天涯，靠近視窗發一陣呆又變成了思考如何存在。竹峰的文字有擬古之處，所思所感卻出自己心。

對於散文寫作，竹峰有求純粹的傾向。散文本是最寬泛的文體，詩歌、戲劇和小說之外的所有文字，盡可包納其中。但竹峰所取，在散文最狹義的範圍，即一定長度的敘事、描寫、抒情和言志的文字。這也是最本真的散文，是一個無法精確的定義中最明晰的部分。好在形式並不意味著局限，從唐宋古文家的大文，到歷代的精緻小品，從先秦諸子，到日本的隨筆，竹峰轉益多師，但從根本上來講，他是立足於中國傳統文化的，這從書中很多文章的標題也能看得出來。

竹峰在《手跋》中說：「在我眼裏，《莊子》是最好的散文，《尚書》是最好的隨筆。」初讀此言，我是很驚訝的。《尚書》向稱古奧難懂，連韓愈都說「周誥殷盤，佶屈聱牙」，而竹峰自述，他夜宿朋友家，深宵無事，「在枕畔讀《尚書》，如孤闖大澤，滿眼霧靄，找不到方向了，但心中分明有一股浩浩之氣。」這樣的閱讀經驗，這樣的感悟，使我們不免對竹峰的文字，有了更多的信任。

二〇一〇年八月二十三日，紐約。

序　貓蝶之年

車前子

我讀書有個惡習，喜歡從後面往前讀，像一個人突然「貓蝶之年」——這樣說還不貼切；像一個人生下就八九十歲，他要憑空回憶八九十歲前的生涯。我覺得這樣讀書幾乎就是杜撰，只是我深感樂趣——讀書無非一種樂趣，尤其在當代，既不會有黃金屋，也不會「有顏如玉」；但我懷念書中自有黃金屋和書中自有顏如玉的前世。

從後面往前讀，彷彿先到了絕處，然後估摸著絕處逢生。於是這樂趣，讀勞倫斯·布洛克，讀奧希茲女男爵，讀島田莊司，讀安伯托·埃柯，讀小說，自然要打些折扣，「石出」明擺那裏了，再讓「水落」。也不一定。懸疑小說、推理小說，一言以蔽之，凡小說我皆認為是「惡作劇」，從後面往前讀，也是「惡作劇」，此消彼長耳。把「惡作劇」帶到詩與散文的閱讀之中，「乏惡可陳」，詩與散文無所謂——我讀詩，偶爾從最後一行讀起，能測到作者心氣，通天神狐齊天神猴難逃尾巴之厄，方覺也更覺神龍見首不見尾的博大精深——從第一行讀起，是給這一首詩一件一件穿衣服；從最後一行讀起，脫掉衣服，立地成佛，或者，仆地為鬼。讀散文，單篇的，我還沒從後面往前讀的體驗；至於散文集，我是一概從後面往前讀。我很喜歡看人寫後記。我最怕自己寫後記——寫後記之時，是寫作者最為孤獨之際，朋友們一哄而散，你卻不能一走了之，這是你的家，你得打掃：或許並不是孤獨，是倦意與煩。看人寫後記是作客，隨時都能一哄而散的。

一邊寫著，一邊看著，竹峰他給我發來《空杯集》的電子文檔，我用滑鼠一拉到底，找著後記。他前兩天發來的，這個後記我前兩天已經讀過，當時覺得不錯，現在複讀一遍，還是以為好的：

我以前沒出過集子。

這句突然的大白話裏有斬釘截鐵的感歎、門庭蕭瑟的詩意。「真的很好」。很好的一篇散文，就是很好的一個句子。

我這樣講，不是煉句的意思，也不是說一篇散文讀完了，讓人能用一句話概括。一個句子和一句話完全兩回事。我的意思是，一個句子是一篇散文的發力點，至於這個發力點在什麼位置，那是忽東忽西或無東無西的。比如「我以前沒出過集子」這句，就是作為後記的開頭，也是很好的。「我以前沒有出過集子」，自然段，空一行，再往下接，試試？試試發力點的位置，它有時候是群山中的空谷，它有時候是平原上的孤山，要緊的是，要把發力點看作「化書」一部——能把力都轉化為氣的，便是上乘。力也不見，只覺一片神氣。

很好的一篇散文，就是很好的一片神氣。

說到了氣。我以為好的散文家要有舊氣，要有厚氣……不讀書不行，光讀書也不行。在中國，若要做個不錯的散文家，我猜測的讀書方法是從魯迅、周作人開始，往明清讀，再往唐宋讀，這些都是長身體，讀到魏晉，方知氣的精深，讀到先秦，才解力的博大。我這樣說，隱約有我的偏見，我當然不認為文章愈古愈佳，從文章的角度看，先秦的文章用力過猛（莊子除外），只有魏晉人把力轉化為氣了，中國文章的美開始美得真正獨一無二。

關於竹峰的文章，收縮地說，很中國散文，我想說的是——不是用漢語寫作的都稱得上是中國散文的。在我看來，中國散文它要具備這兩點：山水韻，水墨味。我這樣說，並不指遊記與書畫記。大部分遊記與書畫記常常沒有山水韻和水墨味。我說的是中國散文的精神，是骨子。是骨子裏的故事。不是新聞，是故事。中國散文就是中國故事，故事裏有兩隻兔子，一隻兔子是山水韻，一隻兔子是水墨味——一片神氣山水韻，一片神氣水墨味，沒完沒了，無邊無際，虛室生白，吉祥止止。

不妨再說說氣。得氣之前，先要養力。古人真是我們很好的老師，他們擅長養力。他們能舉重一千斤，偏偏只舉五百斤，王羲之了得，只舉個四兩，偏偏又不想撥千斤。至於今人——就我手無縛雞之力的，還敢「鼎力相助」，超出自己「能力」，不免傷了「和氣」。

這幾年，我「鼎力相助」，給朋友們寫了一些序，「和氣」好像還沒傷，因為朋友們包容了我的亂寫一氣。

是為序。

序後再來個題解：「貓蝶之年」。以前看到祝壽的畫，款識「某某大人八十壽辰」，畫的既不是老壽星，也不是南山松，而是一隻生龍活虎的貓和兩枚手舞足蹈的蝴蝶，「耄耋圖」也。這裏面有童心。我讀竹峰散文，粗看老成了一點，與他年紀不對，細讀還是貓的淘氣蝴蝶的天真。淘氣天真是難得的天賦，也是易碎品，「小心輕放」吧。

二〇一〇年八月二十九日，上午，北京，目木樓頭。

輯一

舊影

空杯

茶喝完了，杯子也就空了。空的杯子放在桌子上，靜靜的，是等待，也是在回味，等待著下一次茶水的注入，回味那曾經充盈的茶香。

空杯是低眉內斂的，卻又目空一切，低眉內斂是它的一無所有，目空一切是因為有白手起家的資本吧。我想，只有凝視過空杯的人，才能感受握手充實的豐盈。相對而言，從前的杯子除了裝茶水、酒水之外基本就是開水了，現在空杯可以裝咖啡、飲料還有情慾。舊時的一份風雅換成今日的幾絲曖昧，空杯在想起古人的夜晚通體透明，空杯在想起古人的夜晚也滿懷惆悵。

徘徊在新與舊之間的空杯，一面是春風得意馬蹄疾，另一面則是落花流水春去也。人間多少事，欲說還休；空杯悄悄地把一切盡收杯底，付諸沉默。杯無言，時間深處的風輕輕吹過……

很多年前，我路過小城巷口的一家工藝店，發現貨架上擺滿了空杯，它們倒扣在木板上，在日光燈的照射下閃閃生輝，寂靜的光芒不無寂寞，但分明還有一份自負，一副底氣十足的勃勃雄心。

空杯空空如也，卻可以裝下整個天空；未來如黃河長江，滾滾而來，由它們在杯底翻騰擊浪吧。空杯在眼前神散意閒地散步，在唇邊摩挲，繞著桌子旋轉，杯子的四周兀自掛著水滴，晶瑩剔透像草上的露珠，又抑或是女人的眼淚？

淚水蒼涼呵，不說境況蒼涼，卻道天涼好個秋。樓，上不去了，電梯壞了，安全道裏堆滿垃圾，讓人欲走還休；還有什麼好說，去喝一杯茶吧，杯子是空的。

舊茶不去，新茶不來，這是禪宗的灑脫；舊茶雖已去，新茶尚未來，這是凡人的疑惑；一頭戀著舊滋味，一頭想著新感覺，這卻是空杯的姿態了。

空杯的姿態一心如洗，只剩空氣，你看不見的。看不見的何止空氣？人心亦復如是。打開燈，在白牆上，空杯投下疏淡的影子。影子只有在月色下才能搖曳生輝，古人醉心月下看美人，大抵也是為了嬌影婀娜的風情萬種吧。

古人呵，你們還有雅興嗎？與一幫古人喝茶，他們詩云子曰，我懵懵懂懂；我南腔北調，他們莫名其妙。不好意思，那就不再奉陪了，揮揮衣袖，我回到了我的時代，我帶走了我的空杯。

醒來，在桌子邊，在舊書旁，在午夜，睡眼惺忪，我看見頹廢的空杯一頭霧水，慌忙緊緊地握在手心。

空杯安穩的，很沉得住氣。空空的杯子，剛才也在桌子上做夢？是古時的幽夢，還是現世的浮夢？和文人賦詩唱詞，還是與俠客把酒言歡？昨夜的茶漬還在，紫的、烏的、黃的、醬的，空杯的壁沿像爬滿藤蔓的瓦屋。秋天的原野，藤蔓枯澀。枯澀的還有草書，草書是舊時風采，我看不到，也摸不著；那就吃一尾草魚，草魚也是往日的美味，如今已遙不可尋。草書遺失在唐宋明清，草魚遊曳在鄉下池塘，我向往，我懷念。

周末，去郊外採了一枝菊花，回家後，我將它插在空杯裏。空杯無色透明，菊花冷香撲鼻，花萼密密麻麻緊靠著，空杯收藏起那一抹來自東晉的清逸。誰道空杯無我？我說空杯有心。

蔬筍氣

週末無事，不想作文，懶得讀書，就歇著。躺在陽台的椅子上，看遠方的女人，看遠方的樹。到了我這年紀，說來真是悲哀，許多東西只能作壁上觀了。

樓頭的藍天像藏青大碗，倒扣著城市。百無聊賴，無所事事，又忍不住翻開了閒書。宋人趙與虤《娛書堂詩話》記：

> 僧志南能詩，朱文公嘗跋其卷云「南詩清麗有餘，格力閒暇，無蔬筍氣。」

我將這句話拆開來讀，所以「蔬筍氣」三字甫一入眼，頓覺清氣上行，肺腑一清。這風雅且帶著山野情懷的三個字，從一本泛黃的古書裏，與我邂逅相遇，讓人恍惚間彷彿觸摸到了宋人的體溫。蔬菜與筍的味道交織在一起，它們散發的氣息讓我不能自持。

蔬筍氣的內涵，大約是指感情枯寂，境界寒儉之類，是特定的林下風流，我大有好感。不過我大有好感的，無關內在的境界，主要是語言組合之後的風味，我是喜歡望文生義的。

小時候，我和祖父祖母一起生活。每到夏天，他們常常抱著被子去後山的草棚裏睡覺，因為山凹裏種了很多玉米、豇豆、扁豆、青菜、還有紅薯。那時候動物猖獗，月黑風高夜，需要拿著竹梆不時敲上一通，嚇嚇它們。

「挨槍子的獾子哦，發瘟的野豬——來著老子就把你打死。」

祖父猛烈地敲著破臉盆，刺耳的金屬音在山邊嫋嫋，許久才歸於安靜。透過昏暗的天光，只見對面山脊有幾道黑影東躲西竄，不知是獾子在逃跑，還是野豬潛伏了下來。

這時候，我總是格外興奮，在沉沉的夜色中睜大眼睛，下弦月慢慢從山嘴邊升起來，一些樹木花草的剪影朦朧浮現。濃烈的植物氣息撲鼻而來，野花的香，蔬菜的香，還有玉米禾子的青氣，各種味道擁擠著飄進草棚，頭頂、枕畔，到處是大自然的氣息。我輕輕地呼吸著，一縷鋒利的涼意從鼻到肺，刺入體內，顯得乾淨美好。

那是種青春的氣息，屬於夏天的青春氣息。

到了秋天，這種氣息變得濃厚而富足。一顆顆碩大的白菜，一塊塊碧綠的蘿蔔，一簇簇雜生的大蒜，紫茄子、紅辣椒、青葫蘆、黃南瓜，它們的味道肆意漂浮。尤其在炊煙嫋嫋的傍晚或秋風清涼的清晨，打開窗子就可以聞到蔬菜成熟的氣息，那是來自時間深處的奇香，在隱約之間，利於輕嗅，不宜猛吸。

宋人方嶽寫過一首《熙春台用戴式之韻》的七言，詩是應酬之作，寫得一般，不過「有蔬筍氣詩逾好，無綺羅人山更幽」一句很好。當時主流文壇認為蔬筍氣下里巴人，譬如朱文公就表揚僧志南的詩無蔬筍氣，方嶽敢於反其道而行，甚有見地。在我看來，藝術需要標新立異，不能人云亦云。就連大師如齊白石者，若不是「衰年變法」，其境界也要大打折扣。

變法後的齊白石，徹底確定了與眾不同的藝術面貌，筆下的瓜果蔬菜，天趣盎然。他畫白菜，肥大、嫩白、脆綠，畫面新鮮水靈、生機盎然。六十三歲有手跋道：余有友人嘗謂曰：「吾欲畫菜，苦不得君所畫之似，何也？」余曰：「通身無蔬筍氣，但苦於欲似余，何能到。」

前些時，有位留洋哲學博士批評我的寫作沒有意義，一點價值都沒有，完全可有可無。唐人劉叉曰：作詩無知音，作不如不作。作不如不作，意思很好，但作詩不一定要有知音，就像散文不一定要懂得，不一定要有意義、有價值。

讀書近二十年，也寫了很多年，越發覺得手重腳輕。散文於我而言，是一次次對文字氣息的感知。我希望我的文章有錦繡氣、有金石氣、有玉磬氣，我更希望有蔬筍氣。

身前是樹影，身後有青山，繁星耀眼，月在西邊。竹林深處，春筍節節高，撐破一片藍天；水稻田裏，一隻青蛙鼓腹而鳴，忽長，忽短，忽急，忽緩……

瓜下

如果是鄉下，吃完晚飯，夏天，一定要坐在瓜下乘涼的。瓜是半生不熟的南瓜，或大或小，青兜兜，綠油油，光滑滑，明晃晃，懸在頭頂，黃褐色的瓜臍像小男孩調皮的肚臍眼，讓人忍不住想摸一下。但不敢摸的，摸了祖母要罵人，說把南瓜摸死了。後來讀《愛蓮說》，見「可遠觀而不可褻玩焉」一句，不自禁想到了南瓜，其實南瓜也有風骨的。

立秋後，南瓜漸漸老了，由青轉黃，遠遠望去，像燈籠，又儼然碩大的橘子，滿院掛著，找得瘦一點的桃樹只好俯首甘為孺子牛。這時的南瓜，做飯或者熬粥皆是佳品，不用放糖，也有絲絲甜味在唇齒間迴旋，還有一股清香在鼻底縈迴。南瓜營養豐富，頗具保健功能，《滇南本草》說它味甘無毒，性溫，入脾胃二經，能潤肺益氣，化痰排膿，驅蟲解毒，治咳止喘，療肺癰與便秘，並有利尿、美容等作用。是以北來之後，在菜市場見了南瓜，隔三差五總要買一個回來。

我小來就喜歡南瓜，味覺的質樸與嗅覺的清新，時至今日，猶自覺得是莫大的享受。祖父曾告訴我一個故事：某少年很聰明，家貧，上不起學。聽說杭州有個叫丁敬身的，學問了得，人品高尚，想拜他為師，於是背了幾個大南瓜送到丁府。大家一看都樂了，說你這束脩也太寒磣了吧？丁敬身卻很高興，一點都不嫌棄，當場剖開南瓜熬了一大鍋粥招待他，並且留在館裏讀書。

這樣的故事活色生香，儘管少年後來金榜題目、飛黃騰達了，但我更喜歡他出道時背南瓜求學的行為，有種淳樸的氣息，丁敬身的所作所為，極富人情味，令人感動。閒話按下不表，單寫《瓜下》文章。

清人省三子《躋春台》一書，記有托東瓜喜結良緣一事。書中寫道：「路生洗澡出來，見東瓜下立著一人，細看才是土地廟後那個乞女。」路生之母遂將其領回家中，一番收拾，但見乞女「眉彎新月映春山，秋水澄清玉筍尖。櫻桃小口芙蓉面，紅裙下罩小金蓮。」路生樂不自禁，當下二人結為夫婦。自此之後，我每每在瓜下靜坐，想起以瓜為媒的百年好合，不由多了幾分遐思。雖彼瓜非此瓜，好在不管東瓜南瓜，總勝過傻瓜。

聽說馮其庸老先生也是個愛瓜之人，其書齋居然號曰瓜飯樓，頗有舊夫子的癡氣。在我看來，瓜飯是充滿人間煙火的物質需求，瓜下是洋溢世外風情的精神享受。

瓜下真好，看蝴蝶蹁躚，聽鳴蟬聒噪。在老家生活時，我經常在瓜下鋪一張涼席，找本書閒翻。山風拂面，草木莊稼的氣息彌漫四周，左手翻書，右手搖扇，累了就合眼小睡，睡醒後，從古井裏吊出浸泡的西瓜，剖開隱隱做布帛撕裂之聲，觸手一股清泉的涼氣從指間侵入肺腑，一家大小哄搶而淨，體內的暑氣弭消於無形。

太陽西斜時，陸續還有兩三個鄰居來串門，煮茶閒語瀾晚霞，南瓜架下話桑麻，比城裏咖啡店中三五知己的閒聊更為自在。如果是月朗星稀的夜晚，在瓜下遙觀螢火，一杯溫茶，泡在小壺中，抿一口再抿一口，毛孔都鬆開了，索性脫掉衣服，在涼床上精光地打滾，大花貓匍在身邊打呼鼾，小狗在院子裏嬉鬧，這是獨屬鄉居最大的清福。

如今守著寂寞的秋夜，稍憶舊事，就好似在心際下了一簾纖雨，雖遠離故土，亦不覺淒苦無聊。

刀馬旦

一個女人，在舞臺中央周旋，顧盼自若、抬刀帶馬，周遭的人仆地又起來，起來又仆地了。大紅地毯鋪在樓板上，腳步踏過，如風行水上，輕盈且飄逸。萬種風情，千般滋味，像流水一樣淌進雙眼。

她是京戲裏的刀馬旦。

我一直想：刀馬旦者，也不外乎人生如戲。而人生如戲，不就是大夢一場麼？曾取過一個筆名叫刀馬旦，我喜歡這三個字的排列，它們組合一起有種斑駁之美，像月下美人，也像正午樹影。美人翩翩起舞，樹影搖曳婆娑，這些，如今已不大能見到了。美人住在寫字樓裏，成了白領，早就沒有月下起舞的閒心，樹被砍倒了，樹之不存，影將安在？只留下寂寞的人在空山徘徊。於是我就讓「刀馬旦」的筆名附在文章的標題上，權當是舊時風月的一種再現。

我是迷戀舊的，因為有懷舊的情緒；我也憧憬新的，因為有年輕的身體，同時還傾慕風月，畢竟我男人之軀裏深藏著一顆好色之心，好對文字假以辭色。

好對文字假以辭色，那是文人；好對美女假以辭色，那是情種。在這個時代，文人絕蹟，情種橫行。如果恰逢情的種子落在文人的心髒，開出一朵絢爛之花，形成文字，便具有汪洋肆意的大美了。大美不言，大音希聲，豈不見刀馬旦在靜立時兀自有種氣勢，一身豪壯還是滿懷滄桑？疲乏抑或無奈？總之，在我眼裏，她那有點男子氣的女兒身是點綴沙場的一抹緋紅。

每次寫出「刀馬旦」三個字時，總感覺有兵氣盈紙。兵在秦漢，如霸王別姬的無奈；氣在宋遼，像楊門女將的颯爽。須臾，一切走遠，水落石出，歷史退回去，蜷縮在一個我們觸摸不到的暗角，只剩下刀馬旦在舞臺中央，嘴裏念著說著，背後斑斕的錦雞長毛，如三月桃花般豔麗。

桃花開在枝頭，而刀馬旦卻浸在銅鑼與皮鼓裏，或者是台下的叫好中。瀟灑地甩著衣袖，丹鳳眼斜挑，柳葉眉輕揚，紅唇粉臉裏裝有說不盡的金戈鐵馬，大靠戲服中藏著看不完的刀光劍影。花槍的紅纓抖落成一團團紅霞，翻滾、潑辣、凌厲，讓人在凝視的時候，多了許多鮮活的神秘。

凝視幹嘛？為了看舞臺刀馬旦的身影啊。嗑瓜子、吸紙煙、吃糖果——華麗明亮的唱腔隱約傳來，有點熱鬧喧囂，也有些清寂空靈。我懷念那樣的氛圍，屬於現世的歡樂，身在其中，讓人滿心透出歡喜。

刀，只有和馬在一起時才能金戈鐵馬，元帥生涯的。刀的刃口，馬的鐵蹄，是一部真實的歷史，也是一段跌宕的傳奇。任何歷史都能演義成傳奇，但沒有傳奇能變成歷史。歷史是高頭典籍的黑字，只能說一不二；傳奇是市井小民的談資，可以任意發揮。不過，隨著時光之水的一泄千里，傳奇和歷史漸漸合攏為後世舞臺的一場好戲，它們交織著邂逅在刀馬旦身上，國恨家仇煙消雲散，只有俠的風範、士的悲壯，代代相傳。

精彩舞臺上，鑼鼓喧聲高，刀馬旦美豔登場，給刀寒劍冷的故事塗上了一層瑰麗的暖色。台下好聲如潮，窗外暗夜似墨，一個末世王朝的背影，一個女俠堅定的眼神，在燈光下恍成一曲高歌，只是這一切都不能當真。舞臺戲劇畢竟算不得現實人生啊，只能當作消遣，惟有當作消遣，戲劇才有隔簾花影的雅韻。

所謂雅韻者也，逃不開一趣字。刀和馬的關係的確有趣，刀客與馬賊，刀是靜的，馬是動的，刀客靜若處子是大俠，馬賊動如脫兔乃強盜。

大俠和強盜都過去了，現在只有小偷與贓官。時過境遷，刀馬旦的筆名，我早已棄之不用，成為寫作人生的一截如戲插曲。插曲的刀馬旦是過場的刀馬旦、回憶的刀馬旦、幻覺的刀馬旦，也是不復存在的刀馬旦。她貼在少年時的木窗上，粉墨登場，微笑著，豪情著，悲壯著。京胡、月琴、弦子、單皮鼓、大鑼、小鑼，交織如雨，一切悄悄謝幕……

青衣

倘若說童謠是少年，流行音樂是青年，那京劇應該就是中年。一個人在青年時，如果能體會到京劇之美，大抵上已有近中年的心態了。心態近中年，寫來慟人，想起傷心。城市米貴、肉貴、蔬菜貴，天髒、地髒、空氣髒，不能說居之不易，而可謂舉步維艱。居之不易是唐朝的都城，舉步維艱乃今天的省會。去看看戲吧，看戲能抒懷，尤其是看江邊哭祭的孫尚香，看苦守寒窯的王寶釧。坐在劇院裏，舞臺的悲切沖淡了現實的疲乏，戲曲的力量也就噴薄而出。

在京劇的舞臺上，悲切的通常是青衣，多好的一個名字，像隻輕靈的小鳥，像片飄浮的白雲。「青衣」二字，柔嫩嫩地喚出來，發音輕得不能再輕，捨不得似的緩緩道來。

每當她們著一身青素褶子裙出場時，我總會想起西晉孝懷帝的故事，他被劉聰所俘，宴會時身穿青衣給賓客斟酒，遭人擺布，受盡侮辱。山河破碎幾多恨，青衣行酒皆是愁。舞臺上許多青衣的身世也與此差不離，被命運捉弄，燃盡生命之燈，最後只剩淺淺的一窩淚水。

看戲樓風冷，油燈下，青衣身影修長；聽京胡蒼涼，舞臺上，女聲腔調疏朗。

古往今來，無論英雄好漢，帝王將相，才子佳人，大約都逃不出「戲」的命運。人生如戲，戲如人生，戲裏戲外都在演繹世態的酸甜苦辣。

忘不了許多年前的那個晚上，在暗淡的客堂裏，我一個人寂寞地獨坐深夜。黑白電視機的圖像於眼前閃動，虛無在雪花點裏，有個女人在其間走著，咿咿呀呀唱著什麼，雖不能盡懂，但心裏可以體會那悲切的劇情。

我常常想：有些戲其實不需要聽懂，就像有些人不需要理解，有些寫作不需要知音。在某種程度上，看戲、唱和、寫作，無非都是對時間的打發，都是柴米油鹽之外的風花雪月。柴米油鹽是物質生活，可以大家分享，風花雪月是精神需求，只能獨自品嚐。

我曾經看過一場好戲。北京抑或天津，搞不清了。只記得是個冬天，太陽慢慢向西天斜斜歸隱，吊著宮燈的劇場，漸漸昏黃，是蠟黃、焦黃、枯黃，像老南瓜的顏色，又像橘子的陳皮。屋內似乎漂浮著什麼，觀眾不多，很有秩序，開場前的小劇場安靜得讓我不敢說話。

不知靜坐了多久，驀然，清越的京胡聲劈面響起，鑼鼓鏗鏘。她，一襲花邊的青衫褶子裙，甩著長白色水袖，站在幕布後面，凝視著琴師，流水般唱出「一霎時頓覺得身軀寒冷，沒來由一陣陣撲鼻風腥。那不是草間人饑烏坐等，還留著一條兒青布衣巾，見殘骸盡裏著模糊血印……」唱腔婉轉溫柔，細而慢，彷彿是從遠方迤邐而至的溪水。緩步出來，目光迷離，像是踩著雲端走向前台的。

千般柔媚，萬種風情，讓人忘了塵事，換了心腸。時間猛地靜止了，空氣凝滯，連揮手、眨眼這樣的小動作也變得黏稠。回響在劇場裏的聲音，像陰雨天車窗玻璃上的漫漫水簾，有種魔力，撩撥著我的心神。穩坐在椅子上，感覺卻有假象的移動，似乎穿行在古時迷宮中，或者蘇州園林裏，走一步是山色蔥蘢，退一步有湖水清清。是在牡丹亭中流連，還是西廂房內望月？桃花扇底是誰醒了春夢？恍惚、迷幻，一切歸於虛空。

蘭花指幽雅，蓮花步細碎，繡花鞋精致，水袖生風，蛾眉微蹙，回眸一笑，舒緩，動人，不急不躁，像寒霜下的三秋老樹，又頗似冷月下的二月新花。火氣褪盡了，一股清涼敦實迎面而來。

青衣舞動著身子，一個穿越時空的幽魂，在眼前盛開。

丑

感冒了，情緒不高，懶得說話，懶得讀書，懶得寫字，懶得只剩下惰了，此時只想去看一場戲。

身陷江湖的泥沼，從懂得芻豢口欲之味到體會出耳目聲色之好，已是摸爬滾打十幾年之後。過去相當長時間，我不喜歡戲曲，確切說，是不喜歡那種唱腔表演和舞臺形式。總感覺少了生氣，不夠刺激，冗長得不知所云。

現在年歲漸長，我體會出：不管是京戲還是崑曲，豫劇或者越劇，其間皆有種柔和的情調。這種情調契合精神的需求，隨著劇情的進展，能裹挾著一個人忘記柴米油鹽的現實，在藝術的撫摸下獲得內心的安慰，人戲滲透，達到天衣無縫地融合。

戲劇是修養，修養到了，妙不可言。

而隨之登場的丑角，更是給舞臺增添了一抹明亮的色彩。插科打諢，嬉笑怒罵，極盡逗樂之能事。我是喜歡丑角的，感覺親切。

丑角是氛圍，氛圍有了，樂不可支。

沒辦法不那麼有趣的，好戲都被別人演完了，風光都被人家占盡了，丑只得以身體表情為技法遊戲人間，油腔滑調，遊手好閒，油頭粉面。連站姿都是雙腿彎曲著，既然沒有唱詞，那就手、眼、身、步齊用，好博大家一笑。

生命由哭向笑，由笑轉鬧，由鬧變得無所顧忌，悲中亦能取樂，徹底勘破冷嘲與熱諷，這是人生的大境界。

丑，是雅俗共賞的核心與台柱。不關乎玄宗皇帝的玩票，也並非劇團團長的身份，關鍵是自身的表演，遊刃有餘的打鬧，在舞臺上橫戳出一道邪姿，獨步梨園。

有道是竹外一枝斜更好，儘管不是仙風道骨的神聖，不是一身肅容的高官，不是娉婷婀娜的仕女，但丑以調皮搗蛋的個性魅力與淋漓盡致的出格，營造出良善美好的氣氛，讓眾人為之矚目，是以京劇中才有無丑不成戲一說。

戲劇風雅，丑角瘋雅，真是瘋雅的，瘋中帶雅，雅中帶瘋。我認為，丑一色，凝聚了中國文化對生命的態度。人生在世，難免遭遇不快，需要調侃與自嘲來放鬆繃緊的神經，這時，丑才應運而生。他用誇張的形式表現著無奈失意，辛酸卑微，卻讓人能感受其內心的剛毅與豁達，從某種程度上說，丑更接近老莊的無為，不過無為中藏著有為。

丑不是瘋就是癲，不是癡就是狂，我把他看做是頓悟後的得道。蟒袍寬幅，敦厚儒雅，疾惡如仇，儘管也有現實之外的親切，但到底還是瘋癲癡狂更為過癮。丑是大餐裏的猛料，膏腴中的素食。把戲演得又老又醜，談何容易，那些看似輕鬆的噱頭，骨子裏何其沉重。

也許是農業文明之故，華夏文化對季節有種特殊的敏感，梨園也同樣如此，雖然劇種紛呈、風格萬千，從季節入手，卻可以把它們分出個子丑寅卯。如今，不少劇種的「末」行已歸入「生」行，生、旦、淨、丑通常已作為戲劇的四種基本類型。春夏秋冬，生旦末丑，春天是旦，夏天是丑，秋天是末，冬天是生，四種面孔，四季天氣，截然不同。

如果把旦認做嫻靜，生則是儒雅，末老成持重，丑花裏胡哨。丑的表演，脫下了一身束縛，變得隨心所欲，輕視趣味者，是入不了法門的。

但凡好戲，內容絕不會一成不變。她是豐富的，一會兒書香世代，一會兒耕種傳家；一會兒寒窗苦讀，一會兒金榜題名；一會兒金縷玉衣，一會兒布衫襤褸；一會兒金戈鐵馬，一會兒歌舞升平；一會兒斯文幽雅，一會兒笑料百出。為了皆大歡喜，舞臺上離不開丑角熱鬧的一筆揮灑啊。

有一天，我看見白鼻子的丑從樓台一躍而下，也不卸妝，穿著戲服走街過巷，來到三岔口的酒樓，瀟灑地高聲對老板說：拿酒來。

花臉

最可憶，聽戲的時光；最難忘，唱詞的疏朗。

冬天，穿著大棉襖，坐在露天劇場，一抹帽子，濕津津一頭霧水，那番景像，此去經年，記憶猶新。夏天，驟雨初歇，稻花香中蛙鳴陣陣，戲文像水浸過一般，帶著濕潤的氣息，淌進台下人的眼眸。

那時並不懂戲，不過無礙我的著迷。台上演著《七雄鬧花燈》，花臉張開嘴，舌頭在口中攪動，發出哇呀呀的聲音，如佛門獅子吼，悠長起伏，層次分明，加之擰眉立目，端的神定氣足。

戲曲小劇場，人生大舞臺。婉約佳人，濟世儒士，跳樑小丑，誤國蟊賊，風塵奇俠，你方唱罷我登場。一曲戲，基本將芸芸眾生的人間況味概括得大差不差了。生旦淨末丑，酸甜苦辣鹹。老生的髯口安閒沉穩，青衣的戲服楚楚動人，丑角的扮相滑稽調笑，武旦的花槍凌厲潑辣，花臉的面妝粗獷混雄，實可使濁氣下降，清氣上升，回味悠長……

花臉是淨角通俗的說法。面部明明塗抹得青一塊，紫一塊，白一塊，紅一塊，黑一塊，綠一塊，卻偏偏稱之為淨，頗有些惡作劇的幽默。「淨角」像內藏機鋒的禪語，「花臉」是直來直去的白話。將禪語還給佛門，把白話留在人間。

我喜歡花與臉二字的組合，花開於臉，臉上開花，這本身就夠引人側目了。我想起幼年的玩耍，幾個頑童，在泥巴田裏打鬧，或者鑽進涵洞躲迷藏，不知不覺就弄花了臉。

如果說旦讓人迷戀，丑使人親近，生就是我們身邊人，他的演出和活生生的現實很接近，只有花臉是不折不扣的舞臺表演。隨便是誰買個花臉面具戴著，便有了戲曲的熱鬧與喜慶。

花臉的臉譜是五彩斑斕的，黑臉、老臉、奸白臉、銅錘花臉、架子花臉，一張花臉，就是一曲好戲啊。勇猛膽大，老奸巨猾，詼諧純真，剛直不阿，通過顏色，通過線條，基本可以讓人區分開來。我藏過一些臉譜標本，獨特的圖案和濃烈的色彩，成為書櫥一道亮麗的風景。偶爾取出來戴上，儼然踏上絢爛的舞臺，耳畔鑼鼓喧天。

臉譜是門高深的藝術，以紅黃藍三原色，描眉畫臉，往小裏講，是門技術活，朝大處說，這張臉不僅代表了一種角色，一種性格，更暗扣了人物的命運，張飛的豪放，李逵的魯莽，胡大海的憨厚，盡在臉上。而且戲裏的複雜詭秘與戲外的跌宕起伏，都能通過臉譜體現出來，令人傾倒。

少年時，我在村裏的廟會上扮演猖神，畫過一次花臉。後來發現晉劇，秦腔，豫劇中也有花臉，幾乎所有劇種都有花臉，不過我最喜歡的還是京劇花臉，覺得有更濃的韻味。京劇花臉是最成熟的花臉，鮮豔不失溫和，著色熾熱明麗，線條神彩飛揚，有些男人女性化的味道，吸收了旦角的嫵媚，保持了淨行的壯美，一方面陰陽交際，一方面陽盛陰衰。

少年聽戲，是湊熱鬧，懵懂無知，自然談不上什麼體會。青年聽戲，是尋樂趣，情有餘而閒不足，於梨行到底隔了一層。中年聽戲，是品人生，情可濃可淡，味似寡猶鮮，心底添了閒情，戲便聽得真切。到了老年，該經歷的都經歷了，沒經歷的靜候其來，戲，更多成了口頭的一道談資。常不捨，那逝去的歲月；常思量，是當年的戲場。離散會越來越近了，月亮越來越亮，夜色被

品戲

對面樓臺的罎罎罐罐，載滿了花花草草。遠遠望去，分不清是什麼品種。不過房東在樓頂種的絲瓜倒看得清楚，黃花青藤，瓜蔓纏著竹架，很生活，很家常，不由讓人想起黃梅戲，何況此刻電腦裏正播放著嚴鳳英的視頻。

嚴鳳英的唱腔，像案頭清供。乾乾淨淨的玻璃瓶，透明晶亮，裝上淨水，裏面插一枝桂花，似開未開，細碎如繁星一樣的花蕾，香氣收斂而放肆，氤氳淡淡秋意。

能靜下心來聽戲，多少是有些成熟的表現吧。戲如陳酒，黃梅戲亦不例外，她是民間傢具上的雕花，鄉村農舍間的年畫，樸素，可人，有幾絲野趣。在童年時往往並不能領會她的底蘊與內涵，及至長大，染世漸深，直到有了戲夢人生的滄桑時，自然會從肺腑深處咂摸出一股來自舞臺的滋味。

我第一次聽黃梅戲，是在鎮上老街祠堂二樓的戲閣。兩塊錢的門票，在當時並不便宜，但觀眾依然很多，遠遠近近的村民都來了，鬧哄哄擠滿中堂庭院。一男一女在臺上咿呀呀唱著，幾個老太太輕輕地點頭相合，很陶醉的樣子。那次演的是什麼，現在想不起來了，不能忘記的是看戲人那一顆顆晃動的腦袋。我坐在母親的腿上，只覺得那戲沒完沒了，似斷又續，好不煩人，我完全被阻擋在熱鬧之外，不大一會就睡著了，旋即又被吵醒，索性溜出來和鎮上的孩子玩了一上午。

自那以後，在鄉下，每逢擺臺子唱戲，我都遠遠走開，遇到電視節目也迅速換台，心裏總感覺隔生得很。

這一隔就是二十年，再次相遇，是在前年春節。那天下著雪，我去姑媽家拜年，走在鄉間的小道上，猛地從路邊的老宅裏傳來黃梅調，一個輕妙的女聲嫋繞在風雪中，朗朗的，說不出的柔順，像輕泉流過山石，如清風吹拂耳畔，洗刷得心神一清，我忍不住停下來豎起耳朵聽了好久。那次無意的邂逅彷彿是冥冥註定的長相廝守，此後若是天氣不佳的日子，書讀厭了，字寫煩了，就守在影碟機邊，打發著飛雪連天、陰雨綿綿的岑寂時光。

當黃梅戲的聲音漸行漸近，以至繚繞在我周遭的時候，我終於明白，她帶來的山鄉清韻可以徹底淹沒城市的喧囂。

天南地北的戲劇有各式各樣的生長環境，水土不一，樣式迥異，真是一方水土育一方人，一方男女聽一方戲。如果說崑曲是精雕細琢的蘇菜，京劇則是五味雜陳的火鍋；如果說秦腔是粗獷飛揚的西關大漢，越劇是素面朝天的鄰家少婦，那黃梅戲就是布衣釵裙的小家處子。她一身秀氣朝我們款款走來，分明還散發著時間打磨不去的樸素。

說黃梅戲樸素，因為她徹頭徹尾是農閒時的消遣。誰家婚嫁喜慶，添子做壽，或者村裏辦廟會，正好手頭有些閒錢，便請戲班子來演上幾齣，在門前的稻田搭個台，鋪上紅地毯，就算是劇場了。開演時，鑼鼓高胡是主要樂器，三打七唱，高懸著擴音喇叭，唱起來自有一番富足的熱鬧。

每當那時，台下總是齊扎扎站滿人，大家嗑著瓜子，挑剔地看著，搞不好還會喝倒彩的，不要小瞧這幫泥巴腿子，他們耳朵精著呢。

臺上演員絲絲入扣地唱著，唱一樁往事，演一蹤舊痕，台下觀眾鴉雀無聲地聽著，聽一段花腔，看一曲好戲。情竇初開的眉目傳情過於含蓄，露水夫妻的男歡女愛才合口味，天宮水府的精怪神通真個刺激，仙女牛郎的相依相愛著實過癮。才子坎坷，佳人傾心，這些生來存在於想像中的故事真是唱不爛的老調呵，足已消解農事的苦乏。在庸碌的生活間隙追逐舞臺上寬衣緊袖的清麗背影，也算是鄉村人自有的一份風雅吧。說起來，誰都有一副浪漫的骨子呵。

現在，每次聽著黃梅戲，總感覺是一次超越時空的漫遊，可以借此撩開先民的真實面目，觸摸到舊時的涓涓月色，甚至能偷窺到古人的日常生活中。

如今許多戲班子都解散了，鄉下總也遇不見一回唱戲。好在電視機，影碟機，電腦之類已經普及，可以隨時隨地欣賞螢幕的演繹，儘管少了現場的親切，但多了視聽的享受。

我想最初流行在安慶的地方劇目，能在全省全國乃至全世界都有廣泛影響，其魅力正是她的韻味。她能讓人感受到山的清秀，河的婉約。她是田埂生長的蒿草，她是弄巷圍聚的涼扇，她是山鄉度夜的油燈，她是鍋灶碰撞的叮噹，她更是喜聞樂見的一齣傳奇。從晚清走來，人生百態是她的風景，柴米油鹽是她的主題，儘管只有不大一個舞臺，她卻輕鬆地掠過歷史的風蝕，生生不息，代代相傳，熠熠生輝。

樹上的鳥兒成雙對，綠水青山帶笑顏。水袖翻滾，蓮步如花，這是繽紛璀璨的舞臺藝術，也是如詩如畫的鄉居生活，讀出的是男女心事，聽見的是山歌水吟。

青瓦雜抄

寡淡的天氣，總覺得該寫點什麼。山雨欲來風滿樓，春雨欲來風滿袖。不知是天氣的緣故，還是原本心情就不太好，一絲落寞，幾點黯傷，揮之不去，越發覺得該寫點東西。寫作是對寂寞的排遣，寫作也是對心靈的慰藉，在藥價高漲的當下，我用文字給自己療傷。

一個人初嚐愛情，夜晚也就不寫作了，女人的柔情淹沒了寫作的慾望。可是今夜，我的女人在圍滿鐵絲網的樓上，她在單位值班。

病了嗎？莫名地感到寒冷，窗外細雨纏綿，玻璃霧濛濛的，像童年戴上祖父的老花鏡看東西，一切都暈暈忽忽。推窗一看，地面濕漉漉泛著白光。

一柄白玉如意，在手中把玩，漸漸摩挲出淡淡的溫情，淡得像黃紙上的水漬，幾近於無。玉真是個好東西，它是石之精靈，石精靈，帶著人的體溫，長此以往能修煉成仙女吧。

不過，清麗仙女生活在古代的神話中，只有飲食男女陪伴在今天的紅塵。

我看見陽台下的巷子裏有幾個撐傘的青年，男人要把女的抱散了，女人要把男的融化了。誰給我融化？時間，空間，太平間？天間，地間，焚屍間？

想到融化，想到生命。拿筆在稿紙上漫無邊際地畫著，一根線條，又一根線條，交錯了許多根線條。畫著畫著，碰翻了茶杯，水潑在桌面上，像小時候尿在床單的多邊形，稿紙濕了，浮現出一些文字，仔細看，是一個人的履歷：

一九八四年二月二十六日，他生，生於安慶鄉下的一棟民宅。

一九九四年，在下滸小學讀書，寫作業，踢足球，沒有憂愁。

二〇〇四年，吃大白菜，切馬鈴薯，開始嘗試冬泳，讀梁實秋。打工，從此成了行走在中原風中的男人。

二〇一四年，寫作；二〇二四年，寫作；二〇三四年，寫作……

二〇六四年二月二十六日，他死，死亡原因：不明；死亡地點：未知。從此開始了另一個世界的寫作。

為什麼要寫作，拯救靈魂？安慰身體？

小時候，去祖母家玩，要經過一大片樹林，有些恐怖，便高聲唱歌。我恐懼什麼？黑夜是一個泥沼，人生有一個陷阱，因為拒絕而記錄下一些文字，不管好壞，總是一個活生生動物存在的軌蹟，也權當是無聲歌唱的壯膽。

窗外的雨還在下，淅淅瀝瀝，小聲地。不時聽見水滴從屋頂下墜，想像著過程的瀟灑，掉在地上會濺起一點泥巴或者水花吧。下雨的日子，老想出去走走。然許多事情於我，大都發乎想而止乎想，有心無心，有膽無膽，平平常常，散散淡淡。

雨中的街心公園，住著神仙，高樓睡了，汽車繞著它跳舞。突兀打出這幾行字。前幾天寫了兩首詩，借了周作人的韻腳，現抄如下：

半是道家半墨家，斜穿布衣當袈裟。魑魅魍魎四小鬼，搖身一變美女蛇。
但寫文章少說話，前者西瓜後芝麻。半床詩書滿窗月，不聽風雨獨飲茶。

又：

神馳天下身在家，氈帽寬幅勝烏紗。閒人意趣窗前草，文者心事筆下蛇。
舊書半卷銷永日，南瓜架下話桑麻。笑談風流千古事，明朝早起摘新茶。

抄自己的文章不累，我經常抄抄自己的舊作，讀讀他人的新書。

漸漸地，我不再想入非非，情緒慢慢變暖，於是開始寫字，寫完，蓋上前些天文友谷卿小弟給我治的閒章「一盤散沙」。看著拙嫩的書法，我笑了，因為泄氣。

二〇〇九年四月十九日雨夜，在鄭州木禾居，寫自己情緒，彷彿夢囈，作一篇文字，通紙冥想。這些漢字應該雜抄在黑瓦上才有古意，才有神韻的，在信息時代，青瓦已是舊時風物，如今，連鄉下也不大能見到了。

車還空返，顧有悵然

車還空返，甚失所望，兼敘遠別悵恨之情，顧有悵然……

東漢詩人秦嘉與徐淑的來往信件見於《藝文類聚》，讀其《重報妻書》，兒女情長中有偉大的莊嚴，筆墨之間，情意綿軟，言之不盡，如梅堯臣論詩所說的含不盡之意，見於言外。秦嘉以從容舒緩之筆，敘談日常生活之事，抒寫夫妻離別之念，格外有情，情在日常中，還帶有淡薄的個人色澤。

顧有悵然，彷彿岑參《白雪歌送武判官歸京》「山回路轉不見君，雪上空留馬行處」的味道，抑揚頓挫，剛柔相濟。

間得此鏡，既明且好，形觀文彩，世所稀有，意甚愛之，故以相與。並致寶釵一雙，價值千金；龍虎組履一緉；好香四種，各一斤；素琴一張，常所自彈也。明鏡可以鑒形，寶釵可以耀首，芳香可以馥身去穢，麝香可以辟惡氣，素琴可以娛耳。

銅鏡幽幽，既明且好。設想在陽光明媚的早晨，屏風下的徐淑對鏡顧影，思念著遠在中原的郎君，拉開抽屜，有好香四種、寶釵一雙。窗外，天空蔚藍，上面飄滿白色的蒲公英，對鏡的徐淑一時滿懷惆悵。

我曾經把玩過一面銅鏡，那是塊古老的銅鏡，背面長滿銅綠，打量鏡中隱隱綽綽的身影，看自己的面容映在冰涼的鏡面上，連同前人的一笑一顰，落在裏面，一起沉到時間深處。鏡面蒼黃，鏡面滄桑，不禁想起這塊鏡子曾經重疊過的多少人影，男男女女、老老少少，一層層像紙一樣，疊壓在古鏡的底部。

> 既惠音令，兼賜諸物，厚顧殷勤，出於非望。

千里在望，不盡依依，疏簡寄情，言不盡思。不是秦嘉，亦非詩人，我也覺得徐淑的回信婉轉有致，婉轉有致中親切可人。

> 鏡有文彩之麗，釵有殊異之觀，芳香既珍，素琴益好。惠異物於鄙陋，割所珍以相賜，非豐恩之厚，孰肯若斯？

在中原生活久了，憶雨，念雨，也懷想江南的濕氣。夜裏讀這樣的短箋，心際波光粼粼。樓外有風，拂吹窗簾，如在鄉野，我忍不住扭頭去看。

覽鏡執釵，情想彷彿，操琴詠詩，思心成結。敕以芳香馥身，喻以明鏡鑒形，此言過矣，未獲我心也。昔詩人有「飛蓬」之感，班婕妤有「誰榮」之歎。素琴之作，當須君歸，明鏡之鑒，當待君還。未奉光儀，則寶釵不列也；未侍帷帳，則芳香不發也。

據敦煌文獻寫本《重報妻書》，秦嘉隨書贈予徐淑的，除了寶釵一雙、好香四種、素琴一枚外，還有歌詩十首，並說：「詩人感物以興思，豈能睹此而無用心乎？」對於秦嘉所贈諸物及詩作，徐淑以「覽鏡執釵，情想彷彿；操琴詠詩，思心成結」作為響應。

我染世已深，不再思心成結。年齡漸長，鄉愁是說不出口了；年齡漸長，春愁是說不出口了；年齡漸長，思心成結一類的話更是說不出口了。城市是一塊荒漠，沒有山水，沒有花草。天酷熱，灰塵滿目的街道上，煮得熟雞蛋，但見威武雄糾的汽車放肆地排著尾氣，烈日在眼前照耀，照得我思心全無。近來入睡得很晚，因為室內熱，不耐酷暑，與其輾轉難眠，倒不如借書遣興。耳畔伊悄聲道：「夜深，該睡了。」

秦嘉早逝，後，妻兄逼徐淑改嫁，徐淑作《為誓書與兄弟》明志云：「烈士有不移之志，貞女無回二之行，淑雖婦人，竊慕殺身成義，死而後已。」未幾，哀鬱而終。

今所存者，皆秦徐夫婦往來敘情之作，「夫妻事既可傷，文亦淒怨」，凝眸、深情、懷想、青衿飄袂，時間如刀，快兩千年了。

墨蹟

初夏的早晨，很舒服，陽台盆景石榴上還掛著未乾的露珠，冷而晶瑩，懸在葉梢，像女人腮邊的眼淚，欲滴還休，頗有玉容寂寞淚闌干，梨花一枝春帶雨之狀。這樣的辰光，早早起床，一個人在家臨帖寫字，筆尖與紙面厮磨出一片柔情，像俠客真氣飽滿時的揮毫，雖不是力透紙背，卻也能墨蹟縱橫。

我近來對書法有了興趣，嚴格說是對墨蹟的沉迷。墨蹟暗淡，有份古典的優雅。

在很久很久以前，我家的壁櫥上有張懷素的狂草掛曆，走筆枯若秋風，斑斑駁駁，簡潔而通靈。儘管當時一個字也認不出，但我能感受到懷素筆勢的有力，儼然舞動了極其高明的劍術，使轉如環，奔放流暢。

壁櫥的墨蹟與牆腳的光影對應著，墨蹟斷斷續續，光影若即若離，那是藝術與自然的一次邂逅吧。光影有疏朗靜氣，墨蹟帶精蛇之美，蕭衍在《草書狀》中說：疾若驚蛇之失道。真是絕妙比喻，非精於此道者不能言也。

打開記憶之門，腦海中常常有這樣的鏡頭：一個少年仰著臉，陽光從背後老屋的木窗上潑過來，經過尼龍窗紗的過濾，灑在東牆，濃淡交錯，像淡墨潑在暗黃的毛邊紙上。

我傾心書法的雅韻，因為每個字的點畫構成以及字與字之間的連綿動感能產生出藝術之美。原本極為平常的漢字，經過手寫的加工，一連綿，境界全出，氣味備至。

於是無事時，常找些法帖來細讀。恰逢陰雨纏纏，如果碰巧是一本漢碑拓片，我的心裏總升出一股幽靜。眼光走得極緩，時光也溜得很慢。一刹那，人書彷彿共進了往昔的默片時代，輕鬆、隨意、悠閒，在書法裏，我想也只有漢人的墨蹟才能這樣散淡舒緩吧。可惜那種風範，已成絕響，只能讓後來者心生惆悵。

讀漢碑拓本，我感覺書家是在用心神寫字，筆非筆，紙非紙，書寫的過程宛如祭祀，慢條斯理中有一份莊嚴神聖，點橫豎撇間彌漫出大氣象，不僅能感染人，幾乎可以鎮住鬼了。

到了魏晉，書法已是專門的藝術了，有人把它當作事業來做，人逢亂世，索性躲進筆劃間架中自得其樂、放浪形骸，所謂亂極而平，熱極得靜，一個人連死都不怕，還有什麼值得畏懼？於是魏晉時的墨蹟便油然生出瀟灑的涼爽，大有前無古人，後無來者的氣勢。

到了唐朝，筆鋒一轉，化劉漢之雍容為李唐的華貴，二王遺下的飄逸，變得從容，是大國腴潤的滋養，也是盛世安穩的薰陶吧。

而到了宋元兩代，墨跡間的煙火味漸濃，即使曠達如蘇軾、米芾、趙孟頫者也不能免俗，既然書法的高山已被前人盤踞，時人索性劍走偏鋒，與塵世粘滯一體，這使墨蹟中添了些世俗氣。所謂世俗與風雅一體，老練並搞怪共存，大抵可作為宋元墨蹟的總結。如果說兩漢的書法讓人嚮往，魏晉的書法使人仰慕，那宋元的書法則令人親近。嚮往悠然，仰慕虔誠，親近可人，這是歷朝墨蹟的況味。

到了明清，書法千變萬化，流派浩渺如海，你朝你的理想努力，我向我的目標挺進。封建王朝的太陽漸漸靠海近山了，每個書家都想在藝術世界裏傾瀉所有的才華與熱情，用盡手段創造文化的燦爛。晚風夕照，是我對明清墨蹟的概括。

到了民國，幾乎可以一筆帶過了。在遠古書壇高峰的陰影下，長袍長衫的文人只留下孱弱瘦小的一絲疏影。如今呢？繼承已經心力不濟，創新更是紙上談兵。

幸虧宣紙上，中國文化猶自輕流徐淌；好在墨蹟間，前人氣息尚存勃勃生機。

說來慚愧，不要說書法，就連毛筆字我還寫不好，只得借助法帖去感受墨蹟的筆意。在深夜裏，在天地間，默默與古人交流，絹紙是水，墨蹟是船，眼睛是帆。漁翁已經離去，雙槳擱舷，舟自橫流，一種相思，幾處閒愁……

五猖廟會

不知道從什麼時候開始，皖西南有跳五猖的風俗。跳五猖是在古代神靈出巡、祭祀的基礎上衍變的一種古典民間舞蹈。皖西南舊屬楚地，自古巫風甚劇，其五猖廟會之盛況更是外地無法企及。

據先輩云：這五位猖神原係北方的響馬強盜，窮苦出身，在江湖上劫富濟貧，行俠仗義，遭到官府追捕緝拿，逃至大別山中的下滸村，躲過官兵，受觀音大士封，成為猖神。成神之後，他們繼續為人們驅除妖魔鬼怪，保護地方平安。

鄉人為紀念五位仙客，建了一座五猖廟，並於每年的臘月舉行一次廟會，屆時四鄉百姓雲集燒香，祈求五猖老爺消凶化吉。

做廟會前，先由五人穿神袍，畫花臉，服飾以黃、白、藍、紅、黑五色相配，其意分別代表東、南、西、北、中五方天帝，又暗合金、木、水、火、土五行之色。每人分執刀、劍、鞭、錘、叉器械，做猖神扮相，並列站齊，由道士做一番法，請來「仙氣」，然後捉一隻公雞，取其雞冠血滴入酒杯，五人輪番飲就，乃是「歃血為盟」。到此時，「仙氣」已入體內，這五人已不是凡夫俗子，而成了賦有驅鬼祛邪之能的猖神了。他們先作巡視狀出場，隨後是朝拜四方、布列方陣、踩碎步、跑穿插，展臂翹腿，前傾後仰，跑圓場。舞蹈動作粗獷狂放，配以渾厚凝重的大鑼大鼓大喇叭，氣氛極其熱烈。隨即便正式起猖了，這是一項重要的儀式，讓五個化妝成猖神的人，拿著武器，在全村挨家挨戶到處巡遊，驅除妖魔鬼怪，以保地方平安。

出巡的時間定在上午，「開胸剖肚」、「推山填海」、「提壺斟酒」、「捉鷹拿鷂」、「望風放哨」五位猖神，摻入甲長、抓雞婆、土地。另有無常鬼一人，素衣高冠，冠為白紙做成，一尺多高，穿草鞋持破芭蕉扇，裝扮極其不堪狼狽，遊離在村口，其目的乃是說五猖大神一到，一切惡鬼當退避三舍。無常裝扮奇異著實讓人忍俊不禁，老百姓之詼諧正於此可見。

五猖出巡後，不得與生人說話，至村民屋內，人皆回避，在房間內放瓜果之類以饗猖神，由甲長執麻袋收入，廟會執事派人在路口做專門接送。這些零食散會時作為裝扮五猖者的酬勞。大概要到天黑透時，巡視才能完畢。

巡視完畢，五猖回到廟裏，協同道士做「平安」法事，為全村人民祈福。大概要到後半夜方能休息。我曾裝扮過一次猖神，全村家家戶戶都要跑到，有上百里的路程，還要手執兵器，當真是苦不堪言。

天一明，尋一塊大空地，更精彩的「耖（音chao平聲）猖」法事開始了。先是「做清談」，讓道士給各路「妖魔鬼怪」來一番訓話，告誡它們不能妄為，訓話當中雜以笑料，不時引得周遭觀眾聲聲笑語。最後「扎罐」，將「鬼怪」抓進瓦罐，畫符一道，封在罐口，永鎮地下。於是道士親口唱山歌娛樂觀眾，以示慶祝，俚語小調一出，更是笑倒全場。

笑罷之後，舉行「開方」儀式，到此時，整個廟會已近尾聲。只見道士換上一件破舊的長袍，手執兩根竹筒，前端用香油浸泡的黃表紙忽忽燃起火苗，四周觀眾拿著爆竹點燃後扔到他身上，他躲閃著用火把攻擊。這個場面很刺激，我曾看過多次，道士被爆竹炸得竄上竄下，而觀眾也被火把逼得紛紛攘攘，精彩之極，讓人看得血脈賁張，著實為雙方捏了一把汗。曾經有一次，一個道士的襯衣都被炸得七零八落，身上整個是硝磺味，而觀眾的臉頰也被火把掃了一下。雙方大約要對鬥半個時辰，鬧到筋疲力盡方止，據云只有這樣全村的邪氣才能被爆竹炸得乾淨，火把掃個精光。

道士回到廟裏，再來一場「回神」的法事，將五位猖神及諸位神官的仙氣送回天宮。一時間，爆竹齊響，鑼鼓皆鳴，至此，五猖廟會之事畢矣。

求雨

大凡人總有宗教信仰，所以宗教的情緒是永遠的。但表現的形式，各地不一，變化繁多。皖西南西舊屬楚，尚巫，各種民間活動盛行。在這個以農耕為生的地方，保障人們生存最重要的就是天時了，特別是夏季水稻成長時，乾旱便足以令農人們食不知味，寢不能眠。這時，宗教告訴人們龍王司雨，於是在皖西南的鄉下，龍王廟就是最尋常的宗教建築了。人們按照傳說中的樣子給龍王雕了木身，逢初一，十五帶香紙爆竹之類參拜，以求保一方風調雨順。

誰知道菩薩脾氣怪異，偏逢酷熱，竟不賜甘霖，這時就要求其施雨了。求雨的風俗，在中國歷史上早有記載。商初大旱，商武王成湯禱於桑林，以己之甲發祭祀天帝，天念其誠，降甘露於民，「湯禱」成為最神聖的祭祀儀式被收錄於史。《詩經》上也有「旱魃為虐」的話，《公羊傳》上說：「人云者何？旱祭也。」到了董仲舒手上，運用《春秋》精神，雜糅陰陽觀念和五行觀念，居然專門寫了「求雨篇」（《春秋繁露‧求雨》）。可見，求雨風行於史，而且在宗教的領域裏地位也不小。

在故地，求雨前先要起水。眾人推舉出一個有名望的老者做主祭人，向龍王詢問起水的方向。議好日期，主祭人沐浴更衣，進香於龍王座前，跪蒲團上，行叩頭禮，然後用兩快木片做成的珓子向龍王請示，東南西北四方一一問到，當問到某個方位時，珓子扔在地上剛好一正一反，就是龍王神諭的起水方向。

方向定好後，以七名童子組織一支取水隊，手執紅、橙、黃、綠、藍、靛、紫七色大旗，敲鑼打鼓，抬著龍王的木身，從起水方向處尋一泉，以瓦罐取水，取鮮竹枝，止留三片葉，以此在瓦罐內沾水，在求雨境內輕撒，口中揚聲高呼曰：「老天爺，你趕快下雨哦！地上的禾苗乾得傷心。」這樣一路喊來，隨即就來到專門為此搭建的求雨台上。眾求雨者面北長跪，仰望蒼天，以首碰地，此名曰「拜北斗星君」。一時間，全村老少咸集，一齊向天求雨。

我曾聽父親說起過那場面，人跪在乾裂的土地上，額頭磕破了，血水與汗水從眉宇之間涔涔而下，急紅的眼睛裏充滿焦渴，每個人都期盼著下一場雨。

長久以來我都為這種求雨的陋習感到難過。長跪乞雨，可以感動那個並不存在的神靈嗎？我為先人的愚昧而慚愧，現在想起來，其實是不應該的。莊稼已經快乾死了，眼見又要遭遇一場饑荒。面對著一片乾裂的大地，這些一輩子都沒有走出過山裏的村民，除了從緊縮的眉頭與火熱的頭顱裏擠出一把又一把無奈，他們又能怎麼樣？此時，人是極端脆弱的，除了向冥冥的上天和無語的菩薩乞求之外，他們能做什麼？

雨終究是求不來的，苦苦跪拜了幾天之後，人們終於憤怒了，他們將龍王的塑身扔到烈日下，讓他也嚐嚐曝曬的滋味；要麼是三步一打，拖他到河堤上受刑，然後扔進河裏，泡上幾天，求雨的鬧劇終於徹底收場。

好在雨總歸是要來的，下雨後，農人們到底還是將這一切歸功於龍王的布施，慌忙安置好龍王的神位，在廟裏張燈結彩，擺設香案，答謝那個多有冒犯的木偶。

煙草男，水粉女

有一種草叫煙草，有一種男人叫煙草男人，這是我坐在火車上無聊時突然想到的。那天，從北方小鎮返回省城，車上人少，稀稀朗朗幾個乘客，獨自枯坐著，突然想買包煙。據說抽煙是為了滿足生理需要，但我固執地以為，抽煙也是一種心境。此時，車外殘陽如火，一棵樹，又一棵樹從眼前掠過，它們倒退著有種恍惚的真實。我想像自己點一根煙，站在車廂的連接處凝神，遠山，遠樹，它們都處於靜中，又於靜中變化著，山在天邊，樹在路旁……

我年輕時追過一個女孩，這麼說好像我現在已經很老了，其實我依然年輕，滄桑而已。我覺得年輕是一種心態，和歲月無關，與性情相連。有的人雖老了，給人的感覺卻年輕，譬如陸放翁；有的人雖年輕，給人的感覺有點老，比方我。這並非說笑，中國人一向容易衰老，前有韓退之，年四十，已視茫茫、髮蒼蒼，齒牙動搖。今有胡竹峰，說起來，二十出頭，已滿懷蒼涼，一襟悲傷。這不是故作深沉，也並非老氣橫秋。其實一個人若變得瞻前顧後、畏首懼尾，便真有些老了，老是一種心境。我近來經常睡不著，據說只有老男人才容易失眠的。

這些都是閒話，且說當年戀愛的事。那女孩嫌我不會抽煙，說那叫不懂情趣，於是沒睬我。她喜歡淡淡的煙草氣，而我身上只有濃濃的泥巴味。

我對那女孩的觀點曾經是不屑的，不就是抽煙麼？搞那麼懸乎，但終究還是漸漸體會到煙草所能帶來的氛圍。譬如此時，火車無聊乏味地哐當著，只有煙才能打發一路上寂寞的心事。

一個男人的心事通常隱晦而曲折，不能與他人道，也只好交給香煙。我在情緒低落的時候，常常有抽煙的衝動，或許我骨子裏是個煙草男人吧，帶一股風塵氣息。說句大話，是像虬髯客、李靖、紅拂那樣風塵的。我近來經常關著門在家說大話，小說都被別人寫完了，我只好說大話。話說風塵之色，是旅人的標志，風沙灰塵堆積在臉上，看不見臉色。我一襲布衣，我滿身傲骨，不看他人臉色的。

煙草男人，生命如煙，身體似草。煙花、草芥，人的生命就像走馬燈似過了個場子，便化為一縷清風。

靠在床頭，一支煙，是不眠時的點心。靜靜地抽，深深地吸，煙圈，白霧，繚繞在頭頂，煙灰抖落，一切悄無聲息在黑暗中進行。煙草男人通常是孤獨的，只得和煙火對話，生命分割成一支支載體，點燃，猩紅的火星像鮮血般明豔，像我在人海中殺開的血路。

男人一旦與煙結緣，便糾纏如野鬼，執著如怨婦，迷戀如情癡，掙不脫、甩不掉、割不斷、捨不棄。所以，不好意思，寫《煙草男人》的我不抽煙。

中國傳統文化從酒中出來，延續到明清五四，一個華麗的轉身，頓入煙草中來。如果說古詩詞有股酒香，那近代文學則帶些煙氣。我常常有股錯覺，彷彿一股煙噴出，稿紙上就可以產生出小說散文，戲劇詩歌。以至我在閱讀近代文學時，常常走神，隱隱約約聽見文字背後的一聲聲咳嗽，接著就看到了一口帶腥味的痰淋落在淡黃色的書紙上，如一朵鮮豔燦爛的櫻花，這是文人呈現給世間最後的美麗吧。

一顆頭，仰視長空；半張臉，輪廓分明；還有根輕霧繚繞的紙煙，這些組成了半部中國近代文學史。

水粉女人，其實也可以叫胭脂女人。但我偏愛水粉，不喜歡胭脂，總覺得水粉是錦上添花，風情萬種，胭脂卻喧賓奪主，惡俗不堪，再說現在用胭脂的人也不多。

所謂胭脂，實際上是一種名叫紅藍的花朵，它的花瓣中含有紅、黃兩種色素，花開時被整朵摘下，然後放在石缽中反覆杵槌，淘去黃汁，即成鮮豔的紅色染料。女人妝面的胭脂有兩種，一種是用絲綿蘸紅藍花汁製成，名為綿燕支；另一種是加工成小而薄的花片，名叫金花燕支。這兩種燕支，都可經過陰乾處理，成為一種稠密潤滑的脂膏，所以俗語裏燕支被稱為「胭脂」。除紅藍外，製作胭脂的原料，還有重絳、石榴、山花、以及蘇方木等。

胭脂的紅，色澤華貴。但女人不需要華貴，她們只追求華麗。套一句雪萊的話，既然已經華麗了，那華貴還會遠麼？

胭脂抹在臉上，還透著喜氣，但女人也不需要喜氣，女人只喜歡朝氣。一個有朝氣的女人，再施點水粉，那簡直可以讓水做的身子和粉做的臉面美到極致。

幾縷清香，一張粉面，勾魂攝魄呵，我想千百年來，沒有一個男人不為之動心。英雄難過美人關，何況非英雄的男人。說白了，牡丹花下死，做鬼也情願。我偏不說風流，「風流」這個詞能讓你們這幫小資想入非非。

我認為，一個懂得水粉的女人，再不濟，也是半美人。這麼說吧，論姿色，她們不如西施、昭君、貂禪、楊玉環，但說到對美的境界與趣味，應該和紅拂、薛濤、柳如是、顧太清不相伯仲。

水粉女人優雅，在家空氣清爽，出門世界亮堂。她們是城市的鮮花，羞澀地開放，調和著單調乏味的世界。她們是春天的風，夏天的荷，秋天的葉，冬天的雪。像雨後的水泡，漂浮在大街小巷，讓人見了，魂守不住舍，舍丟開了魂。

我見過水粉女人的。雨天，在江南小巷，迎面走來一位撐把碎花布傘的姑娘。碎花上衣，輕盈的綢料裙子，一張嬌好的臉。與她擦身而過的瞬間，淡淡的香水味中夾雜著薄薄的脂粉氣。她走在煙雨中，冷冷清清的小巷洋溢出一片溫馨，雨絲也變得纏綿。肆無忌憚地跟著她的背影，我看見一幅水粉畫：草堂、黛山、流水，月上柳梢，人約黃昏，極淡，淡極……

我說水粉女人像一杯好茶，喝好茶是需要運氣與緣分，我輩泥做的男人，偶爾能看見兩個水粉女人，也算件福事。

水粉女人是一本厚厚的畫冊吧，或者是一架長長的屏風，需要細細欣賞。她們從容淡定，渾身上下，散發著山花般的清香，清幽且不俗。她是青花瓷上的仕女，一個不小心跌落在塵世間。她是《聊齋》裏的狐女呵，從古書中走來，吐氣如蘭，嬌羞不可名狀，一闋新詞的清柔，一段小令的別致，一章散曲的風雅，撲面而來，縈帶出一份江南的水靈。

水粉女人是男人夜裏的好夢，在身之外，她是綠紗窗頭一樹影。

回憶雞蛋

春日的清晨，聽見雞鳴是惆悵的。

在天將亮還暗的光景，我聽見了雞鳴，是公雞一聲聲雄赳赳的打鳴，然後，睡不著了。近來睡眠質量有所下降，難道是未老先衰的預兆？還是一篇文章在朦朧中靜候？躺在床上百思不得其解，索性披好衣，擰亮了台燈。

雞鳴聲一陣陣地嘹亮著，像根細線，纏繞著房子，也纏繞著我。起床喝了杯水，腦子漸漸清晰，我知道為什麼睡不著了，原來雞鳴聲讓我在潛意識裏憶起了雞蛋。

雞蛋，一頭連著母雞，一頭接有苦難。我好久不曾憶苦了，苦是什錦人生中的一味作料，苦是命運途中的一道鴻溝，現在它似乎變得遙遠，像陽台外刮過紗窗的風，可能還會回來，又或許自此消失。

在鄉下，雞蛋被老百姓稱為雞子。小時候，鄰居家有個孩子正在念中專，業餘喜歡文學，他每天跟我講孔子、莊子、韓非子、公孫龍子的故事，說這些人都是很遠久，很古老的大智慧。他們的名字後面都帶一子字，以至我長期把他們想像成雞子的模樣。想像著孔子圓滾滾，莊子滑溜溜，韓非子像荷葉上的露珠，公孫龍子是掌心的玻璃球。

那時候，雞蛋很寶貴，是我的學費也是全家重要的經濟來源，當時賣一個雞蛋一毛錢還是多少？想不起來了。我只記得，那時聽見雞鳴是空曠的，心情空曠似春天的原野，而不像現在，惆悵如臘月的天空。

窮人的孩子早當家，窮人的母雞會下蛋，母親將雞蛋一顆顆攢起來，存放在五斗櫥裏，我經常踮起腳，拉開抽屜看，那一顆顆圓潤的雞蛋白花花擺了一層，有種說不出來的富貴。每次看完，總能很很地滿足一下，然後手靠在背後，很闊地作出腰纏萬貫的模樣走到稻床外邊。

有人問，雞又下蛋了？我點頭，蛋做什麼？我說賣錢的。站在他旁邊的孩子笑，你家連雞蛋都捨不得吃吧？我轉身去看，大人和小孩一臉得意。我臉色羞紅，跑回家用開水煮了一顆雞蛋，輕輕地敲開蛋殼，白的是蛋白，黃的是蛋黃，嫩生生散發著清香。

緩慢地用近乎於虔誠的方式吃完了那枚雞蛋，我在心裏發狠，長大後不要家裏賣雞蛋了。

有次弟弟摔破了一個雞蛋，竟然哭了。我想，現在的孩子已經體會不到那樣的情感了。一個時代有一個時代的人性，一個時代也有一個時代的喜怒哀樂。這麼多年，我一直記得弟弟的那次哭泣，他坐在石檻上，看著糊成一團的蛋黃蛋白，淚水順著臉腮，掉到地上……轉眼快二十年了，有些記憶即使二十年的風風雨雨也磨滅不了。至今我還記得摔破的那個雞蛋，還記得弟弟的那種神情，因為摔碎的雞蛋讓當年的我難過，弟弟的神情令現在的我傷心。

我以為自己不會傷心，人在青年的時候，心是剛硬的，甚至愛情都不能化剛硬為輕柔，然而卻常常會冷不丁被往事打動。所以，很多年後，當我也有了孩子，當他也到了青年時，一定要對他講講我的往事，講講關於雞蛋的故事。

馬和驢

住在朋友家，醒得早了些，起床後無事，在書架前流連，翻完幾本詩集，看累了，稍息片刻。打開窗戶，淡淡晨光與薄霧一齊泄進屋內。透過未明的天色看樓下的樹，暗影幢幢，高高低低的民居在白靄中靜臥，幾聲雞叫與鳥鳴，從遠處傳來，繞在兩耳間，纏得肺腑一清，睡意慢慢褪去。坐在木凳上，對著屋後的青山沉思，想想人終究會老去，山卻永遠年輕，一歲一春，年年都會春風得意馬蹄疾。

要那麼多春風做什麼？我倒是喜歡寒霜小雪的。得意馬蹄疾又能怎樣？我偏要失意驢腳慢。你觀你的長安花，我看我的鄉下草。走馬觀花，騎驢看草。

馬和驢，有很多弦外之音。馬有意興，驢多闌珊。打馬長安，翩翩公子神采飛揚，一臉矜持得意；驢行天下，中年男人蕭索寡歡，滿面煙火風塵。

長假回鄉，在省城候車。玻璃門中晃著一個男人憔悴的臉容，一副舟車勞頓的不堪。坐在塑料椅子上，看著信息時代飛轉的一切，不由懷念起驢行年月的遲緩。雖然快有快的方便，但慢有慢的悠閒，在快餐文化大行其道的社會，我更願意慢下來。

我時常暗自思忖，既然萬物都是對立的，那麼馬大概屬陽，驢應該屬陰；馬是縱橫沙場的將軍，馬革裹屍把家還，何等悲壯；驢是奮筆疾書的墨客，騎驢過小橋，獨歎梅花瘦，何其纖弱。陸游寫「細雨騎驢入劍門」，註定一生文人，所謂「騎驢過華陰，漫遊尋詩句」。

如果說中國的戰爭，是馬蹄揮灑的長卷，那中國的詩詞，則是驢背沉吟的小品。古人吟詩作賦，通常是騎在驢上的。唐人鄭綮說他的詩思在灞橋風雪中驢子背上。風雪灞橋，毛驢踢踏，在我看來，幾乎就是上部中國文學史了，下部文學史則是小酒微醺、煙霧繚繞。

閒居少鄰並，草徑入荒園。鳥宿池邊樹，僧敲月下門。
過橋分野色，移石動雲根。暫去還來此，幽期不負言。

這是當年賈島騎在驢上寫成的詩句。騎在驢上的詩人邊走邊琢磨尋思：到底是僧敲月下門好，還是僧推月下門好呢？神遊九天，不知不覺，驢腳闖亂了韓愈的儀仗隊。

被衝撞的韓愈有些不快，拉長了臉問：你亂闖什麼？不知道本官還有急事嗎？賈島不慌不忙把自己的詩句念給他聽。到底是文人，對同行有一份懂得，韓愈聽後，轉怒為喜道：我看還是用「敲」吧，萬一門栓著，怎麼能推開呢？再說是晚上去別人家，還是敲門有禮貌呀。而且「敲」字，使夜靜更深中多了幾道聲響。靜中有動，詩不就活了麼？聽了這一番高論，賈島連連拱手，高明高明，感謝感謝，一揖到地。

自此之後，韓賈二人遂成知己，讓推敲產生出殷殷的好一片溫情。

我想說的是：高明如賈島者，寫詩還不斷推敲；淺薄如我輩，作文卻馬虎了事。卸磨殺驢的時代，文字或許已墮落成一種原始的記錄符號，逐漸削弱了曾經的風雅。

烏龜熄掉眼中的閃電，放慢步子
等落在身後的殼
蝸牛回頭，尋望跑掉的腳。

一切終於慢下來
大街長出青草，高樓長出枝丫，霓虹生出流螢……
看啊

慢下來，慢下來
星星重新長出眼睛
風，緩緩磨掉，月亮的鏽。

——舒寒冰《狼嗥》

這是朋友的新詩，我覺得頗有驢背上的舊氣，一紙詩意分明藏著對當下的反抗。彌漫其中的那種舒緩情緒，在我看來，可謂這個時代的一道逆流。

無題

文章易寫，題目難求，索性無題。題目這個東西，從來就是無所謂有，無所謂無，人生都是無題的，何況文章乎。

這幾天心裏頗不寧靜，日子正一天天溜走，不要說什麼白駒過隙，如今連黑馬都過隙了，空留下滿身疲倦，白長了一嘴鬍鬚。一個男人在異鄉生活，疲倦終歸是有的，幸虧還不曾厭倦，人若走到厭倦那一步，便只剩死了。年少時讀金庸的小說，明教人說「生有何歡，死有何懼，憐我世人，憂患實多。」便銘刻在我的心頭，人生於世，憂患何其多也？

惱人的寒雨又來了，淅瀝一下午，銀灰的雨絲在微風中斜斜地飄揚開來，不安分地打在窗戶上。冬越陷越深，但春天卻很遙遠，冷漠地徘徊在世界的另一個端口。獨立寒冬，衣服、皮鞋、頭顱，甚至睫毛都沾滿了冬的味道——冰涼。這個城市剛下了一場雪，站在高樓上眺望，許多屋頂蓋著層雪白，斑駁雜陳，掩蓋不住建築物的灰暗。窗外，是水的世界，枯枝都濕了，顫巍巍於寒風中蕭瑟，馬路上倒映著白色的水光。茶是滾的，無處話淒涼。

窗外，冬，慘淡。慘淡經營，人生，原來還可以慘淡經營的，慘得一場糊塗，淡得像泡過五開的茶水。唉，生命終究是個悲劇，人不過是將天做幕，以地為台，上演著一場淺薄的戲劇罷了。自導自演，只是少了上台前的排練。

近幾天聽許冠傑寫的《浪子心聲》，一遍又一遍，以前也聽過，感受不深。如今那歌詞卻像箭一樣，射在心裏，「難分真與假，人面多險詐。空得意目光如痳，誰料金屋變敗瓦。君可見漫天落霞，名間利息似霧化。」中國文化的底色是蒼涼的，老子、莊子、佛經、到唐宋傳奇，再到《金瓶梅》，以及稍後的《紅樓夢》，他們的骨子裏都有股透徹心扉的涼意。因為中國文化是燦爛的，越燦爛的東西到了後來越蒼涼。誰能看透繁華後的蒼涼，誰能感受喧囂後的寂寞，誰就不朽了。譬如尼采，譬如叔本華，譬如《紅樓夢》。

最近又讀起了賈平凹的小說，《廢都》、《白夜》，稱得上當代文學的經典，可惜被許多人誤讀了。前者，道學家揪著賈氏的小辮子，說性描寫過多。這是哪跟哪啊，道學家只會見淫，就床上那些破事，切，不是切西瓜，是切腦袋，他們真該切開自己的腦袋洗掉那些污穢東西的。賈平凹的小說雜樹多枝，落花滿地、山高月小，水落石出，非俗眼所能讀也。

好的小說就是小說，而絕非大話。好的小說就是一隻狗躺在那裏無聊地搖尾巴，平平常常，境界全出。好的散文也是，好的散文就是一團煙，一捧霧，一段情緒，一些感覺而已。

見人是人，見人非人，見人是人，我以為這是人生的三層境界，也是為人，與事的三層境界。人生憂患自識字始，鄭板橋說什麼難得糊塗，其實也是人生的一種境界。一個人徹底清醒後的糊塗與一個人徹底糊塗後的清醒是截然不同的。

有些人的生命像植物，安靜地在田野間生長，有些人的生命像動物，殘酷地在森林中生存。生長多美好，生存太殘酷，我以前生長著，現今生存著，也就是說我以前美好著，如今殘酷著。真的猛士，敢於直面慘淡的人生，敢於正視淋漓的鮮血，魯迅先生云。只放下，不放棄，胡竹峰如是說。

水上的中秋

我眼裏的中秋是種儀式。辛勤勞作的人們汗流浹背地熬完了夏天，眼看著莊稼要豐收了，走在田地邊，心裏躊躇滿志，很自然想要慶祝一下。這天晚上，作為一家之長的祖父說，要不我們在月亮地裏開一個家庭團圓會如何？妻賢子孝的，大家也覺得好久沒有談過心，對這個提議自然一片叫好。於是小孫孫嚷道，既然大家在一起，就應該弄點吃的，吃什麼呢？眾人一時猶豫起來，最後聰明的兒媳婦想出了高招說，乾脆我仿照天上月亮的樣子做幾塊餅大家嚐嚐吧。

那夜剛好是農曆十五，月亮那個圓啊，照著庭院一片清輝。祖父吃得高興，說以後每年的今天就是我們家的節日啦！什麼節日呢？秋天過了一半，我看叫中秋節好了，餅就叫月餅吧。這樣一傳十，十傳百，居然傳成了一個傳統。當然這只是我的一家之言，關於中秋，虛幻的傳奇實在太多，也應該出現一個真實的話本了。

我念書時喜歡過一陣武俠劇，記得看《香帥傳奇》，裏面有楚留香在船上賞月的場景：幾盤時蔬、一碟小炒，兩張金黃的月餅，再加壺老酒，在皎潔的月色下和美人對酌。那場景真是浪漫，雖非大俠莫能消受，讓我輩小民不免也產生了一些嚮往。

心裏裝著這樣的期待，當朋友邀請我去天堂湖泛舟賞月，歡度中秋時，便毫不猶豫地答應了。

吃過晚飯，暮色已籠罩了整條大街。我們的心情一片明朗，興沖沖上路了，趕到目的地，但見天堂湖在中秋的夜晚波光粼粼，凡俗如我者也隱隱有飄飄欲仙的快意。放眼望去，是一泓月色，天地似乎開闊了許多，水面綿延著漁民養殖用的網箱。腳下水淺處，青草茵茵，蒹葭蒼蒼。單槳輕點，船已離岸，剎那間，浪漫與現實，往日和今朝，已凝為一體。

我們一路飄飄蕩蕩向水深處行駛，這樣的行程，除了時間上的今生今世，感覺上基本是唐詩宋詞了，只不過綸巾羽扇換成了西褲襯衫。湖水輕輕在船舷嘩嘩響著，槳聲欸乃，身後漣漪蕩漾，這是如夢似幻的蓬萊之境吧。抱膝而坐，埋藏心底的風雅情懷悄然蘇醒，大家似乎都有一點觸景生情，有幾分感慨繫之，於是坐在船頭把從前的人世滄桑細細訴說，將舊事的跌宕起伏娓娓道來。

離岸漸遠，繫舟的柳樹只剩下一個黑點在月色下靜穆。我們索性停了槳，任船飄行。那一晚的月亮，在空曠的湖面上是拚了命地又大又圓，看上去就像鍍了一層熒光粉。船飄著，月亮也似乎在走動，水面卻是靜如處子的模樣，沒有風，一湖清水悄悄地歪在山坳裏。這樣的辰光，堪比武俠劇中的風流倜儻的江湖遊俠啊，讓人情不自禁生出光陰停止的期盼。

岸上農舍燈火點點，四周都是青山，我們將船靠到湖心的草坪上，這些在白天秋陽裏焦黃枯壞的野草，在月光下竟然容光煥發，那些閃爍在耳畔的蟲鳴倏然間也變得神秘而悠長。找一塊光滑平整的石頭，月餅擺上，邊吃邊聊。湖水在四周輕拍沙地，口水在嘴裏慢慢流淌。月亮不知道什麼時候被一朵浮雲擋住了，泄出細碎的光影，幽靜安詳，恍惚間我竟有天界散仙的幾欲忘塵。

想想從前的文人墨客，他們每到中秋佳節總喜歡登臨唱和，在明月下把酒臨風，在山水間短歌長吟。如今，歷史的冊頁張張翻過，風花雪月的日子隨風而逝，柔情似水的雅集卻餘音嫋嫋。就像現在，我們在水邊，表面看是守護中秋的一輪明月，內心裏卻是追慕舊時的風韻啊。

半半齋記

某日，友人相邀，出城西遊，行至偏郊，囂囂氣息漸無。前有一村，雞犬遙聞，似鄉下農舍。近觀，但見大片民居仄仄斜斜地蓋在一行行樹中，也不規矩，靠東向西，坐北朝南，建得自然。路是石板鋪成的，兩邊都種了些花草，被參差不齊的樹、高高低低的樓包圍著。久處鬧市，忽逢此境，陶然一喜。先說那樹，差不多已有上百年的歷史，虬根盤旋，枝葉交錯，巴掌大的葉子，像一層濃重的綠雲，遮擋住好大一片藍天，又有青藤數枝，繞樹蜿蜒上行，越發古意蔥蘢。

時當盛夏，蟬唱蟲吟之聲不絕如縷，入耳聒噪，卻有一股涼意浸心，復聞鵲噪鳥鳴，猶時空顛倒，身移田園。於樹下漫步，偶遇幾個老人拉著小孩緩緩徐行，鶴髮童顏，恍若塵外中人。

轉入小巷中，但見屋舍相鄰，一戶雞飛，招致家家狗叫。眼前小樓依依，舊而不破，屋腳下皆生滿青苔，像河底石頭上輕漂的淡淡水藻。

我樂而忘歸，於是租賃一戶人家借以安身。白天上班，晚上回此歇息，已近三年，吃住都在那一室一廳中。北國有風沙，窗，欲明不得，案，惟恐不淨，讀幾冊書，喝一壺茶。雖無知堂老人「街頭終日聽談鬼，窗下通年學畫蛇」之閒適，間或也有一二知交來訪，說閒話、或懸絲、或手談、賞茗把盞、海闊天空、上下千年。鬧市之郊，藏身於此，真乃幸事也。朋友說應該取一雅號，方不辜此中雅靜。我聊發幽情，想身是半文半商，人乃半雅半俗，性又半動半靜，可名之半半。而室內清寒，惟一床，一桌，兩架書，二凳，二椅，一衣櫥，卻也是我的書齋。居十日，有善書者送來「半半齋」三字，我笑懸於壁，便以齋主自居了。

半半齋隱於村東南一五層小樓上，水泥地，白灰牆，窗戶對西。屋後有古木參天，芳草萋萋。繞屋西行，更有一湖，煙波浩淼，水氣萬千。每每在午後，或垂釣於樹蔭，或酣眠於水草，但有清風醉人，幾忘俗事煩心。

房主十分厚誠，每有美食，總不忘我這個外客。五月，村口槐樹開花，摘了回來，放雞蛋清炒，飯量大增。春日，路旁香椿發芽，採些歸家，以香油拌之，養胃怡神。本「齋主」，不似那「寨主」，不喜歡大塊吃肉、大口喝酒，每日有青菜豆腐即可。

最妙院中有一眼老井，水是甜的，喝在嘴裏，甘甜悠長。夏天洗澡，井水淋在身上，涼氣沁體，躁意頓消。屋頂房主用紅牆圈土，種些絲瓜，青椒，蔬菜，晚上於瓜架豆棚下乘涼，星光燦爛，夜色如水。少時風止月暝，菜葉上露珠粼粼，於是返齋夜讀，常有青螢從窗口飛入，屋內熒光閃爍，令人喜愛不已。

一樂半天不睡，不知不覺間，月色照得紗窗一片皎然。幾縷寒光瀉進室內，映著那半床詩書。為記此景，請得書法家金橋兄寫一聯曰：「一枕詩書香入夢，半床月色伴我眠。」

來興時，賞花草，玩字畫，輕吟《半半歌》：「半郭半鄉村舍，半山半水田園。半雅半粗器具，半華半實庭軒。衾裳半素半輕鮮，肴饌半豐半儉。心情半佛半神仙，姓字半藏半顯。」

塵世無味，偷得風雅，提筆於丁亥年秋，是為半半齋記。

寒夜

北國小城，剛下了一場大雪，地上一片皚白，鋼筋混凝土建築物顯得格外灰了。陰沉的天空，偶爾幾只不知名的大鳥從頭頂掠過，越發讓人感覺到城市的沉寂蕭索。

眼前正一點點地暗，過了片刻終於不能視物了。天空黑漆漆的，像一個巨獸張大著嘴，奇怪而猙獰。

晝終於離去，夜開始降臨。天際沒有一絲星光，黑的穹隆下，小城無力地橫躺在凍風中。街燈黯然，大抵是燈泡上凝上了霜花冷露的緣故吧。

又要在旅館中度過一個孤寂淒寒的夜了，走在大街上，兩旁店鋪的燈火拉長了我的身影。迎面走來許多人，沒有誰認識我，我也不認識任何人，他們似乎長著一張相同的臉孔。

女人挽著男人，老人牽著孩子，匆匆地走著，冷的夜氣彌漫，看起來人都木木的，不帶任何表情。只有櫥窗裏的時裝模特，掛著永恒的微笑。路上的行人漸漸少了，我逃也似地跑回旅館的客房。這是早已訂好的房間，暖氣開得很足，坐在沙發上慢慢平息了心緒。

冷的風已經奈何不了我，只好對窗子發火，粗暴地拍打著玻璃。

擰亮台燈，一團溫和的暖光包裹著我，打開電視，繁華的聲音回響在四周。夜，不再昏沉了。

脫掉大衣，扔下外套，靠在床頭，捧著一冊《魯迅全集》，人在江湖，只好以書為友。每次外出總要在背包中放幾本書，魯迅的書。都是幾十年前的舊書，比我的年紀還長些，早已褪去了舊時的浮華，微黃的紙張，翻起來，輕輕的，沒有嘩嘩的紙頁聲。我覺得舊書是粗茶淡飯，新書是錦衣玉食。

這樣的辰光讀魯迅最適宜不過，我喜歡此時的氛圍。小城、孤燈、獨影，看《野草》、讀《朝花夕拾》、《吶喊》，掌心彷彿捧了一團火，避開了傷感與惆悵。

魯迅的文字是一個鬥士用心凝成的火炭，是寫給孤寒之人看的。

木棉桿

晨光透過淺藍的百葉窗，斜射在乳白色的地板上，泛出溫暖的色調，有點像抹在饅頭上的煉乳，倒映著柔和的光芒。幾線陽光在室內恣意萬分，或讓棉被吸收了化為熱量，或在那婆娑跳躍。

臥在床頭，醒了，懶懶不願起身。眼光梭巡著，然後長久地凝視著牆壁上掛著的木棉桿，那不是一根普通的木棉桿，而是一柄廢舊的嗩吶芯筒，麻亮光滑，顯示出它很有些歲月了。靜心細聽，彷彿還有來自舊時的聲響，不是歡歌，也不是哀樂，靜然平和地獨自吹奏，感覺像四月的山風，八月的天空，和煦而又凜冽。聲響越飄越高，也越飄越遠，漸漸擰成一股細線，飄浮到故園清涼潔淨的瓦片上，順著椽子，沿著瓦的凹處往下流淌，然後濺落在地上喧嘩一片。

那是我的眼淚，不是雨。

今年的秋，雨水充沛，動輒淒冷地侵略著這座城市。看起來，它們也如金秋的陽光，一縷縷地灑下來，但覺不出溫暖，雨天的異常沉悶，使人十分氣塞。這樣一片濃如酒的寂靜中，常能引起一陣空想，思緒很容易被拉到遙遠的歲月。

雖不過短短十幾年的光陰，卻橫跨了一個世紀。在我的印象中，他很削瘦，但精神好，雙眼明亮。一年四季穿著藍色的對襟褂，搭扣總是扣得嚴嚴的，整潔而乾淨，很嚴肅的樣子。他喜歡喝酒，尤其是冬天，白酒暖在錫壺裏，吃飯前用牛眼大的酒盅，滿滿地斟上一杯，打個呼哨就進嘴了，然後匝巴著舌頭吃兩口菜。

那時，他已經很老了，所幸身板還硬朗，腰挺得直直的，牙出奇好，吃炒蠶豆，一口一個響。家裏人心疼他，常常炖隻雞，爛爛地，在瓦缽裏裝著，雞湯濃烈地散發出清香在灶台上等他回來。他最喜歡我，雞也只夾給我吃。餵我吃飯的時候，他的眼睛透過筷子尖，穿過熱氣，眯縫看著，不過這些，在腦際已是朦朦朧朧。

我每天都和他一起睡，他喜歡把我摟在懷裏，說怕著涼。可我一點都不喜歡，經常罵他，說鬍子扎得人臉疼，他也罵我睡覺不安分。可每天晚上我們還要賴在一起，他放不下我，我也丟不開他。

他家裏有很多冰糖，都給了我，一年四季，含一塊在嘴裏，享受著那個年代奢侈的幸福。可是我更喜歡甘蔗，常常在晚上，睡著睡著，饞蟲就上來了。於是他下床帶我去地裏，砍一根馱在肩頭，他走在後面，月亮掛在天上，拉著我們的影子，他的長，我的短，極淡極淡。

那年四歲，我讀書了，他不讓，心疼那麼小的孩子就要去上學，固執地說「只有拿錢買稻的，不見拿錢買字的。」可我還是去了，成績出奇地好，他逢人就誇，快活地在鄰居家談閒。

再後來，他病了，病得很重。一個連感冒都很少的人，這次徹底垮掉，厭厭地臥在床頭。祖母神情憔悴，每天都問：你說爹的病會好不？我知道這是討小孩子的口彩，於是快樂地點頭，說一定能好的，祖母臉上的笑容像菊花一樣綻放。我第一次知道牽掛，第一次知道什麼叫愛情，也第一次知道了心痛。

他還是走了，走在六十三歲生日的後一月。那個晚上，漆黑一團，他融進了漫無邊際的夜色中，避開了燈火。他躺在那裏，像睡了一樣，我用手摸著他的臉，冰冷，乾瘦，我的眼窩濕了。

天一明來了很多人，道士也到了，在傷痛欲絕的哭泣中搖著紙幡不緊不慢地遊蕩，房間裏彌漫著香火蠟燭的氣息。我耷拉著腦袋坐在堂屋的門檻上，天井上空漏出幾朵陰雲，有幾米殘光落在陰溝裏，爆竹劈裏啪啦。然後嗩吶響起來了，是他常吹的一把，哨音蒼涼地劃過空氣，在耳畔嗚咽。這是他最熟悉的聲音，伴隨著眷戀的哭泣，他離開了，他說過要看著我長大的，他說過要站起來的，可是他說謊了，留下一個永遠無法兌現的承諾。

後來我多次夢見他，他朝我微笑，還用手撫摸著我的頭頂，等我去喚他時，卻消失了。他的嗩吶我一直保存著，哨子早已壞掉，只剩下木棉桿做的芯筒掛在牆上。

舊照記

懷舊的人坐在窗前翻舊照。舊照是什麼？舊照是往事的記錄，舊照是雪泥上的鴻爪。我喜歡舊照中流露出的那種和諧、那份溫情，以及經過時間打磨之後依然揮之不去的一縷親切。

我翻到一張童年時和弟弟的合影，那是我最喜歡的一張照片。弟弟剛學會走路，開始奶聲奶氣口齒不清地說話了，他臉上快樂的神情停留在默片一樣斑駁的黑白鏡頭裏，成為他生命中凝固的風景。

那就拉回時間的焦距吧，留住純潔乾淨的空氣，留住我們當年的快樂，就像這張照片，永遠定格在一九八九年初夏的安慶鄉下。

照片上的弟弟快兩歲了，細嫩的臉龐，滑膩似凝脂，相貌實在標致。他是屬虎的，臉上似乎還帶有幾分虎氣。蕩漾在他嘴角的那抹笑意，隱含生命的勃勃向上，性格的不屈不撓。

那時我剛四歲，恰好有人到鄉下上門拍照。母親便拉我和弟弟一起，留下了珍貴的童年一幕。弟弟起先還哭著，不老實地扭動著身體，因為他小小的心靈，實在不知道發生了什麼事，為什麼大人都要他和哥哥立定站那裏呢？我一邊摟著弟弟，一邊面對鏡頭，虧得祖母、小姑和母親拿出一個撥浪鼓，終於逗得他露出了笑容，燦爛而無邪，直到現在，我差不多還可以聽到當年那笑聲穿透時空隧道的咯咯聲響。

拍照的地點在我家老屋的稻床上，記得門前鄰居公公家的梨樹剛掛果，青梆梆的梨子亂簇簇長滿枝頭。天晴朗，白雲遮擋住太陽，讓人絲毫感覺不到熱。也不知是緊張還是羞怯，照片中的我咬著下唇，眉頭緊蹙。我後來拍攝了許多照片，可是當快門按下的片刻，我經常下意識地輕咬起下唇，緊蹙了眉頭。

祖母在世曾告訴我：蹙眉的人心累。說得我有些怕，但眉頭終究還是沒能舒展開，大概是積習難改吧。這幾年伊見我喜歡蹙眉，便經常用掌心輕撫我的眉心，發宏願說要改變我的陋習。有些女孩縱然長成女人，終究還是童心熾烈，譬如伊，若不然她怎麼會如此調皮地要撫平我的蹙眉呢。我知道撫不平的，有些習慣或許是前生的約定吧。

現在距離那張照片的年代已經很遙遠了，我就像做了一個長夢，夢到我和弟弟從一個小孩長大成人。睜眼醒來，睹物懷舊，才聽見時光流過眼眸的聲音。

可惜照片因為存放不當，有些褪色了。這樣也好，可以更真切去感受歲月漸漸老去的身影，觸摸年華慢慢消失的人生。也不知是記憶力的因由還是間隔得太久，童年在我的心底漸漸模糊了。舊事可以重提，朝花卻不能夕拾，幼時的心事恍恍惚惚，若有若無，像極了碎影，感覺也很真切，一抓卻空空如也，直如羚羊掛角，無跡可尋，童年真是越來越遠了。人的成長意味著對童年的背叛吧，幸虧老照片默默為我們保留了過去。若不然我們連懷舊的對象都模糊不清。

晚間翻閱一本老雜誌，大概是母親當年買的或者借的。無意中發現了一張我和舅舅的合影照。確切的拍攝時間記不清楚了，反正是上世紀八十年代末的一個初冬。地點在外婆家門前的小路邊，我站在田埂上，左旁看不見的地方是高低起伏的山，右側是一座大老屋，住著子子孫孫許多戶人家。

身後的稻田，收割完畢，便不再蓄水，照例撒上花草籽，當時早已發芽生根長得綠茵茵一片了，田裏開滿了無數細小的紅花。記得是上午，一個陰天，印象中花草的莖葉上兀自掛滿了未乾的露水。

拍攝者是我鄰居，那時還在玩票階段，如今卻是專家水平，在縣城商業步行街開有一婚紗影樓。

那天清早，母親給我換上剛洗的棉衣，說乾乾淨淨地去外婆家。走到半路上，我和幾個孩子玩起了火柴盒，母親勸不走，只好任我滾在地上廝鬧了一陣。後來看見了大舅，他拉著我拍下這張照片，只是袖口的污漬怎麼也擦不掉，如今還能看見灰灰的一塊。

我記得上衣口袋裏裝有東西的，兩疊火柴盒，幾粒玻璃球。如果加上我扔在一旁的陀螺，那就是我當時的所有身家了。

小時候，我們上山抓鳥，下河撈魚，放紙飛機，玩皮彈弓，抓小石子，當然也少不了木槍竹劍。那真是些可以豐富童年心靈世界的可玩之物，我們就那樣樂此不疲。近來回家，走在鄉間，再也看不到我們當年的玩具了。一代人有一代人的童年，一代人有一代人的歡樂。

大舅那時好像正在戀愛，原就英俊的人，稍一修飾，頗有玉樹臨風的感覺。那副眼鏡是借來的「道具」，手裏捲著不知從哪兒拿來的明星畫頁。他的衣著打扮，在當年農村，也算新潮。那時他和我現在歲數彷彿，如今卻年過不惑，終日忙碌，恐怕連拍照的閒心也沒有了。

二十年前我只是個小孩，二十年後就要不可逃避地進入中年，中年是什麼，中年是沙鍋煎油，中年是古井深幽，中年是月下西樓。而那時，大舅垂垂老矣，我的父母也白髮蒼蒼了。年華似水，彈指一揮，人生有幾個二十年呢？每念及此，心頭不禁為之慨然。

譜牒記

夜間整理書櫥，看見本家譜，它靜靜地躺在櫃腳裏，好久沒有翻動過的模樣。

用手拂去封面的灰塵，輕輕打開，一個個陌生的名字標註在書頁上，感覺恍如走進了一個另外的世界。距離是時間造成的，隔著層紙，那些鮮活的生命變成了簡單的符號，冷冰冰地在眼前靜默。泛黃的紙張已變得有些焦脆，我小心翼翼地翻閱著，觸手一股黴味撲鼻而來，彷彿跌進了一個深不可測的黑洞，沒有一絲燈火，沒有一點聲音，只有紛紛擾擾的人名如同大樹上懸掛的細果，蕪雜而凌亂，讓人很難一下子將這些大號黑體字和人的生命連在一起，因為文字是那般簡略，多不過數行，少僅僅幾字，寥寥間就交代了一個人在世間的所有歲月。在初冬闃然微寒的夜晚，在溫暖明亮的白熾燈下，家譜竟然散發出一股腐朽與死亡的氣息，字裏行間充盈著衰落與血肉生命的殘酷。

我摒住呼吸，凝視著那些退隱到文字上的人生。他們不是我的祖先就是族人，如今卻安靜地匍匐在書冊裏，做著一個永遠不會醒來的冷夢，生命真是暫時的，或許只有死亡才能永恒吧。當一個肉體誕生後，基本上他的名字都能進入家譜。等他寂滅了呢？他的靈魂是不是還要飛進祠堂？抑或黏附在家譜的字裏行間，等待著下一場生命的輪迴？

這是永遠也沒有答案的追問。外面的風吹打著窗戶，玻璃嗚嗚地響，無孔不入的風尖銳地穿過狹小的縫隙，溜進室內。房間從容地接受著這些不速之客的侵略，就像家譜不動聲色地等待我指間的摩挲，它們皆淡定得像個藝術大師。

人世的繁華悠悠流走，生命的本質緩緩延續，仍在無盡的邊緣遊動，但所有的一切，終究還是要回歸到家譜中的。一個有名字的人，就是這個姓族放逐的勇士，他在塵世的森林中跋涉，終點卻是家譜的紙頁，他們為家譜添加厚重的頁碼，為後人提供精彩的談資。

所以從某種程度上說，家譜也是一幅神奇的圖畫，它可以還原先輩的歷史，告訴後人那些遙遠的歲月曾經發生過的往事。而且它又是包容的，不會嫌棄身份的卑微，不會拒絕生命的渺小，只要是一個姓下的，只要你沒有大逆不道的惡性，沒有欺師滅祖的不堪，誰都能找到自己的位置。然而我終究還是無法參透家譜所蘊藏的厚重與分量，更無法想像往昔的日常生活，畢竟它太簡單了，千篇一律、枯燥乏味地交代著一個個生命的誕生與終結。在這裏，只有身世顯赫的人才有資格得到更多文字的表述，甚至還有畫像供人敬仰。不過這些依然平白而乾巴，且未必真實，但卻是一個家族所有後人引以為榮的資本。

漫長的歷史之河，層層塵土在光陰的路上簇簇飛揚。一軀軀肉體寂滅了，一面面鮮活的笑容也消失在生命的盡頭，那就留下他們的姓名，記清楚最後的歸宿吧，這樣我們才不會迷失在生命的更始中。雖然家譜記載的不過是一個氏族歷史上曾經有過的碎片，但正是那些零亂的片段，讓我們知道了生命的源頭，也看到了一代代人沉重而義無返顧的身影。

程子說：「家法壞，譜諜尚有遺風，譜諜壞，人家不知來處，故譜不可不修。」除了潛意識裏雁過留聲，人過留名的觀念之外，也可以說是人類自身的一種追本逐源吧。

讀家譜，我讀出人生苦短，也讀出世態炎涼。

藥氣

伊身體微恙，醫生開了些中藥，熬藥的任務落到我身上，每日家清晨或黃昏，慢慢地熬藥：熬草藥，竟也熬出了興致。一碗一碗在藥罐裏淋入清水，以筷頭輕壓，看枯乾的生命瞬間濕潤鮮活起來。蓋上砂鍋，慢慢浸泡。幾十分鐘後，擰開灶頭，以武火煎熬，待水開後，熱氣四逸，藥香漸漸入鼻，我就擰小灶頭，轉為文火慢煮。因為技術不佳，水位與火候掌握不準，中途總要掀開蓋子查看一次，但見種種草藥交糅出微苦的藥氣撲面而來，湯汁明顯加厚，有一味叫通草的中藥迅速蜷曲著白嫩的身軀，如蛇行水上，猛一見，蓦然一驚。

這一缽草藥，一般要熬近兩個小時，我守住灶頭，不棄不離。藥氣裹著我，大有雲深不知處的悠遠。待時間一到，熄滅灶火，將一塊紗布覆在罐口上，傾砂鍋，輕輕倒出藥液，濃重的藥氣入鼻侵肺，靈府一醒。

我曾經迷戀過古代那些略帶憂郁而又纖弱的女子，遙想她們住在滿屋子藥氣與茶香的閣樓上，倚窗聽雨，彈琴遣興，看殘葉飄零，落紅滿地，聽雨打芭蕉，匝地有聲。從某種程度講，這是異態，且頗有男權主義的傾向。但那樣的女子卻容易引起男人的愛憐，是以許多人都樂意去玩味「侍兒扶起嬌無力」的場景。

魯迅先生在《病後雜談》一文中曾寫道：「許多人，都懷著一個大願。願秋天薄暮，吐半口血，兩個侍兒扶著，厭厭的到階前去看秋海棠。」這已不單純是封建傳統的陋習在作祟，幾乎有些變態了。但到底還是因為中國文化中蘊涵了一股微苦的藥氣，許多人心中才會有這樣的大願吧。我一直認為，茶氣、酒氣、藥氣，三者合一，有種共通的旋律，熏染了中國文化。

我小時候，調皮，鬧得胳膊摔斷過兩次，每回祖父都帶我去一個姓謝的中醫那接骨，接好了還要帶回一大包草藥輔助治療。我害怕喝中藥，太苦，但喜歡看祖母熬藥，她用一個黑色陶罐熬藥，陶罐粗樸的身子上有一對彎曲的耳朵，祖母說那是家傳的，看起來也的確有些年月。

祖母說熬藥很有學問，溫度不能高也不能低，又不能讓藥氣外瀉，所以藥罐不能蓋蓋子，最好用包藥的白紙蒙住，用線繫緊，為觀察藥湯沸騰，還要在上面放一枚銅錢。透過藥罐的底隙可以看到燒得通紅的火炭，紅得鮮亮而美麗，映在祖母臉上，像夏日天空的晚霞。藥湯滾了，熱氣衝蕩得紙面上的銅錢輕輕起伏，祖母就把藥罐端下來，冷一會，然後再放到炭爐上，如此三次，方算熬成。等揭開白紙，微苦的藥氣瞬間就彌漫了整間小屋。祖母把熬好的藥倒進瓷碗裏，端在手中直晃悠，黑糊糊深不可測。

這時候我總要遠遠地躲起來，惹得家人一番好找，祖母哄我，又是糖果，又是餅乾地引誘，而且還裝模樣喝一小口，說不苦不苦，我哪信，氣得祖父大發脾氣，我只好嚐了嚐，濃濃的苦味似乎能從舌尖一直到腳板，渾身都苦了，我乾脆豪爽地一口氣喝完。這幾年，常在飯桌上聽見食客們勸酒說：「感情深，一口吞。」我就聯想到小時候喝藥的事。

草藥一般熬兩遍，就沒什麼藥效了。故鄉舊時風俗，藥渣照例要倒在三叉口上，說這樣病人能痊愈得快些。我們手牽手一步兩步三步四步望著天上的蜻蜓，或者飛機，或者白雲，岔路上的藥渣，星星點點，此去經年，猶自不忘。

遲了

在這不圓滿的人生，我能做什麼？有人錦衣玉食，有人鶉衣百結，有人徹夜笙歌，有人夙夜興歎，有人食不果腹、衣不蔽體，有人食不厭精、遍體綾羅，有人淚濕青衫袖，有人仰天長嘯出門去，然後一入侯門深似海，一入侯門又入了江湖，又入了雄關漫道，又入了小橋流水，古道西風瘦馬，夕陽西下，天邊如血，不知老之將至。

這幾天想讀郁達夫，手頭沒他的書，一套選集躺在鄉下老家，念念。我只好在大腦裏搜索郁達夫的文字，到底大腦非電腦，想了半天，才記得他在《蘇州煙雨記》中寫道：「啊啊！容顏要美，年紀要輕，更要有錢。」

我歲數不再年輕，容顏和金錢還未稱心。

遲了，還是遲了，醒悟得還是遲了。文要老，人要嫩，我文章不夠老，人卻不再嫩。在這不圓滿的人生，我能做什麼？讀書，生也有涯，而書海無涯，我沉迷讀書，津津有味地沉迷於文字，無可自拔。做不了農民，做不了工人，做不了商人，做不了官人，只好淪為文人，好做作文人簡單，讀書就是。書讀多了，便有文氣了然於胸。

沒有郁達夫，只好讀賈平凹。我曾經認為賈平凹是郁達夫投胎，兩個人的才華倒頗有相似之處，他們的作品在世人眼中都有驚羨，有感歎，有不解，有疑惑。郁達夫《沉淪》，賈平凹《浮躁》；郁達夫寫《斷殘集》，賈平凹出《抱散集》；郁達夫《迷羊》，賈平凹《懷念狼》；郁達夫有《奇零集》，賈平凹作《病相報告》。

郁達夫是黃橙，賈平凹是紅橘，沒有郁達夫解渴，就借賈平凹充饑，姑且以橘代橙，聊解相思之苦。郁達夫最好的作品是遊記，深得明人筆墨，賈平凹的遊記亦非凡品，可惜手邊書中所選賈氏遊記太少。遂讀賈平凹寫人散文選《朋友》，前些時孫牧青兄所贈，讀過一遍，再翻，還是拍案叫絕。寫人，難，寫活人，難上加難，賈平凹迎難而上，讀得我渾身冒汗。夏熱，室內密不透風，越發抖汗如雨。索性攜書去了小區外的東風渠，平坡上許多大漢在練軍姿。河裏有人抓魚，林下有人打鳥，夕陽還是耀眼，尋蔭避光，靠了棵樹坐下。天熱，渠水現底，草氣淡了，夏風送來的泥腥味在四周縈迴。回家時，夕陽西下，一切變得恍惚起來，波光粼粼中，抓魚的長出金色的鱗甲，打鳥的長出灰色的翅膀。

近來狂覽圖書，以致文氣勃發，寫了一篇又一篇文章，頗有語不驚人死不休之意。寫作，說到底還是離不開一作字，除非述而不作，既然是作，一提筆，難免做作；所以寫隨筆應該揮金如土，寫散文則要揮土如金，隨筆是隨便筆記，應該鋪排成癮，散文要散且成文，非得惜墨如金。

友人說：「寫豪語、奇語、瑰語，都如舉大錘橫掃六合，需要的是大力氣，才能舉重若輕。」豪語、奇語、瑰語，我是喜歡的，可惜沒有大力氣，只好持才氣，可惜又無才可持，我就潦潦草草、意氣用事。散文隨筆的寫作，有點意氣用事也是好的，意氣之下，雖無瑰語，但豪語頻出，奇語雲湧，不至落入俗人窠臼。

累了，折騰得自己累了，在這不圓滿的人生，我能做什麼？只能躲在書中尋找安靜。黃昏時分，在陽台上翻《古代短箋三百篇》，讀王羲之雜帖，方寸之間有宇宙；彷彿莊子逍遙遊，宇宙之間有方寸。王獻之的雜帖與其父王羲之如出一轍，讓人分不清。

薄冷，足下沉痼，已經歲月，豈宜觸此寒耶？人生稟氣，各有攸處，想示消息。

鴨頭丸故不佳，明當必集，當與君相見。（《鴨頭丸帖》）

服油得力，更能停噉麵，只五六日停也，不至絕艱辛也。足下明當必果，想即日如何？深想憶。（《服油帖》）

今送梨三百顆，晚雪，殊不能佳。（《送梨帖》）

鏡湖澄澈，清流瀉注。山川之美，使人應接不暇。（《鏡湖帖》）

這幾則雜帖，行文一如右軍，早就發現我與父親的相似，行為舉止，甚至所思所想，想跳都跳不開。前人如此，後人能異？遲了，還是遲了，醒悟得還是遲了。

人走茶涼，人不走，茶也涼，晚上和牧青兄小聚，一壺熱水，我們談成涼茶，人散後，一月如鈎車如水。

雜帖

哪有那麼多文章可寫，所以最好記記雜帖。即便有那麼多文章可寫，還要謀篇布局，還要起承轉合，哪有那麼多講究，所以最好記記雜帖。

我想已經是小北佬一個了，心將他鄉認故土，作了家鄉的叛徒。前些時寫《燴麵之筆》，拿去發表時，我刪了一句話：「燴麵的淡香，淹沒了多少南方的鄉愁。」因為虛，因為空，更因為氣短。

周作人說：「凡我住過的地方都是故鄉。」周作人漸漸讓我有些厭煩，文章不及他哥哥，品行不及他哥哥，操守也不及他哥哥，見識更不及他哥哥，這句話我尤其不愛聽。倒是喜歡葉聖陶《藕與蓴菜》一文結尾：「所戀在哪裏，哪裏就是我們的故鄉了。」

我想已經是小北佬一個了，見雪不喜，逢雨驚奇。我以前在南方，是見雨不喜，逢雪驚奇的。雨水是討厭的弟弟，雪花是暗戀的女孩。（我小時候好吃，巴不得所有零食都歸我一人，但每次都要被弟弟分一半，弟弟小，甚至還要多拿些，我討厭過他的，罪過，罪過，罪過。）

中原的酷熱終因一場雨而暫停，上午伏在案頭，一轉身，窗外濕了，小雨淅瀝如絲。我打開房門，拉開窗戶，讓水氣從室內穿過，風吹來，鼓蕩著衣服，彷彿江南，自己好像成了流落江南的李龜年，舊事依稀入夢，幾番滄海桑田。探頭出窗，雨絲打在馬路邊的樹葉上，密集如蠶食之聲。小時候，有鄰居家養過蠶，天熱，我經常去蠶室玩，蠶室四周通風，涼意沁人，食桑之聲像雨打樹葉。

如果不是上班，我想我會去大街上淋雨的。

中原這一場夏雨，倘若下在皖南，我會做什麼呢？大抵會去屋後的塘埂邊，淋個透濕，然後沖涼，換上乾淨的衣衫在樓上的西窗下靜坐，喝茶，看雨淋青山，青山淋雨。月下美人盡如畫，雨中青山似佳人。月下對美人，情意益篤；雨中看青山，意態蹁躚。

有一年，我把窗外的小丘看成了大翡翠，細雨下的小丘，在夏天明亮的雨線裏，遠遠看去，竟然像戴在大地手指上的祖母綠。

有一年，我看見一個少年眯著眼睛在雨地裏踩踏水泡，傘丟在一旁；有一年，我看見一個青年撐把碎花傘，攬著他的佳人悠悠涉水而過；有一年，我看見一個中年人戴著斗笠踽踽獨行，風急雲低，一隻落單的大雁在天空翱翔；有一年，我看見一個老人獨自獨自靠在自家的牆角下，任雨打風吹，他自木然。

這樣的場景，像垂髫孩子在陽光裏的夢。

走過了橋，路回不去了。

北人踏雪，南人淋雨。雪踏在腳下，我覺得是暴殄天物，暴殄天物聖所哀，我並非聖人，所以不哀，看不慣而已。雨淋在身上，我覺得是以身相許，舊小說中弱女子臨危受困，被大俠解救於水火之中，思忖恩情無以為報，最後只好以身相許。

天依舊下它的雨，因為驚奇，因為心事起伏，我沒辦法專注於手中的文稿了。設若一個人的修養未臻化境，也就不可能不以物喜、不以己悲。我以前混沌初開，經常大驚大喜，既驚且喜，多驚多喜，現在讀書養性，有了平常心，慢慢變得少驚少喜了。

細雨濛濛，襯衫泛潮，院子裏的廣玉蘭，葉色泛青。

手跋

我喜歡過自己喜歡的日子，讀讀書，寫寫字，熬熬夜，睡睡覺，燒幾道菜，煲一缽湯。一個人不可以選擇生，但可以選擇活。

散文對我而言，是逆流而上的。我在二十歲時，接觸到梁實秋的《雅舍小品》，自此開始了無意識地創作，可以說是梁先生啟迪了我。讀罷梁實秋，我又看到王力的《龍蟲並雕齋瑣語》，這是本讓我至今還懷有好感的散文集。

到今天，儘管我能看出梁實秋散文的薄弱與王力散文的不足，但還有此去經年的戀舊。戀舊和懷鄉一樣，是種病。我移居中原多年，鄉愁是沒有了，但還經常戀舊。隨後接觸到郁達夫、周作人的文字，迷過一陣子。周作人現在不看了，一個人的讀書趣味，總是在改變的。厭倦周作人後，喜歡上了他的哥哥魯迅，魯迅的《野草》與《朝花夕拾》，讓我特別醉心，我能從字裏行間嗅到煙草氣息並觸摸到穿越時代的體溫。我也喜歡廢名、俞平伯，喜歡他們文字中的中國精神與古典氣息。

我對寫長文章沒有興趣，我對自己散文的定位是：盡量不超過一千五百字。散文是一葉一菩提、一花一世界，所以要長話短說，廢話少說，不過偶爾到底忍不住，多說了些閒話。我覺得散文寫作中也應該有胡蘭成說的那種「漁樵閒話」，散文需要人情之美與蘊藉之風。

後來遇見明清小品，文字的精致與情緒的平淡，一看就喜歡。我也讀唐宋八大家，讀六朝隨筆，讀先秦諸子。在我眼裏，《莊子》是最好的散文，《尚書》是最好的隨筆。《莊子》從十幾歲就似懂非懂地閱讀，十多年過去，至今還常常翻起。接觸《尚書》是在二十五歲之後，在朋友家，是夜宿其宅，無事，在枕畔讀《尚書》，如孤闖大澤，茫然四顧，滿眼霧靄，找不到方向了，但心中分明有一股浩浩之氣。《尚書》，金石文也，有廟堂之巍峨，令人不敢不敬、不得不敬。《尚書》拙樸陽剛像太陽，《莊子》清新陰柔似月亮，一日一月，掛在先秦的天空，照耀了後來文學的世界。

《莊子》是天人之作，《尚書》乃巨人之書，肉體凡胎如我者，雖好讀，只能不求甚解，所以儘管喜歡，遠遠不能沉迷，更不會茶飯不思。相對而言，讓我傾倒的是王羲之的雜帖，蘇東坡的小品，張宗子的散文。王羲之的雜帖，讓我領略到人情之美與文字之美；蘇東坡的小品，讓我感受到潑綠一地的蔥郁；張宗子的散文，讓我體會出隱忍的柔美。而最為關鍵的是，從他們短小的作品中，我看見了跨越時間與空間的宏大。

散文可以寫小，但要小中見大；散文可以寫大，但要大中見小。有大無小，有小無大，都有失偏頗，不為我所取。外國作品，偶爾讀讀，微微的清風，淡淡的雲影，一晃而過。不過對日本隨筆一向青睞有加，清少納言的《枕草子》與團依玖磨的《煙斗隨筆》中所描所繪，讓我懷慕傾心。之所以不厭其煩地交代喜好，我覺得這些作品都影響了我，讀書是可以改變一個人的。在若即若離之際，我筆下的文字變得輕靈樸素。

寫作，寫著寫著，淡然了很多；寫作，寫著寫著，敬畏了很多。

有個階段，喜歡買僻書，對於僻的理解，在我看來是印量。印數三千冊以下的書，只要看見了，稍有動人處，總要買下來。寫寂寞的文字，要有巨大的精神力量，我堅信閱讀僻書，能獲得一種異態的力量。當然，大路貨出版物我也喜歡，《古文觀止》上許多散文，讓我讀得下跪。

一個人的文風總是在變，任何寫作者前期的東西和後期的作品差別都很大，不過骨子裏有屬於自我的印迹。

最好的散文寫作，心態上我覺得要麼近中年，要麼進老年。近中年，方有急迫中的從容，有驚慌，有感慨；進老年，有泰然，有淡泊；最怕心態已中年，不上不下，不左不右，有莫名其妙的疲乏，未免消沉，最為尷尬。

我喜歡作家的少作，那時，以青年情懷來推動文字，氣足，雖然在技巧上不夠圓融，但處處有靈光閃動，發人會心處很多。

人在中年，或者人過中年，再寫少年情懷、青年情懷的東西，格調就低了，所以某一類作家，有人生境界，無文字格調。對寫作者而言，中年是道坎，是向大師邁進的天堂門，邁過去就是一個新天地。

美文是虛無縹緲的，不可尋覓。有些人寫作，文字雖美，許多地方終究虛了，沒落到實處。散文是借力打力，隨筆要隔山打牛，所以從這個程度說，王羲之雜帖的境界要比唐宋古文來得高。

寫作是個奇怪的東西，在經營文字的過程中，得了芝麻，丟掉綠豆，得到綠豆，可能丟了谷子，得了谷子，又丟了芝麻。人生總是在得失之間徘徊，所以一個寫作者有了境界，沒了心態，有了心態，沒了純粹，純粹時，技巧又不夠好（這個技巧是處理文字的能力），這是無可奈何的無能為力，也是莫名其妙的欲說還羞。

寫作意識最初的覺醒，大抵源自排遣，因為有話說，也因為無心插柳，所以那時候能夠盡情揮發才情。

一個人倘若積累了多年，閱讀了多年，寫讀書隨筆的時候，就能如魚得水。但寫小說散文例外，在我看來，小說是才氣，散文是性情。

書讀多了，容易眼高手低，文章好壞比誰都清楚，但知道六朝的好，卻寫不出六朝的感覺，知道知堂的壞，下筆時又跳脫不開，這恰恰是閱讀帶來的局限。

中國散文，我更喜歡傳統一點的，好的散文，應該立足於前人，借助復古傾向或者復古運動來尋求突破。從某種程度可以說，不復古，就談不上發展。我的意思不是以古為尊。先秦諸子百家，拋開思想，單從文本而言，韓非子、孟子的文章就用力過猛，太劍拔弩張。

我喜歡魏晉六朝的文字，美得燦爛恣意，又樸素得不動聲色。六朝文章雖好，但藝術沒有固定的美學走向，儘管它是中國文學最好的質地，但不是唯一的布料，所以後來的唐宋八大家要另辟一條路子。公安也好，竟陵也好，桐城也好，何嘗不是人精，都想當文體家，他們不斷尋找屬於自己的路，尋找前人沒有走過的路，可以說他們都是中國文章的改革者。

今天很多人批判古代一些流派的作家，其實有幾個人文章寫得有韓愈、袁宏道、方苞、鍾惺、劉大櫆、姚鼐好呢？所以我在寫作上不批古人，專罵今人。

文章質量要高，數量也要足夠，兩座高度相同的山，一座山頂可容千人，一個僅放一足。前者能稱偉，後者僅僅高。質量高，是才氣大，數量多，則是精氣足。

輯二

食尚

飲食男

去年初還是前年底，忘記了，朋友約去他家吃飯，臨時要我做兩道菜，都是挺深的交情，不好推辭，再說我也喜歡下廚露兩手，索性遂了他的意願。做了什麼，我就不說了，總之那頓飯大家吃得不亦樂乎，事後居然封我為「飲食男」。人生在世，草木一秋，誰都是匆匆過客，掙個響噹噹的名頭也不容易，以後行走江湖，那可是一張無形的名片，何況「飲食男」叫著好聽，聽著順耳，怪好玩的，我也就受之如飴了。再說，自打落下娘胎，誰都要吃飯的，人為一張嘴，樹活一層皮嘛。

以至「飲食男」這三個字，我一聽到，就暗暗叫好，神采奕奕，精神煥發，有奢侈在嘴的感覺，或者說是寄情於胃的感覺，總之是文學與生活的完美結合。眼前驀然呈現出這樣的場面：

一個穿白襯衫的青年，文質彬彬地閒逛著菜市場，穿過繁華的街道，左手提著一尾鮮活的鯉魚，右手籃子裏裝滿苦瓜、豆角、青椒、山藥、馬鈴薯、蒜茸之類。青蓬蓬的菜葉兀自從袋口探出來，顫巍巍地抖動，正是：滿籃蔬菜裝不住，一棵萵筍出頭來。

這青年便是飲食男，他提著一籃蔬菜走在回家的路上。蔬菜的淡香飄在他身邊，浮過熱鬧的街道，鑽進人們的心頭，飲食男視而不見，白襯衫上新染了一道碧茵茵的菜漬，那是別在胸前的一枚植物印記，彷彿來自遙遠鄉村的綠月亮，淺淺一彎，像油畫一樣清晰，又如水彩般清逸。

水彩的時光那是別樣的春愁，心頭泛起這樣的句子，於是就想起初戀的時光，想起樹蔭下穿綠裙子的那個女孩，想到一塊刷牙，一同洗臉，一起做飯，想起唇舌之間的上下滋味，想起腸胃左右的各種活動。事關記憶，速飛的大腦一空……

飲食男終於回到家，揉揉發麻的胳膊，甩甩酸痛的手指，在水龍頭下洗菜，自來水沖出一道白亮的弧線，打在指間，旋在瓷盆裏，菜葉飄飄，彷彿是大海中的一葉扁舟，飲食男就是捕撈的漁民，或者是看海的逸士。時間猛地跳回到客居青島的日子，和朋友一起在棧橋的海岸旁，挑螺螄、吃牡蠣、啖牛肉燒烤、喝新鮮扎啤，俗俗的充實擰成淡淡的風雅。這些飲食帶來的享受，都是穿過喉嚨的美好記憶，歷久彌新，經年不忘。

電飯煲裏的大米熟了，一股清香溢出鍋蓋，飄蕩在四周，輕輕一嗅，胃裏頓時爬滿饑餓，饑餓得雙腿發軟。趕緊放油入鍋，飲食男開始工作了，煎炒煮炸燜炖，輪番上陣，這些基本功，我想，是作為飲食男最起碼的素質吧。

我以前喜歡吃肉的，現在偏愛吃魚。城市米貴，肉價飛漲，我只得吃魚了。哪天魚價再漲，我乾脆戒了葷拉倒，像兔子一樣專吃青菜。不過廚藝好的人，燒的青菜堪比魚肉。這年頭，只羨州官魚肉百姓，不屑市井青菜小民，青菜總之是很難流行的，但我愛吃。家常青菜，色如翡翠，盛在瓷碗裏，香騰騰的，味道很透徹，有股暖心的透徹，有股明潤的透徹。譬如蒜茸油麥菜，放醬油，爆火速炒，那滋味直逼人心，然後風韻彌漫；再如酸辣大白菜，放陳醋、辣椒粉乾炒，出鍋後，清爽中有一絲酸辣，令人舌齒生津，惜乎那種滋味，只可意會，無法言傳。

飲食之道，講究風韻與心境一體，表相共味道相依。飲食男女何嘗不是如此，但許多人往往徒有其表，就像所謂高級酒店的飯菜，看著漂亮，吃了不爽。

做飯是種享受

晚上，一個人在廚房裏切切洗洗，嘴上哼著歌曲，心裏遐想著少時的美味。常常暗自琢磨，我上輩子搞不好是個壯志未酬的廚子，不敢說是伊尹、太和公那樣的大師，最起碼也是和王小余差不多的高手吧，再不濟，也是某飯莊的廚師長。

說起來，每個人愛好不一，但在美食面前卻表現得空前一致，好吃的，你裝在胃裏覺得開心，他吃在嘴中感到愉快。但做飯卻並非如此，我很少見到愛下廚如戀美食的，尤其是男人，吾未見有好廚如好吃者也。孟子曰：君子遠庖廚。說是對畜生，見其生，不忍見其死，聞其聲，不忍食其肉。這是哪跟哪呀，分明就是一廂情願的強詞奪理了。既要吃肉，又假惺惺不忍殺生，要真是心存善良倒也罷，遠庖廚的理由，居然是為了眼不見，耳不聞，心安理得地大吃特吃。上綱上線說，這叫假仁假義，說輕鬆點，也是抬槓吧，孟子寫文章喜歡和人辯辯理、抬抬槓。可惜這樣的作風沒有傳承下來，中國文化自春秋戰國以降，就沒有出現過百家爭鳴的景象，真是太寂寞，太安靜了，我深以為憾。閒言扯遠了，按下不表，繼續做飯的內容。

話說念小學時，有一天母親把我叫過去說：咱家沒有女孩，你是老大，以後燒鍋做飯之類的家務活要分擔一點。我覺得既然是家務活，家庭的每個成員，都有責任和義務，憑什麼老讓母親一個人包著攬著？白吃白喝八九年，是時候學著做飯了。一來今後到哪也餓不著，二則掌握了門手藝。人在江湖，不能沒有一技之長，以後我的看家本領就是做飯吧，哪天寫不出文章，還可以提著鍋鏟打天下。

這冬去春來，花謝花開，轉眼十幾年過去，我從一個烹飪新手成為資深掌勺，還給報紙寫過幾個飲食專欄，已經上升到理論的程度了，儘管離不開我的學習，但主要還是母親教導有方。

如今除非不得已，我不會主動出去吃飯。在我看來，所謂好的飯店，就是漂亮女人做接待，差的飯店，則是中年大嫂搞服務，菜基本上是用雞精、味精、五香、八角各色料包調製而成。每次在外面應酬，坐在席間，心裏一直內疚著，總覺得讓嘴巴遭罪了，真是挺對不起它的，跟著我二十多年，不離不棄，就憑這股忠心，也不能老是讓它受委屈呀。手心手背是肉，嘴巴舌頭就不是肉了？

反正我現在對吃飯的態度，一門心思掌握在自己手上，想吃什麼自己做。青菜碧油油，裝在盤子上，豬肉噴噴香，盛在海碗裏，那些湯湯水水的，就讓它晃在瓷盆中了。

我認為一次完美的飲食，應該從提著籃子去菜市場開始，原料的選擇，器皿的使用，都需要講究。有老家文友看罷我報紙上的飲食專欄，說下次回來，帶我去菜市場買些菜，由我掌勺，好好吃一頓，這片言只語中透露出極高的飲食造詣。通常意義上的文人雅集，是聊聊藝術，切磋寫作，我們卻蒸飯燒菜，埋頭於吃喝，真有世俗之大美也。

朋友說我天生是家庭煮夫的坯子。這大概是種秉性吧，對生活的一種方式。我覺得人生苦短，餘事皆可隨便，吃飯不能馬虎。說起來我也是個文人，但作詩不及李太白，填詞遠遜柳耆卿，散文又不敵歐陽修，小說更寫不過曹雪芹，關鍵這輩子也沒有追上去的希望，那就逢人少誇文章好，廚房較技滋味長。這沒什麼不對，要是每個男人都這樣，散淡恬靜，與世無爭，工作之余在廚房中打發著，那世界該多美好。朝大環境說，穩定了社會治安，往小範圍講，也創造了家庭和諧。

鍋碗瓢盆，煎炸烹炒；五色食物，百味人生，做飯也是種享受。

筷子筷子碗

文章名字是從一段行酒令裏偷樑換柱而來，沒什麼深意，圖個念著順口。

碗和筷子可謂孿生兄弟，又或者是夫妻關係，碗是兄，筷子就是弟，碗是夫，筷子就是妻。它們形影不離，結伴而行，胡吃海喝、細嚼慢嚥、國宴家席，都離不開碗筷的合作。在中餐裏，它們簡直就是秤不離砣，砣不離秤。

碗，作為人們日常飲食的器皿，它的起源已不可考。如果追溯到新石器時代，用黏土泥質燒成的陶碗，應該就是最早的模坯了。其外形與今天我們使用的飯碗頗似，多為圓形，口大底小，也有碗足。後來用高嶺土、長石、石英為原料燒製而成的瓷碗，即脫胎於此。

因為上闊下窄的形狀，專家便推測說，古人最初對碗的使用，可能是安放在地上挖出的坑裏。這當然是一廂情願的假設，我不信古人會傻到趴在地上吃飯，有時，專家就是專門騙大家的。專家喜歡領異標新，作家崇尚刪繁就簡，專家是領異標新二月花，作家是刪繁就簡三秋樹，身為文人，我簡單地認為，碗從一開始就捧在手上。

或者是金的名貴，或者是銀的高潔，或者是玉的溫潤，或簡約不著一字，或繁瑣得盡風流，碗自始至終在漫長歲月裏摩挲在人們的唇齒之間。在飯桌上，它是盛菜裝湯的器皿，更是不可繞開的主角。然而，讓我感到意外的是，碗居然在音樂史上，散發出叮叮當當的聲音，不止一回讓華夏先民為之陶醉、興奮。

話說隋朝有位叫萬寶常的音樂家，有次和朋友吃飯時談起了音樂，大家說，老兄不能光說不練哪，給我們來一曲？大概是說得有些手癢癢了，萬寶常也不推辭，叵耐身邊又沒有樂器，情急之下，用筷子敲打座上的碗碟餐具，奏出五音俱全的曲子，和諧悅耳不亞於一支絲竹俱全的樂隊，大家聽了，驚喜不已。

這段選自《太平廣記》的故事，結尾點出萬寶常是謫於塵世的仙人，最後不知其蹤。對於他的結局，浪跡江湖也好，重列仙班亦罷，並不重要。關鍵我們知道是萬寶常再次讓碗樂散發出一道亮麗的光芒，懸在時間的深處。因為用碗奏樂的習俗，遠在夏商時業已產生，且隨之誕生出一個極有古意的名詞——「擊缶」。《易經》云：「不鼓缶而歌」，《詩經》說「坎其擊缶」。只是這樣的記載生硬而冰冷，幸虧萬寶常譜寫了一段令人遐想的碗樂傳奇。

用碗吃飯，讓我們生生不息、綿延不已；以碗代缶，讓我們笙歌嘹亮、五彩生香。下面，再談談擊缶的筷子吧。

筷子也是國粹之一，古稱箸，《說文解字》釋為「飯攲也」，即幫助吃飯的工具。因為箸和住諧音，有停住的意思，江南魚米之鄉、水域遼闊，廣大漁民最怕行船擱淺，忌諱停住，故此將住改稱為快，討的是「潮平兩岸闊，風正一帆懸」的口彩。

筷子的原料，有金、銀、銅、鐵、玉、木頭和象牙等等。自古至今，到底以竹木所製為多，錄明人程良規《竹箸詩》為證：

般勤問竹箸，甘苦爾先嚐；滋味他人好，爾空來去忙。

小小筷子，堂堂餐具，兼拌、撥、挑、夾、扒等諸多功能。但比起西方的刀叉，到底有弱處，一旦對付滾圓而滑溜的食物，就徹底自暴其短矣。《紅樓夢》寫榮國府家宴，鳳姐為取悅賈母，捉弄劉姥姥，故意揀了一碗鴿子蛋放在她桌上，「劉姥姥便伸箸子要夾，哪裏夾得起來，滿碗裏鬧了一陣好的，好容易撮起一個來，才伸著脖子要吃，偏又滑下，滾在地上。」惹得眾人已沒心吃飯，都看著她笑。這並非劉姥姥手上功夫不濟，實乃筷子先天不足，如果換成西方的叉勺之類，斷然不會出現那種尷尬。所以我們古為今用的同時，還應該鼓勵洋為中用啊。

回憶月餅

大晴天，月亮地裏，漫天星火下擺張桌子，一家人團團圍住水壺的嫋嫋熱氣，月餅切成扇形，就著點心，喝茶聊天，是一件愉悅的事情。

可惜，只是想像而已，我並不喜歡月餅，吃幾口就發膩，不管是無糖月餅、冰皮月餅、水果月餅、雜糧月餅、鮮花月餅、食用菌月餅我都不愛，但還要寫寫關於月餅的記憶。飽食終日，無所事事，只好借文章來撒氣。

回憶月餅，時光的膠片倒回在幼年的中秋。

金黃的面皮，細碎的芝麻，吃在嘴裏嚼出沙沙的聲音，這自然都是曾經的美好，但月餅的味道早已忘了。記得清楚的，是它的包裝盒，大概是我們縣城食品廠生產的月餅吧。紅色的紙盒上凸印出嫦娥飛天的畫片，衣袂飄飄，眉目素雅，上空還有一輪金黃的圓月，現在想起，還有飄飄欲仙的快意。當時正在似懂非懂地看《西遊記》，想著月餅盒上的嫦娥，心裏恍然一悟，這麼好看的神仙姐姐，不要說豬八戒動心，就是我等小頑童也喜歡啊。

月餅吃完後，我總要小心翼翼地剪下包裝盒上那美麗的嫦娥，貼在鏡子旁邊，梳頭洗面、顧影自盼之餘與嫦娥眉目傳情。當然這不過是一個小孩的自作多情，算不得什麼，但愛美的種子卻悄悄種在了心底，等我成人後，長成了一棵參天大樹。

月餅是中秋的傳統食品，我家舊時風俗，過中秋節，父親總要買兩斤豬肉。那時候物質生活貧乏，在我們的眼中，肉比月餅好吃得多。有肉殺饞，也就不追求什麼月下吃餅的趣味了。

後來去杭州倒曾吃過上好的月餅，廣式月餅，一個個大小均勻、周正飽滿。表面呈淺棕色，立牆為乳黃色，蛋漿塗抹均勻，圖案上標有廠名和餡芯，聞起來氣味香濃。皮薄大餡，餡芯以蓮蓉、椰蓉、蛋黃、水果和各種肉餡為主，甜鹹適度，吃起來鬆酥生津，綿軟爽口，溫軟細膩。

說起溫軟細膩，我想起兩句風情私語，《天龍八部》上丐幫長老白石鏡對馬夫人康敏說「你身上有些東西，比天上的月亮更圓更白」，「你身上的月餅，自然是甜過了蜜糖」。這風月的隱喻，調情的暗語，教室裏是學不到的，後來這兩句話後來成了幾個同學的語錄之一，他們肆無忌憚地對女生高聲念了出來，女生羞紅著臉，他們吃吃地笑。

這是關於月餅最風月的回憶了。

一樹石榴

讀小說《一地雞毛》，感覺甚好，一些瑣碎的小事，劉震雲用非常冷峻而又略帶微諷的筆觸來表達，效果非同尋常。作者劈頭就說「小林家一斤豆腐變餿了」，不禁讓我想起老家院子裏的一樹石榴紅了。

豆腐餿了只有扔掉，而石榴紅了，當然要吃掉。

昨晚做夢，又見回鄉，躺在一樹石榴下睡覺。石榴咧開了嘴歡迎我，惹得人食指大動。伸手摘一個，打開萼筒，亮晶晶一瓢。今年雨水足，榴子特別豐腴，形似丹砂，顏若朝霞。取一粒入口，酸酸甜甜好一陣火拼，嘴裏吵翻了天，忽忽甜打敗了酸，一會酸戰勝了甜，弄得我唇齒生津。罷罷罷，莫鬧，莫吵，咽下你們就是，嘴裏終於獲得了安寧。

等我醒來，卻是一夢，春夢無痕，秋夢有影？其實夢都無痕，一枕黃粱啊。

我愛石榴，尤愛其花，韓愈說：「五月榴花照眼明」，一照一明，境界全出，這就是詩眼。確實，石榴花好看，紅得鋥亮，紅得耀眼，杜牧有云：「似火山榴映小山，繁中能薄豔中閒。一朵佳人玉釵上，只疑燒卻翠雲鬟。」詩人先寫石榴花紅得映小山還不夠，見麗人戴榴花於雲鬟，卻擔心紅豔似火的榴花會不會燒壞翠簪和秀髮？這真是贊美榴花的神來之筆。石榴花之紅，也的確紅得不一般，同宇宙間任何紅顏色，都不一樣。而更為奇特的，是這火紅火紅花瓣裏的那些金黃色、毛茸茸的花蕊，嫩而粉，像誰家調皮的孩子給塗上了蛋黃。

石榴花開的季節，我總喜歡挪張竹床，在它下面午睡，醒來，眼前晃動著一樹亮紅的石榴花。多麼美的生活啊，那些日子至今仍讓我懷念。

林花謝了春紅，紅花謝了榴綠。綠色的石榴外形如手雷，掛在樹梢上，長大一點就變成了黃色，等成熟的時候就一片通紅了。累累垂垂，盈樹盈枝，這時葉子也泛黃了，紅紅的石榴像巨大的紅寶石，在樹間閃爍，勾引了多少孩子的饞蟲呵。但我們小時候不准吃石榴，上一輩人說小孩子吃了石榴，會長亂牙齒。父母為了讓我們相信，還常常舉例子說誰誰誰家的小孩吃多了石榴，一口牙齒東倒西歪，我果真不敢吃石榴了。以致童年從來不知道石榴的滋味，只知道口水的滋味。

中國人視石榴為吉祥物，說是多子多福的象徵。古人稱石榴「千房同膜，千子如一」。鄉間婚嫁時，常於新房案頭置放切開果皮、露出漿果的石榴，小時候每每看見那亮晶晶的榴子總忍不住暗吞口水。可是又怕長亂牙齒，那就忍吧。忍著，忍著，人就長大了。

稻米書

一個地方的飲食習慣，雖被個人趣味所左右，但主要還是與氣候風俗相關聯；譬如稻米，在南方是一日三餐的主角，在北國，卻是日常生活的客串；而麵食呢，在南方是飲食中的客串，在北國，卻是餐桌的主角，雖非定論，在我看來，南北食俗的大抵情形卻是如此。

在南方生活了二十年，說來可能別人不信，我吃麵食的次數居然屈指可數，不是說麵食不好，主要因為周圍缺乏吃麵食的環境。

後來去青島，和一幫北方人生活，天天麵食果腹。開始還懷有思黍之心，一個禮拜後，也就徹底習慣了饅頭、包子、麵條、燒餅的生活，並且吃得不亦樂乎。可見我這人性情不定，容易忘本，因為飲食關乎一個人最基本的生活立場，不是說改就改的。一個人可以時不時鬧婚變、情變；一個國家可以動不動搞政變、軍變；但一個人、一個國家的飲食習慣，往往難以改變。譬如我有個北方朋友，不久前派去南方工作，回來說那裡山好，水好，人也好，就是吃不好。不講別的，但就說那稻米飯吧，吃起來像含了一嘴沙，不安本分，四處亂竄，無法下咽。

他這一形容有些傷害到廣大南方稻米人的自尊，我當時就嚴厲地批評了他，語重心長地開導說：老兄這麼講是不對的，吃稻米飯要慢，胡嚼一氣，米還沒碎，自然不能進入狀態，吞急了搞不好還噎著。下次吃米飯時，記得專心一點，輕輕用舌頭捲起，緩緩地送到板牙上咀嚼，這樣才能吃出滋味，吃出清香。

稻米是清香的。吃稻米，嘴裏有水的輕靈，吃麵食，舌尖有土的淳厚。不過通常情況下，吃稻米只是點到為止，眼睛卻盯著菜上，嚴格說起來應該是稻米和蔬菜同吃。兩者之間的關係，這麼說吧，如果是一杯茶，它們應該就是水和茶葉。飯菜飯菜，茶水茶水，它們須臾不分。沒有菜，吃再好的米也是嚼蠟。

我吃過很多品種的稻米。稻米的品種每每以地域區分，皖南稻米，蘇北稻米，泰國稻米，加拿大稻米……一粒晶瑩的稻米，就是一面鏡子，往往能反射出一個地方的風土人情。不同地區的米粒，有不同的顏色，有不同的氣味，譬如東北稻米，飽滿充實，呈橢圓形，有些關外大漢的風采；江蘇稻米，狹長纖細，呈錐尖形，頗似江南仕女的意韻；泰國稻米，長著女子的外形，骨子裏卻是男人，口感肆意，可謂十足人妖。

我喜歡稻米白花花傾瀉而下的場景，稻米堅實而閃耀，那是豐饒且充沛的河流，一剎間瀉下的不只是糧食，還有日出而作、日入而息的時光。

一粒米，就是一段人生的過程；一碗飯，則是一些生活的片段。如今生活在中原城市，一日三餐總要蒸米吃。只有在飯桌上看到一碗熱氣騰騰的米飯，心裏才會覺得踏實。每天去市場買些新鮮的青菜，回來清炒，隔三差五稱點豬肉什麼的，下鍋紅燒，在我看來，北方也成半個故鄉了。

一盤小炒，一碟鹹菜，一缽靚湯，左一碗稻米，又一碗稻米，這就是美好的日子啊。

粥與葛根粉

今年的夏，算是進入高潮了。最近，熱火朝天得汗流浹背。一日三餐，除了早晚，午飯基本沒什麼食慾，這樣下去也不是個事，得想辦法讓自己多吃，那就熬點粥開開胃吧。

關於粥，袁枚在《隨園食單》中如次定義：「見水不見米，非粥也；見米不見水，非粥也。必使米水融合，柔膩如一，而後謂之粥。」這樣的說法，深得我意。我覺得熬粥，在水量的控制和穀米的掌握上，是需要講究的，而且火候也很關鍵。

淘洗過的大米外加幾顆大棗，半把綠豆，一勺薏米，若干紅米，舀一瓢涼水淹沒它們。靜靜地在電飯鍋旁等待，鍋內漸漸變得滾燙，湯水慢慢呈現出暗紅的粘稠。那些白的米，紅的棗，綠的豆融在一起，凝成一體，咕嚕嚕冒泡。拿本書，在一邊守候，蒸騰的白氣淡淡地彌漫著，粥的淡香在四周飄逸。

吃粥的時候，或就鹹菜或吃鴨蛋，很愜意，頗有世俗人間的煙火之美。以致這個炎熱的下午，寫這篇文章時，心底還泛起了陣陣暖意，舌尖依舊殘留有一絲薄薄的粥香，在唇齒間久久迴旋。

就這樣被勾起了食慾，幸好還有上次家裏寄來的葛根粉。於是倒出若干，在白瓷盞裏以涼水稀釋至液態，再沖入滾燙的開水。像玩魔術一樣，碗底立即起了反應，潔白褪去，灰褐走來，凝凝冒著熱氣，誘惑著人的視覺。再撒入白糖，挑一匙入口，那滋味簡直是錦上添花的無與倫比了，所有的煩躁與不安，倏然逝去，儼然置身於大自然的一片祥和之中。

泡在瓷碗裏的葛根粉，像古詩詞中的琥珀，透明、清亮，充盈著淡淡風雅，一股青氣不時撲面而來，彷彿水鄉夜航船，彌漫著河岸草木的味道，潤朗、水靈、鮮活。

在皖西南生活那麼多年，卻沒吃過葛根粉，或許是因為它生長在深山的緣故，並非那麼輕易入我輩凡俗之口，人的吃喝有時候也講究些緣分。

葛根粉是質樸的，帶著鄉村氣息、民間氣息、山野氣息，既不世故，亦不圓滑，吃在嘴裏，只覺得一線清涼從唇到齒再順著喉嚨流至腸胃。斯時，有種褪盡鉛華的平和躥上心頭。這是飲食的上山下鄉，拋下了飯館的雍容華貴，遠離了大餐的精雕細琢，此時吃下的，不僅是一份心境，還有一份來自遙遠深山的野韻啊。

泡好的葛根粉，色如枯草葉尖之秋露，味似薄荷涼茶之甘辛，具清熱、降火、排毒諸功效。熱天酷暑，汗出如漿，風風雨雨，在工作之餘，能吃上一碗，是有福的。

據云，真正的吃家，為求滋味純正，沖葛根粉時不放糖。不放糖的葛根粉我吃過，味道略嫌平了些，好在入口有夏夜的草氣，讓人發思古之幽。舊時月色，許多故事，一眼閃到眼前，塞得大腦滿滿的，不由讓人憶起樹蔭下的知了，小溪旁的水草。

我喜歡葛根，古藤老根，埋在泥土下，原來埋在泥土下的不僅有文物，還有美食。文物是社會承前啟後的見證，美食是人類繼往開來的資本。沒有文物，我們遺忘了過去，沒有美食，我們寡淡了現在；沒有文物，我們丟失了歷史；沒有美食，我們尷尬了未來。

在窗台邊，背陽坐著。捧一碗葛根粉，溫潤在手心，滋養著舌頭，一些快意漾開了，紅的、黃的、綠的、紫的、藍的，各色鮮花花在晴朗的心頭朵朵開放。時逢陰雨，情緒亦然，有時，天氣的好壞全由人心，而人心的好壞關乎吃喝。

小吃的小，小吃的吃

已過半夜，寫罷一篇文章，躺下休息時，饑腸轆轆，肚子裏像有一輛破舊的馬車轔轔而行。蚊子在耳邊嗡嗡作響，橫豎睡不著，於是下樓，好在不遠處有夜市。喝了碗稀飯，買籠蒸餃，在昏黃的街燈下慢慢吃，生活真是美好啊。這大抵是小吃的魅力吧，如果此時去五星酒店吃大餐，儘管擺了滿桌子的菜，但感覺卻很別扭，人家不罵你犯神經也會笑你燒包。所以一個人怎麼吃，吃什麼，不光是經濟問題，更代表了品質與趣味。

我曾經對城市生活頗有微詞，這是精神上對自然眷戀的緣故。在生活中，城市到底還是比農村方便的，單飲食這一塊，我住的附近就可以吃到正宗的山西刀削麵、北京驢打滾、重慶酸辣粉、西安肉夾饃、山東水煎包、福建鼎邊糊、還有雲南的過橋米線，台灣的擔仔麵這些聲名赫赫的小吃。

小吃的小，是外形的巧，也是體積的小；小吃的吃，是名詞一食，也是味道一絕。說起來，有些地方，這輩子我都不可能涉足，但吃一份具有當地風味的特色小吃，也就有了遠足他鄉的況味。飲食之旅就是精神漫遊吧，尤其是地方小吃，其口感基本可以代表一個地方的風俗。

大餐都是相似的，小吃各有不同。所以在飲食上，我主張南北通打，不能厚此薄彼，而應該左擁右抱。我一直認為，小吃在某種程度上可以代表市井文化。品嚐小吃，就是品嚐民間的味道。有個階段，我迷戀過各色小吃，原因即在於此。

小吃這個詞，始見明清之際。《醒世恒言》寫錢青在高贊家吃飯，「三湯十菜，添案小吃，頃刻間，擺滿了桌子。」《儒林外史》裏說景蘭江、匡超人、支劍峰、浦墨卿四人小聚，「叫了一賣一錢二分銀子的雜膾，兩碟小吃。那小吃一樣是炒肉皮，一樣就是黃豆芽。」《鏡花緣》中李汝珍借吳之和談時人飲食習俗，「除果品冷菜十餘種外，酒過一二巡，則上小盤小碗，其名南喚『小吃』，北呼『熱炒』，少者或四或八，多者十餘種至二十餘種不等，其間或上點心一二道。」

我喜歡這些小說中談飲食的文字。和吊人胃口的傳奇相比，一份靜躺於古書冊頁中的小吃，更有讓後人懷慕的理由，畢竟歷史深處的煙火氣息可以讓我們觸摸到前人的體溫。

現在，經過廣大人民的長期實踐，一方面繼承傳統技術，一方面引進現代工藝，小吃的品種越來越多了：粥、酥、團、捲、餅、條、凍、飯、包、餃、糕等等之類，數不勝數。

和南方相比，北方的小吃，歷史到底悠久些，像西安的羊肉泡饃、鍋盔，至今還散發著秦漢的古意；而開封、洛陽的許多小吃，也頗有唐宋遺制。想想擺在我們面前熱氣騰騰的點心，白居易吃過，歐陽修吃過，王安石也吃過，感覺上便油然生出幾分風雅。儘管時間讓我們和古人不能謀面，但小吃卻讓我們和他們口味相連。所以說，品嚐歷史悠久的小吃，享受的不僅是一份美味，更能體會到飲食文化的源遠流長。我非美食家，但一個凡人更難拒絕美食的誘惑。美食家曾經滄海，可以除卻巫山不是雲，而飲食男孤陋寡聞，只好見風就是雨了。

如果說大餐是精雕細琢的刻意，小吃就是家長里短的隨便；大餐是滿桌名菜，小吃是幾樣點心；大餐是富麗堂皇中賓客言歡的觥籌交錯，小吃是茶餘飯後款款生情的低聲細語；大餐不過是平凡生活的幾絲點綴，小吃卻是風雨人生的一份守候。到底還是守候更為動人，畢竟有樸素與溫馨彌漫其間。小吃的小，小吃的吃，小是淺淺一笑，吃是百味人生。

豬頭肉

豬頭肉，我愛吃。不愛吃的人，實則不敢吃。豬頭猙獰，想到它醜陋凶惡的樣貌，心生嫌膩，食慾頓無。豬頭固然猙獰，味道著實不賴，嚼在嘴裏，綿筋中有快刀斬亂麻的脆嫩。饞了，在小攤上花幾塊錢買上半斤，白切薄片，微微灑點鹽，以香菜拌之，空口吃亦好，夾燒餅也相宜，勝過肉夾饃。

豬頭肉是世俗的，有民間的煙火氣。古人以《漢書》下酒，我借《水滸》吃豬頭。我覺得豬頭與《水滸》的味道相似。前些時讀知堂的詩，見「中年意趣床前草」一句，心下居然對道：洒家饕餮豬頭肉。（灑家是宋元時關西一帶人的自稱，梁山好漢魯智深與楊志皆自稱洒家。）

在《水滸》裏，施耐庵沒有安排魯智深吃豬頭肉，我深以為憾。看來我對《水滸》有些瘋魔了，京劇行當裏有句老話叫「不瘋魔，不成活」。用於讀書一事，倒也貼切。

豬頭肉微紅，或者說泛紅、透紅。有種夏夜露水的清涼，尤其適合天熱吃。約三兩個朋友，在小館子裏，挑一張靠窗的桌子，邊喝啤酒邊啖豬頭肉，吃了一盤，再來一盤。

我以前沒錢買豬肉吃的時候，常常以豬頭代替，所以至今還會做豬頭肉。鍋裏放清水，把豬頭肉放入，煮到用筷子剛好能穿透為止，不能煮得太過，所謂過猶不及，太軟爛的豬頭肉食之如嚼爛蘋果。豬頭肉起鍋後立即投入冷水中降溫，待涼後將其切成薄片，比身份證厚些，比戶口本薄點。放芝麻油、鹽等調料若干，加入蔥花和香菜拌勻即可。

我一直覺得寫作靠硬功夫，做飯憑真本事。欲將文章寫好，獨上高樓，望盡天涯路；想把飯菜做絕，衣帶漸寬終不悔，為伊消得人憔悴。

中國歷史上，赫赫有名的文人繁星滿天，名見經傳的廚師屈指可數。在我眼裏，三個文人頂不上一個廚師，心下也曾為自己精通烹飪之道而感到自負，畢竟飯菜的火候實難掌握。許多人連自己的火氣都控制不好，何況火候哉？

聽說豬頭是揚州人燒的好，清人李斗在《揚州畫舫錄》中記江鄭堂家以治十樣豬頭聞名。普通人能把豬頭做成熟肉已不容易，他們居然能調出十種味道，令人歎服，讓我向往。

可惜揚州至今沒有去過，揚州的豬頭肉也只好於菜譜上色誘著我。腰纏十萬貫，騎鶴上揚州。那樣的闊氣，我沒福享受，一來沒有萬貫家私，二則仙鶴已隨古人去，如今空剩黃鶴樓。所以我手捏火車票，拎包上鄭州。上揚州是遊山玩水，上鄭州為養家糊口，遊山玩水易，養家糊口難。

前些時朋友送來幾本袁枚的書，對袁夫子興趣一直不大，但我見他說燒豬頭「先用武火猛煮，後用文火細煨」，不禁引為同道。豬頭與畜內髒身份相等，皆屬下水，同狗肉一樣，上不得台面，尤其不入文人雅士之眼。袁枚堪破常規，也算性情中人。

猶記小時候走親戚，本不打算過夜，但看到屋檐下掛著煙熏的豬頭，硬是住上一宿吃了才走。留客爛豬頭，信然。

瓜子

超市高大的廊柱旁，一個美麗的少女坐在大理石台沿上看書，嘴裏哼著歌，反剪的兩條長腿懸在半空，一翹一翹的，間或分開虛踢幾下。她一手輕翻書頁，一手從紙袋裏抓瓜子嗑，潔白的牙齒一閃，咯一聲，吐出的皮兒旋出漂亮的弧線飛到身側的報紙上，悠閒自在，楚楚動人。

這場景讓人眼前一亮，因為女孩，因為瓜子，北方冬日陰悶的變得溫暖。

喜歡嗑瓜子的女孩，《天龍八部》裏有個情節：鍾靈坐在無量派比武廳的大樑上，穿著花鞋的一雙腳不住前後晃蕩，肆無忌憚地咬著瓜子，瓜子殼順口往下吐出，在眾人頭頂上亂飛。這場景真是好玩，見性見情，讓人欣喜。我覺得「俏鍾靈樑上嗑瓜子」和「憨湘雲醉眠芍藥茵」異曲同工，查大俠與曹先生筆下小女人的天真爛漫，讓人心醉。要知道，在世故時代，天真已是雪泥鴻爪，爛漫更是明日黃花。

我說女人是瓜子變的，瓜子臉可作證明。儘管也有長苦瓜臉、核桃臉、鴨蛋臉、燒餅臉的女人，但盤踞在許多男人內心的美女臉形卻非瓜子臉莫屬。搞得鴛鴦蝴蝶派的小說，女主角出場時，非得來兩句「瓜子臉，柳葉眉」之類的言語描摹外形。所以我說瓜子是女人的前世，女人是瓜子的今生。當然，這是一家之言，信不信由你，但女人喜歡嗑瓜子總錯不了。女人性陰，瓜子向陽，女子愛瓜子，或許就是哲學意義上無意識的陰陽調和吧。

很奇怪，在瓜子面前，許多男人笨嘴笨舌，我有幾個朋友總是嗑得皮瓤唾液一團糟。他們說我會嗑瓜子，大概上輩子是女人。其實嗑瓜子很有情味的，譬如在清寒的殘冬，關起門來，腳放在暖氣片上，捧書亂翻，瓜子在齒間咯咯作響，人生至樂，莫過於此。既然允許書生借讀書溫暖身體，作家借文字抒發感情，那麼宅男也有理由借瓜子打發無聊。當年劉大杰標點《袁中郎全集》，將好好的一句話錯斷成「色借，日月借，燭借，青黃借，眼色無常。聲借，鐘鼓借，枯竹竅借……」魯迅笑「借得他一塌糊塗」。這樁文壇公案，自有史學家窮其究竟，將錯就錯，我倒覺得劉大杰借得可愛，借出了性情。其實借瓜子打發無聊，才是真正借得一塌糊塗，借得地板一塌糊塗。

地板一塌糊塗是對的，嗑瓜子就要信手拋殼，我一朋友說用手接著，或者吃一粒對紙簍吐一下，又不是投籃高手，哪能保證百吐百中。這樣的認識，已經嗑出了高境界也。

關於我的愛瓜子，可能是童年的慣性使然。因為祖父是剃頭匠，那年月，農民沒有錢，理完髮只好炒一包瓜子還還人情。站在稻床外，一個說難為難為，慢走啊，一個說多禮多禮，快回吧。每次祖父歸來，四個口袋總鼓囊囊裝得滿滿的。我老遠迎上去，猴在他身上，貓著手徑自伸進褲兜，掏把瓜子捧在掌心，邊嗑邊走。葵瓜子向陽，陽氣足，在嘴裏淅淅瀝瀝像雨打芭蕉；南瓜子背陰，陰氣重，於齒間撲答答似膠鞋踩雪。可惜這種感覺留在童年，如今魯魚亥豕，麻木不仁，味覺已沒有先前之敏感矣。

不過，在飄雪落雨的天氣，偶爾還會買點瓜子度日的。但一定要選葵花子，南瓜子、西瓜子、瓜蔞子之類都是庸脂俗粉的娘娘腔，吃在嘴裏軟塌塌地不利落。如今葵花子也是各類雜陳，有松子味，奶油味，綠茶味，桂花味，玫瑰味……但絢爛之極歸於平淡，還是原味合我心脾。

有一年冬日午後，我在鄉下閒逛，見一小院，有負暄老頭拎著火爐，攜一頑童，茶幾的托盤上有碟瓜子。老頭牙掉光了，只好傍火取暖，嘴唇囁嚅而動。頑童腳下瓜子殼滿地，密密麻麻如螞蟻大戰。

爆米花

陽光灑在玉米地裏，給了土地一片綠色，到了秋天，土地還給陽光一片金黃，一片金黃的玉米。寬闊的玉米地，是我小時候的青紗帳、甘蔗林。其實玉米稈也帶甜味的，尤其是雄性玉米，或者根部泛紅的，剝開嚼在嘴裏，有甘蔗味，不過稍微寡一些，甜得收斂安穩。

金黃色的玉米穗還在田野中被風吹拂時，玉米的清香已深入到城市的骨髓了。幾個穿長靴、著皮草、帶耳環的女孩，辦公桌的抽屜裏悄悄放有爆米花的。

就在小區門前的巷口，一個老師傅右手拉風箱，左手搖鐵爐。一粒粒金黃的玉米，裝在鐵爐裏搖啊搖，搖啊搖，可惜不是烏篷船，而是海盜船，於是就到不了外婆橋。到不了外婆橋的玉米，翻來覆去，忽上忽下，在火爐中煎熬。海盜總是趁火打劫，時候一到，老師傅停下來，取了爐子，塞進用尼龍袋縫成的大兜裏，一扳爐蓋，「蓬」一聲響，爆米花熟了。

所以爆米花在我眼裏，是動詞。

爆米花熟了，一粒粒金黃的玉米不再金黃，堅硬的外殼被炸開了，裏面全是鬆軟的米花。人要的就是它的軟，吃的就是它的軟，愛的就是它的軟，捏一顆放在嘴裏，一絲甜味在嘴裏彌漫，也有陽光的芳香靜靜揮散。

心急吃不了熱豆腐，燙；心急也吃不了爆米花，綿。剛出爐的爆米花不焦脆。吃在嘴裏，軟軟的，像吃軟飯的小白臉，甜膩膩，邪歪歪一團口水，讓人吞吐不得。

如今在城裏，爆米花成了四季消閒食品。但我小時候，只有冬天才能吃到。寒冬臘月，農閒了，有人挑著擔子來鄉下炸爆米花。母親照例從樓閣的釘子上取下曬乾的玉米，放幾粒糖精，架在肩膀上炸十來鍋，裝得滿滿一尼龍袋。

有爆米花的日子，對當年的我而言，就是很幸福很奢侈的生活了。最喜歡禮拜天的早晨，睡在暖和的被窩裏，醒來後，從枕頭邊抓一把預先留好的爆米花，和弟弟你一顆我一顆，直到日上三竿，還在「剪子石頭布」地去贏那最後剩下的果實。直到父親的憤怒猛烈燃燒，直到額頭被鑿得隆起了幾個小包，才掛著兩行淚水起床。

爆米花分兩種，一種是玉米做的，一種是大米做的。前者乾吃，後者泡湯，用開水泡在海碗裏，放進滿滿一匙紅糖，爆米花在碗中沉浮，散發著大米的芳香與紅糖的味道，一邊呵氣，一邊大口大口地喝著，那是何等的美氣與享受。或者將它用糖稀捏成團，就是凍米了，那是書包裏的零食，也是果盤上的點心。

這些關於爆米花的文字，是溫柔的往事，也是曾經的回憶。歲月如歌，歲月更是如刀，人就是韭菜呵，等著歲月的割伐。如今祖母已不在人世，那個挑擔子來鄉下炸爆米花的中年漢子也老得走不動了，當年一起吃爆米花的朋友現在一個個鬍子拉碴。儘管一代人有一代人的生活，一代人有一代人的胃口，但我還希望：爆米花萬歲。

芥藍

芥藍上桌的時候，眼前一綠，我覺得自己忽然年輕不少。芥藍脆生生躺在盤子裡，白的瓷，白處極白；綠的菜，綠處極綠；白托著綠，綠襯著白，一段世俗的生活便絕世獨立地走來……忍不住夾了一筷子，盤子邊上的醬油微微漾起，經菜汁一沖，已經很淡了，淡得只剩一抹薑黃色，像雨後的湖水，在風中輕蕩著渾濁的漣漪。

芥藍削尖的腦袋，讓我想起漁夫斗笠的帽尖，而末梢的青菜則似蓑衣。這時的芥藍，是都市人的回鄉夢。夢已經成真了，退隱到山南水北的青年，在湖心劃船。湖是餐桌，船是餐具，筷子是雙槳。冬天的湖水，瑩如碧玉，湖中人蹟罕見，有鳥聲相隨。下雪了，四周一白，白瓷的白，襯得蓑笠、蓑衣越發青綠了。當真是：青箬笠前無限事，綠蓑衣底一時休。

那就沒必要急著回去，青也芥藍，綠也芥藍，坐在餐桌前，慢慢地享用美食吧。不能讓身體親近山水，那就讓嘴巴含青咀綠，也是頗有詩意的。

吃到芥藍很晚。前幾天，朋友請吃飯，點罷特色菜，讓我加一個素食，隨手一翻菜譜，就邂逅了芥藍。芥藍，像一個美少婦動聽的名字，讓人有無限的遐想。如果是女人，芥藍是她的閨蜜；如果是男人，芥藍是他的知己，藍顏知己。「我愛著她的年月，一直都做著她的知己。不愛她的年月，一直都做著她的情人。」——摘自七堇年《藍顏》。做芥藍的知己或者做芥藍的情人，我願意的。從來沒有見過那麼美的名字，那麼美的容顏，把持不住，我心甘情願。

知道芥藍很早。芥藍，十字花科芸苔，屬草本植物，其花苔，幼苗及葉片可食之。芥藍一襲綠裙，豔而不俗，是秦淮八豔，也是花魁娘子，讓我久慕已久。久仰是對英雄的向往，久慕是對美人的傾心。久病成醫，久慕成癡，癡情的癡。癡情自己累，身累；無情他人苦，心苦。所以我不癡情亦不無情，只會多情，對文字多情，對美食多情。

蘇東坡說：「芥藍如菌蕈，脆美牙頰響」。這是對的，芥藍莖粗稈直，肉質緊密，含水少，嚼起來爽而不硬，脆而不韌，色美味濃。

夾在筷子頭上的芥藍，有股清新的氣息，像採桑後留在手上的餘香，隱隱約約在空氣中漂浮，空靈而真切，婉約如趙飛燕。當年漢成帝命人手托水晶盤，飛燕在盤上歌舞助興，何等旖旎銷魂。於是我將筷子抖動著，慢慢將芥藍送到嘴裏，只見綠色在唇邊搖曳，儼然漢宮往事。

芥藍色如頂級翡翠，不含一絲雜質，綠得沁人，大有都市小資女人的況味。所以在作法上，最好或炒或熗，不能烹製過熟，要知道，小姑娘是不能化濃妝的。

那天吃的清炒芥藍，白糖和料酒加得恰當好處，糖剛好能蓋住苦味，料酒又去掉了澀氣，廚師的勺上功夫可見一斑。美中不足的是用了花生油，香則香矣，可惜失之豐腴。素菜葷油，葷菜素油，這是我的經驗之談，炒芥藍亦不例外。

如果是夏天，聽人說還可以調一味「冰鎮芥藍」。幼嫩的莖白以開水焯熟，在盤底放些冰塊，用保鮮膜蓋住，將芥藍放在上面，以甜醬、芥末蘸食，入嘴爽口，風味尤佳。

薺菜

薄暮時分，天突兀沉了下來，鉛雲密布，刮起了北風，眼見得晚來天欲雪。小弟說吃火鍋吧，一同去超市買來鍋底，路過菜市場，見有新鮮的茼蒿和水靈的青菜，順便買了兩把勾在指間。

回到住處，忙上片刻就坐在滾轆轆的火鍋旁了。薄薄的羊膻味夾雜著蒜花的清香，輕飄在四周，一點點蹭去了白天的勞累。夾一塊豆腐，沾上芝麻醬，滑膩從嘴裏彌漫到喉嚨，胃也跟著變得暖洋洋的。呷一口暖啤，不知怎的，陡然想起了薺菜。

如果在鄉下，現在火鍋裏一定有幾把薺菜的。那翡翠色帶著鋸齒的葉子散發著鮮美的風味，吃在嘴裏雖有點澀，輕嚼幾下卻口齒生香。

薺菜是皖西人暮冬早春時令的最愛。走在鄉野間，一叢叢扁平的薺菜緊釘在地上，時不時見幾個小女孩拿把挑鐮或者小鋤頭，挎著筐籮，蹲在地上挑。聽說薺菜有大小數種，故地所生者甚小，只能從土中將它們連根挑起，抖去泥土，放入帶來的籃子裏。

我家沒有女孩，想吃薺菜，只得帶著弟弟在地頭田尾挑。這是早春最詩意的戶外勞動，因為有得玩，事後還有得吃。我們每次總要帶根紅薯，找個火糞堆，挖個坑，放進去埋好。等挑滿一籃子薺菜，紅薯也烤熟了。回家時，一手提著野菜，一手拿著紅薯，輕輕一剝，薯肉冒著粉團團的熱氣，惹得鄰居家的小孩淋著口水癡癡地扭著頭看。

薺菜的做法很多，可以炒食，也可以包餃子，母親都嘗試過，我們一家人最喜歡的，還是用它燙火鍋。每次都用平菇的香湯燙薺菜，薺菜耗油，要挖一大匙豬油，否則出不了鮮。

碧玉的薺菜鍋底蕩漾，淡褐的平菇幾番沉浮。這是一個飲食（隱士）的世外桃源。

薺菜與豆腐一起做羹，滋味也頗鮮美。如果與臘肉同炒，足令人心醉。臘肉表裏一致，煮熟切成片，透明發亮，色澤鮮豔，黃裏透紅，肥不膩口，瘦不塞牙，黃金的臘肉，有厚實的富貴；碧玉的薺菜，帶清寒的苦味。又是一個飲食（隱士）的世外桃源。

「誰謂荼苦，其甘如薺」，誰說苦菜苦啊，它的滋味就像薺菜一樣甘美呢。遠在兩千年前，我們的祖先就知道薺菜的好滋味了。

若是江南，若是江北，若人有閒，若天欲雪，我還要去挑一挑薺菜的。薺菜滿地野草香，青山綠水細徜徉。筐籮、薺菜、童年、紅薯，還有永遠也吃不厭的臘肉。這樣想著，恨不能生出翅膀，飛到故鄉，一頭扎在田邊，扎進長滿薺菜的荒草地裏，一挑又一挑，抖落根鬚的沙土。

紫袍將

路邊的小攤，有農人賣菜，看見掛著水珠的茄子，披一身紫袍，昂首挺胸立在籃子裏，我拱拱手說，那是紫袍將軍。

有相當長的一段時間，我不敢吃茄子，一吃就吐，到後來，連它的氣味都不能聞，聞了也翻胃作嘔。我知道，人與食物講究一些緣分。

隨著年紀漸長，大約是身體起了變化，我又可以吃茄子了。茄子好吃，吃在嘴裏有茄子的味道。我為以前感到難過，難過我不知道茄子的味道，只知道嘔吐的味道。

小時候，家裏每年要種兩地茄子，我喜歡摘茄子，尤其是清晨，夜間的露水掛在一身紫袍上，璀璨晶瑩，煞是好看。

茄子是一種大眾菜，圓鼓隆冬像笑嘻嘻的彌勒佛，很平易，很隨和，種在尋常百姓家。茄子以夏時所產者為上品，蒸燉烀煮，清炒紅燒，皆無不可。

紫袍將，立在砧板上，水洗過，紫色的長袍越發嶄新鮮活，貴氣十足。我用密集的刀口切著茄子——切出大塊白色，白色是將軍的一片冰心。

我近來喜歡將茄子橫斷切成薄片，中間夾以肉泥，外裹麵糊，放油鍋裏炸著吃。炸好的茄子金黃酥嫩，兼有肉餡的肥美鮮香。汁水亦足，吃在嘴裏，綿脆的麵皮和柔軟的茄子在口中混雜成一種難以形容的美妙。

我還傾心另一種做法：將茄子切成條，放醬油若干爆炒，再添水少許燜片刻，以青椒切絲摻之，起鍋後淋一勺芝麻油，芝麻油安分地裹住了茄子的酥軟，也同時裹住了茄子的清香，青椒微辣，茄子鮮美，讓人胃口大增，實為減肥者之大忌也。

除了紫茄子外，還有種白茄子，如果說紫茄子是紫袍將，白茄子就是玉面郎，大棚裏種的反季節茄子，則是小白臉，吃在口中，十足娘娘腔，寡淡得很。

中國早在漢代就引進了茄子，西漢王褒作《僮約》，文中即有「種瓜作瓠，別茄披蔥」之語。據近代學者考證，茄子源自印度、泰國，大抵和佛教東來也有些關聯。

茄子紫，紫出特色，好像唯有它能這樣紫，是以常入畫，然佳作寥寥，只要畫中出現了茄子，別的水果蔬菜好像就都被它帶舊了，都被它的顏色映濁了。即便如大師齊白石者，他畫茄子，也通常孤零零一個掛在宣紙上。次致大師在其一九二〇年畫的一幅《茄子》上感慨道：「日來畫茄子多許此稍似者」，足見畫茄之難。

近年茄子很流行，時常掛在嘴邊。照相時為了嘴角翹一點，面相婉約，都要呼茄子二字。當真是：從來只見有人吃，未曾料到使人笑。

野蔬帖

一

無意中得來《野蔬帖》這樣的好題目，心下暢然。野蔬，說白了就是野菜，然一蔬一帖，能讓人發思古之情，這樣的狀態，作起文章來，最適宜不過。

我對於野菜的知識，來自十幾年的鄉居生活。人一生有些農村的經歷還是不錯的，最起碼不至於五穀不分。在我的眼裏，韭麥錯位與魯魚亥豕一般可恥。

寫野菜當然要先從故鄉談起，如今身居異地，也只有故鄉的野菜能讓我懷想遐思，甚至生懷鄉病。

關於故鄉的野菜，除了曾寫過的薺菜，記得最深的是馬齒莧。小時候，背部生癰，紅腫得穿不上衣服。母親以馬齒莧搗爛敷在患處，到了第二天，癰破了皮，輕輕一按，濃血就擠出來了。至今背上還留下了一個疤，我想，那是故鄉野菜在我身上留下的印記。

當年很是感歎馬齒莧的神奇，後來讀了幾本藥書，才知道原來它有藥用價值。

二

後來吃過一次馬齒莧，在鄭州一家田園風味的餐館。席間有一盤馬齒莧扣肉，用的是上等五花肉，肥瘦間隔三層。朋友說是招牌菜，據聞僅作料就用了日本燒汁、南乳醬、柱侯醬、海鮮醬、料酒、濃縮雞汁、十三香、生抽。做法也費事，非飯店莫能為也，所以廚師也不怕我們偷學，見大家興濃趣厚，便詳細地介紹了一番：先以調料拌好五花肉，在油鍋內炒定型後加生抽，再倒少許啤酒，微煮盛出。然後將馬齒莧用涼水泡軟，瀝水，用鍋乾炒片刻以五花肉汁倒入拌均，裝盤放五花肉於其上，上籠用大火蒸三十分鍾。

那道菜我到底沒有學會，後來朋友告訴說可以涼拌馬齒莧，取其嫩莖夾葉，用開水燙軟，切細放醋，灑上芝麻油，炒吃或涼拌皆可。這道菜我做了幾次，馬齒莧入嘴滑嫩清脆，酸酸甜甜，伴著淡淡的清香，夏天吃來，格外清爽。

我喜歡野菜的，喜歡它們一棵棵碧綠得像翡翠一樣，在陽光下文靜地成長。

三

朋友讀到兩則《野蔬帖》，談起郎菜與野芹菜。他說我家附近沒有郎菜，這倒確實，不過我吃過一次郎菜。

郎菜避人，它長在深山中，而且是海拔一千米以上的高山，有詩為證：「採郎東南下，悠然是深山。」我胡謅的詩，算不得數，而且采郎聽起來讓人想起採花，採花大盜，不寫詩的人一動筆就有不良傾向，真是罪過，阿彌陀佛。

關於郎菜還真有那麼一個採花的故事，冤孽，真是冤孽。很久以前，有個公公強占了新媳婦，逼得新郎逃進深山，山中只有一種野菜，饑不擇食，只好以此果腹。後來新媳婦也逃了出來，苦命人終於在一起了，新媳婦見心上人這些年餐風飲露，卻依然俊朗，尋思這些野菜大概能救命養生，就稱它為「郎菜」。

這個故事當不得真，故事都當不得真，所以故事的開篇都說很久以前，讓後人無法追究。我小時候很喜歡聽故事，現在也喜歡，但沒人說了。

吃郎菜是在嶽西縣城，和朋友聚餐，我見飯店的菜台上有一種通體微綠泛白，淡紅帶絨的野菜，老板娘說是郎菜，好奇，我點了一盤，做好之後，發現配有羊肉、胡蘿蔔、野菇、粉絲，盛在白瓷盤裏，絲絲相扣，縷縷粘連，吃得我舌底生津，齒隙留香。

聽說郎菜還有許多種做法，譬如放香油小蔥配臘肉清蒸，還有腌郎菜，腌菜我不大愛吃，也就懶得打聽做法。另有人將郎菜做成茶葉狀泡水飲用，據說喝起來味香爽口。

朋友說的野芹菜，我更是吃過不少。野芹菜大多生在溪水小河邊，小時侯去河邊玩，手一扭，就帶一把回來了。晚飯時，母親放辣椒清炒，奢侈了也切一塊臘肉摻進去，芹菜炒臘肉，我能多吃一碗飯。農閒之際，母親來興致了，還用野芹菜和肉剁成餡，包餃子吃。

野菜中常見的還有蓬蒿，苦菜等等。前者用來燒火鍋或者加蒜泥爆炒，味道不差。後者沒吃過，李時珍《本草綱目》載：「（苦菜）南人採嫩者，暴蒸做菜食，味微苦而有陳醬氣。」南人什麼都吃，大有神農之風，向他們致敬。我怕苦，不吃苦菜的，早些年吃苦太多，如今逢苦即避。

翠蘭閒筆

一

翠蘭是個好名字。嶽西方言不甚悅耳，翠蘭二字，倒說得纏綿細膩，柔和動人。翠字發音乾脆，像豫劇唱腔，戛然而止中透著歡快；蘭字吐詞柔美，有些崑曲的味道，頗似演奏鋼琴後的餘音，又像彈撥吉他後的輕顫。聽在耳裏，有些癡，眼前彷彿有一俏丫頭依門而立，雖不是風情萬種，卻讓人眼前一新。

嶽西的山，濕潤且肥沃，秋冬猶青，一株株茶樹終年隱身於一片綠中。各類果木在山間交錯雜生，樹枝相連，根脈互通，花氣，果香，環繞著翠蘭茶的嫩芽。每當春月，百花競放，翠蘭凝結在那一片花海香風中，吸附著地之精華，天之雨露，花之芬芳。嬌嫩可人的蘭花也伸出羞澀的舌頭，清幽恬靜，如處子的體香，撩得人心柔軟，泛起絲絲漣漪。喝翠蘭茶時的心境也是軟軟的，軟得連話都不想說，恨不得讓人扶著。

翠蘭還有個妙處，她生長在大別山雲霧中。大別山的雲霧很潔淨，蘊藏著仙露瓊漿，不像城市的雲霧，含有汽車的廢氣，煙囪的廢氣，化學品的廢氣，這些廢氣簡直能把人給廢了，當然不適合茶樹的生存。而大別山氣候溫和，雨量充沛，晝夜溫差大，茶園分布在海拔近千米的深山峽谷中，吸足了大自然的味道。大自然的味道就是陽光的味道，雲霧的味道，花草的味道。住在城市，住在鋼筋混凝土中，住在汽車的廢氣中，煙囪的廢氣中，化學品的廢氣中，大自然的味道比大熊貓還珍貴，所以我只好喝翠蘭茶，品味自然。

喝翠蘭茶，品味自然。像廣告詞一樣，我討厭廣告，喜歡詞，詞是青蔥的，詞是碧綠的，而翠蘭正是青的，泡出的茶湯正是綠的。蘇東坡寫詞贊曰：「湯發雲腴釅白，盞浮花乳輕圓，人間誰敢更爭妍，鬥取紅窗粉面。」

粉面讓我想起女人，正如油頭讓我想起男人。女人我喜歡，何況還是粉面女人，即使那粉面下還有幾顆痲子也無傷風月。說起女人，驀然憶及春天在公園裏蕩秋千的女人，一晃一蕩的，裙子都飄起來了，她的笑和媚眼穿過空氣，甩在地上，濺了我一身。

二

閒筆之一洋洋灑灑近千字，翠蘭只稍帶而過，女人倒說了不少，從來佳茗似佳人，像翠蘭那樣的尤物，不談談女人簡直對她不起。

嶽西翠蘭是在地方名茶小蘭花的傳統製作技術上製成的，加工考究。穀雨前後選一芽二葉，二葉初展嫩頭，不能老，經揀剔、攤放再予焙製。工藝為殺青和烘乾兩道，殺青分頭鍋和二鍋，手工進行。頭鍋高溫快殺，待青氣消失、香氣出現後，方可轉入二鍋，二鍋溫度稍低，可以邊炒邊整形。等茶葉失水近一半時，起鍋散熱，然後在炭火上烘焙。先用足火，烘得茶葉手感只有些潮濕時，攤涼半小時以上，用毛火再烘，足乾後晾攤片刻，裝桶密封。

烘焙成型後的茶葉外形優美，芽葉相連，舒展成朵，酷似蘭舌。泡在水中，湯色翠綠明亮，喝在嘴裏，口味醇厚持久，有絲絲果味的淡甜與蘭花的幽香在唇齒迴旋，讓人驚豔。我尤其喜歡碧綠綠那一杯湯色，在綠的世界中，有佳人兮，翩翩起舞，茶氣氤氳中浮動著一個個清麗脫俗的身影，那片左右晃動的茶葉像古代仕女，沉在杯底的像大家閨秀，浮在唇邊的像小家碧玉。

喝翠蘭儼然觀舞，讓人舒心。我寫文章目的是讓人開心，但也希望有讀者對翠蘭動心，因為翠蘭喝在嘴裏能讓人重溫初戀的感覺。那種若即若離的口感，彷彿是女兒家淺淺的心思。

三

我不僅傾心翠蘭，還喜歡閒筆。閒筆嘛，按鄉下土話就是鬼畫符的意思，有點無事生非的胡鬧。寫作本就是扯淡，所以作家車前子說他的文章「全是閒筆」。老車這四個字，讓我想起瀟水之西，愚溪北岸的柳廟中那「都是文章」的橫匾。全是閒筆，都是文章，意思倒也對得上去，都是四字句。我對四字句很偏愛，大抵是背過《千字文》之故，那四字句組成的一千字，格局深遠、高低起伏、沒有定律，像一隻不安分的鳥兒，看起來全是閒筆，骨子裏都是文章。

唉，如今閒得只好談文章了。既然大家都在掙錢，那就讓我來談談文章的起承轉合，說說寫作的謀篇布局吧。

對於翠蘭，我現在引以為豪的是，曾經在大排大排的茶園裏採過她。在山上的感覺，尤其是在生長有茶樹的山上，有通靈之感，有觸仙之奇，何況在空山不見人，但聞採茶曲的境地裏。如今身在城市，依窗獨坐，守望著漫天星斗灑下的清輝，腦海中忽忽閃動著那些過去的往事，心底蕩漾出一陣莫名的惆悵。溫情都過去了，我老了。

離開皖西南倏忽幾載寒暑，離開碧綠的翠蘭也幾載寒暑。昨天我想喝茶，從普洱餅上掰下一小塊，黑黑的，不仔細看，還以為是鳥糞，泡在水中，渾濁濁像過期的紅藥水。

四

想想也真是無味，足足有大半年沒喝過翠蘭了，嘴裏何止要淡出鳥來，簡直快淡出猛獸了。此時真想泡一杯翠蘭，於是翻箱倒櫃地找，天道酬勤，居然尋到一小盒。還是上次回家朋友送的，綠色的包裝盒上印了一尊茶氣嫋嫋的紫砂壺。大喜之下，幾欲歡呼長嘯。慌忙給飲水機插上電，飲水機真好，叫機的電器都好，電視機，錄像機，抽水機，焙茶機，還有發電機，柴油機，碾米機。只有機關不好，一來機關算盡太聰明，反誤了卿卿性命，二則機關的人有官氣，《紅樓夢》第四回寫機關中人賈雨村與門子在密室商量葫蘆案一事，賈雨村讓門子坐下詳談，面對著賈雨村的官氣，奸猾似門子者也只敢「斜簽著坐了」。

文歸正題，不聊官氣，只談茶香，先和我去欣賞西漢左思寫的一首詩吧，「止為茶荈據，吹吁對鼎鑠。脂膩漫白袖，煙熏染阿錫。衣被皆重地，難與沉水碧。」原來是左先生的兩位嬌女，急著要喝茶，用嘴對著燒水的鼎吹氣哩，弄得脂膩漫袖，煙染阿錫。嬌女吐氣如蘭，真乃茶之大幸。這樣場景多溫馨，可惜快成遙遠的絕響了，現代人只喜歡咖啡，飲料，是不是真的可口又可樂呢？反正茶離我們是越來越遠。

手頭有冊曾樸的《孽海花》，作者設置了這樣的情節：參加遊園會，各國使節夫人要布置一個攤點，讓人參觀。傅彩雲搭了個茶攤，遊人走累了，玩倦了，坐下飲一盞茶，小憩片刻，結果極受歡迎，得了冠軍，大出風頭。每次看到這裏，我總要心花一放，只是一放之後還要一歎，現實到底是現實，小說終歸是小說，我去過的城市，只有杭州茶樓的生意不錯，別的城市卻是生意如茶水清淡，人流比座位稀朗。

五

捧乾茶於掌心，一股幽香如兩條細線，滋滋蔓蔓，順著鼻孔侵略著我的肺部，心裏頓時一靜。被侵略不是一件好事，哪裏有侵略，哪裏就有反抗。但我每次被茶氣侵略，骨頭都酥了，身子也軟了，想反抗都不成，只得俯首稱臣。

飲水機龍頭流下一道細白的水線，輕輕注入杯底，嘩嘩有泉水淌過石隙的聲音。茶葉片吸水、膨脹，隨著水的沖激，上下翻滾，變得鮮綠，像剛從茶樹上摘下來，清水也隨之被這些搖曳多姿的茶葉染成淺綠色，綠得恍惚。不怕燙，忍不住小呷一口，用舌尖抵住，香，香到腮幫子上了，牙齒沒了，舌頭沒了，全化了，稀釋在茶水中，汪洋，肆意，獨餘一片香甜……

遠方的天空有一朵彩雲，茶壺裏也有一朵彩雲。天空的彩雲在凝固，壺底的彩雲已漾開，像一捧霧，一團煙。站在窗前，裹一身茶氣打發著一天的最後辰光。深入水底，深入南方，深入翠蘭的內核，深入到城市的最後一抹斜陽。黃昏過後，走進江南三月，我漂浮著，如墜雲霧。

茶話三則

一片茶葉，細小纖弱，無足輕重，微不足道。可當它放進杯中，一旦與水融合，則開始神奇，變得神氣。

茶葉放少一些，我不大習慣喝濃茶，澀澀的不合口味。也不喜歡太滾的茶，燙嘴。我喜歡淡茶，茶令人爽，我覺得是針對淡茶而言。王世貞在《香祖筆記》中說：「然茶取其清苦，若取其甘，何如啜蔗漿棗湯之為愈也。」雖是如此，我仍然不喜歡苦茶。

無事時，泡一杯熱茶，那嫋嫋升起的白氣，那碧綠可人的顏色，那澀中帶甜的回味，耳邊更靜了。輕啜一口再輕啜一口，一股暗香在鼻息間悠悠浮過，宛若檀香一縷，淡淡疏疏。

喝綠茶用玻璃杯，透明，能觀其葉在杯中舒展的美態。其實用白瓷杯也不錯，綠白相間，最堪玩味，用稍溫的水沏泡，香氣氤氳，就算不喝，看著都能令人心曠神怡。

品茶「一人得神，二人得趣，三人得味」，所以無論怎樣喝都是一件愉快的事情，我有好幾套茶具，一人獨品用宜興紫砂小壺，二人對坐就用白瓷托碟茶碗，三人以上就用整套的功夫茶具。

泡好茶必須用好水。明代的張大復在《梅花草堂筆談》中說：「茶性必發於水，八分之茶，遇十分之水，茶亦十分矣；八分之水，試十分之茶，茶只八分耳」，可見水的重要。茶聖陸羽在《茶經》中寫道：「其水用山水上，江水中，井水下。」住在城裏，不要說上上的山水了，就是井水也成了心際那遙遠的瓊漿，只可想而不可得。好在供水公司送優質的桶裝水，泡起茶來雖沒有山泉的甘洌，但比自來水好多了。

《紅樓夢》「櫳翠庵茶品梅花雪」一回歷來為人樂道，那位妙玉深諳茶道，收梅花上的雪，共得了那一鬼臉青的花甕，埋在地下來烹茗，實在雅到了極點，不過我等俗人怎麼也沒有這樣的閒情雅致。

夏天的長夜，闔家團團圍坐在竹床上，人手一杯溫茶，溫和地說著年成。小一點的孩子纏著老祖母講牛郎織女那些老故事，大一點的撲了很多螢火蟲裝在紗籠裏。等夜深了，回書房裏拿一本絕妙好詞，一邊輕輕地翻閱，一邊慢慢地品著那幽香的茶湯，正是：

茶亦醉人何必酒，書能香我不需花。

翠蘭記

我是喝茶的。茶令人幽，茶令人爽，一個人捨棄了抽煙喝酒，若不在茶水裏尋些樂趣，簡直有些對不起自己。

又一個雨夜，無聊且漫長，這樣的辰光對一個浪跡北國的男人來說是難熬的。客居他鄉，諸事索然，只好以文度日，叵耐今夜書讀厭了，那就喝茶吧。杯茶一手，即便身處鬧市，也能沖淡燥熱，覓得一絲閒適的，如果恰逢好茶，簡直可以躲進小樓成一統了。自在地裏一口茶湯，看外面世界千帆過盡，閉上眼睛，身上彷彿長了翅膀，虛生出清風明月的疏朗，湖上採蓮，蓮女依窗，窗前賞花，花下談情，青衫瀟灑，秀眉如畫……我想起翠蘭了，想起嶽西的翠蘭。

翠蘭真是好茶，大抵是生長於斯的緣故，年紀漸長，又遠離故地，心裏覺得親近家鄉的物事便是親近家鄉的土地。所以每每於無聊時，總要泡一杯翠蘭獨飲。

洗淨手，焚爐好香，插上飲水機的電，用透明的玻璃盞，取半撮翠蘭鋪滿杯底，注入淺淺一層細水，茶葉在瞬間碧綠，彷彿一次再生，倏爾一股股沁人的幽香飄逸於鼻間，眨眼工夫，茶葉已蘇醒舒展如新芽。續水，湯色更加淡雅，像八大山人的水墨小品，清而豐，淡且腴，在燈下細看，真有隔簾花影，金屋夢香，鴛鴦蝴蝶的風韻。

我有過一隻上好的玻璃杯，晶瑩剔透，造型清奇，用它泡翠蘭，可謂是工業文明與農耕時代的狹路相逢，又像是大家閨秀與小家碧玉的聯袂出場。有一天弟弟用它泡鐵觀音，剛灌水，一下子裂成了兩半，它是通靈之物，剛烈之身，我就知道它一杯不侍二茶的。

大概是出於父親的影響，吃茶在我家成了最重要的日事。吃字安在茶前，有古意，比喝更傳情，尤其是翠蘭這樣的尤物。春天立在庭院，夏天靠著大樹，秋天坐在窗前，冬天就著爐火。鄉居的日子，有翠蘭相伴，越發畫意詩情，一個上午很快過去，一個春天悠悠流逝，一個年頭輕鬆度過。那時每年清明前後，母親總要去茶園採上一捧嫩芽，製成新茶給家人分享。

如今移居中原，人在江湖，身不由己，幸好在夜晚，在午後，在閒暇時，還可以喝一杯翠蘭。翠蘭入口的剎那，讓我生出退隱山村的虛境，彷彿在劈柴，餵牛，犁田，種地，眼前的一室一廳似乎變成了泥牆瓦屋，窗外的閃爍霓虹也幻化為藍天白雲。

當年春日母親炒茶時彌漫在整院子的青氣，此去經年，仍不絕如縷。我喜歡母親炒製的翠蘭，雖不夠精致，但有鄉村風味，民間氣息。因為手工做出，比機工茶少了點匠氣，多了份親切。

對於喝茶，我是挑剔的，從某種程度說，也應該挑剔。對寫作挑剔，是對藝術負責，對書本挑剔，是對閱讀負責，對喝茶挑剔，就是對自己的嘴巴和腸胃負責啊，畢竟喝茶是一種感性的品味，是人與大自然的交流與溝通。寫到這裏，說個題外話：我覺得製茶工藝過於依賴現代工業，會破壞茶葉的內在品質，譬如機工翠蘭，就像一個少女抹著彩妝，美則美矣，但多少迷失了些本色。

茶如寫作，淡則幽，簡則遠，像張宗子的夢憶，越寫越短，短到後來，僅剩盈盈一溪清水，沒有漁翁，沒有頑童，甚至搗衣的村姑也回家做飯了，只有寥寥幾根蘆葦，在風雨中搖曳成月下霜露。所以高人說言簡意賅，所以方家說不著一字，盡得風流。

現在是淩晨，寫作的人還在修修改改，桌子上的翠蘭嫋起一道道熱氣，空氣中半盛著茶香，淡淡疏疏。我有翠蘭茶，不關春風事，於是作詩：

眼前的翠蘭／綠了／像茶樹新芽／一襲水中的青衣／頗似舞臺佳人／環杯輕舞／曉月在窗前打坐／清風在門外小寐／穿布衫的男人在燈光裏做夢

舊茶已盡，新茶未到，寫《翠蘭記》的人越發惆悵，要是在故鄉，巷口該有賣茶人了。

閒飲酒

陽台的菊花開了，飄散著清淡的薄香。街道的樹葉慢慢轉黃，陽光淡了，我的心情也清淡起來，居然想找人清談。那就讀書，取一冊《世說新語》，簡約生姿的文字，簡直可以下酒。古人以史書下酒，我借筆記下酒。沒有酒，以茶代之。春天時朋友從家鄉寄來的新茶，捨不得喝完，存在櫃子裏快成舊茶了。不過泡一杯在手，有友情的溫暖，我還是喜滋滋的。

茶不如新，新茶馥郁滿口；酒不如舊，陳酒飄香一室。

不久前，我在報紙上開了個飲食專欄，有讀者朋友問：怎麼不談談喝酒啊？寫作是書生意氣，喝酒乃雅士行為，已經很書生意氣了，不敢再有雅士行為的。何況我畏酒如藥，茶只是喝，無視品種，酒只是不喝，不論價位。

俗話說開門七件事，柴米油鹽醬醋茶，酒被剔除在外，這實在極不公平，大抵是欲蓋彌彰的遮掩掩吧，誰讓酒使人有貪杯之虞呢。予觀夫酒的重要，與醬醋茶相比，有過之實無不及。送人有餞行酒，接風設洗塵酒；祝賀勝利慶功酒，驅散失意安撫酒；婚慶是喜酒，吊唁有喪酒；小兒出生滿月酒，老人生日擺壽酒。可謂人不離酒，酒不離人。

喝酒是一種心境吧，以酒助味，借酒消愁。蘇軾云：世故不可無茶。我克隆一下，修改為有趣不可無酒。有趣不可無酒，這是真的，譬如飯局時，一大桌人，半生不熟的，夾生夾熟的，滾瓜爛熟的。來來來，吃菜吃菜，到底顯得小家子氣了，也烘托不出氣氛；乾乾乾，再喝一杯，這才像話嘛。如果恰逢美女在席，雖推猶勸之下喝上半杯，臉紅若桃花，眼媚似雲霞，也可算飯桌的一處春景嘛。

總之茶是越喝越淡，酒則越喝越濃。

茶淡似妻子，酒濃如情人。所以茶館是愛情萌芽的地方，酒吧是豔遇泛濫之場所，區別即在如此。古人讓酒居四戒之首，真是明察秋毫。話說西門慶與潘金蓮苟合，王婆將盤饌都擺在桌子上。三人坐定，把酒來斟。西門慶拿起酒盞來，說道：「娘子，滿飲此杯。」那婦人笑道：「多感官人厚意。」三盅酒下肚，哄動春心，禁不起西門慶再三以言語相挑，兩個就王婆房裏，脫衣解帶，無所不至。正是：須知酒色本相連，飲食能成男女緣。

張愛玲曾說一恨海棠無香，二恨鰣魚多刺，三恨曹版紅樓短篇章。我卻多了一恨，四恨腸胃無酒量。小時候見父輩喝酒，猜拳呼喝，好個痛快，我還以為酒是仙丹，比糖水還甜。於是趁無人之際，悄悄喝了一口，又辣又嗆，舀了滿滿一瓢水漱好幾遍口才緩過氣來，從此對酒如鬼神，敬而遠之，如今年歲漸長，酒量不增。最近讀書，見「痛飲從來別有腸」一句，心下淒然，我生時無別腸，喝酒一事，看來後天怎麼努力也屬枉然了。

大袖翩翩的六朝人喝杜康酒，李白王維喝新豐酒，民國五四時，文人熱衷黃酒，現代許多人喜歡啤酒，文化是越來越淺，倒也罷了，酒量也越來越小，真是怪哉。不過沒關係，沒關係啦。既然美文都讓古人寫光了，反正酒量也被前人占盡了，那麼我們擠在夜市裏，不羨古人飲美酒，且偷浮生喝扎啤。叫幾碟小菜，買兩盤點心，烤幾串羊肉，不談風雅，只說風月。如果還有幾個投機的朋友，即便不是從遠方來的，照樣也是很快活的事。

有肉有酒，閒飲鬧市，逸趣橫飛，有得大自在的瀟灑。手持玻璃樽，彷彿身在亭台，於樓閣間，閒看、閒聊、閒飲。喝到微醺，喝到舌頭有些大了，醉也不是真醉，醒也不是真醒，幾個人相擁著回家，低頭是朦朧的燈光，抬頭有半圓的月亮，一路上踏步而歌，何其瀟灑。

所以我說喝酒到底要有幾份閒氣。這閒，是好整以暇，是置之度外，是閒情逸致。今人喝酒每每總是出於意氣，喝得一身酒氣，吐得一地醃臢氣，未免頗為遺憾。

《菜根譚》云：「花看半開，酒飲微醺。」梁實秋先生說此種趣味，最令人低徊。倘能如此，算是真正參悟出飲酒人生的最高境界矣。

一靚湯

一個人小時候喜歡吃什麼，幾乎畢生矢志不移，譬如我的愛毛豆湯。毛豆本是平常物，只因廝守舊時光，在我心中，毛豆湯是夏令時不可或缺的一道美食。

兩匙新鮮的豬油，燒滾，剝好的毛豆倒入鍋底，炒至七分熟，放鹽及相關佐料，添水，待開後，撚碎青菜葉一撮灑上，淋下攪好的雞蛋糊，半分鐘，即可起鍋盛碗。只見豆粒於碗底沉浮，莢衣在湯麵出沒，雞蛋隨湯匙蕩漾，青菜如輕舟徜徉，饞意襲人，忍不住輕呷一口，浮生如夢心自醉，彷彿天上人間。

這一份湯，彌漫了香氣，充盈有鄉愁，我百吃不厭，即便夏日炎炎，亦能胃口大開。

上個月，有開飯店的朋友來我家，要試我廚藝。七葷八素地做了一桌菜，在此不表。單說那碗毛豆湯，他一家三口，搶成一團。當碗底朝天時，他五歲的兒子還用饅頭抹了一遍殘湯。

想起來這個場面大約也只會北方才有，因為他們習慣鹽煮毛豆，始逢燒水做湯，便感稀罕。這是皖籍飲食在中原小試牛刀的一次大勝利，真是值得驕傲的一筆。

我給這道湯取名為「宋詞金鑲玉」，宋詞指的是口感上婉約柔和，而金黃色的雞蛋裹在翡翠般的青豆和菜葉上，與金鑲玉倒真有些形態上的神似，當然也有我的一份浪漫情懷。最近，朋友把這道湯作為特色菜在飯店裏推出來，顧客普遍反映不錯。

這在我意料當中，畢竟河南人沒這麼吃過，以稀為貴。如果在安徽，頂多算本《絕妙好辭》，而不會是冊《拍案驚奇》。再說，如今許多人味蕾已經被各色過於「科技」的飲食攪亂了，一份地道的家常靚湯也就有了回歸自然之神怡。

在烹飪裡，煲湯最見本事，畢竟這是個細活，沒有足夠的耐心，免談；二則，湯的味道全靠功夫，用料之搭配，火候之掌握，都會影響口感，沒有一定的修養或者造詣，很難做出一缽靚湯。要是平常菜蔬，隨便炒炒，油鹽適量，口感都有個七七八八、大差不差，做湯的學問卻大得多，不說戰戰兢兢，最起碼也需要認真對待。

很多年前，我去作家黃復彩老師家，中午吃飯時，不說清蒸魚細膩，不說紅燒肉正宗，也不說炒青菜爽口，單就一碗海帶豬排湯，便讓我念念不忘，那滋味，此去經年，略一想起，依舊垂涎。

黃師母的那道排骨海帶湯，後來我潛心摸索了很久，經過五次三番的實習，現在終於有點門道了。選料上，要挑肉中包骨的小肋骨排，方能保證湯味的正宗，吃起來才香。老薑不可少，黃酒、花椒也需要一點。做之前切記，將排骨放沸水裏焯去血沫。最好用農村裏的小火爐，慢慢炖，換兩次炭，最後等火自己熄下去，湯的滋味也就出來了。待火炭化為青灰，褪到人走茶涼的地步，此湯就到了只應天上有，人間不得幾回見的境界。當然，在實際操作中，還有只可意會、難以言傳的地方。

或許有讀者說，你這樣也太麻煩了吧？去飯店裏，花幾十塊錢點一份，多方便。可惜飯店的排骨湯是用煤氣灶燒的，滋味比在火爐上炖的差得多。

飲食是個過程，省略了過程，往往就削弱了滋味，這是我的經驗之談。人生苦短，我等文人，有美食相伴，比紅袖添香夜讀書的旖旎更多了份溫暖的享受。還是吃在嘴裏，比什麼都實在啊。

秋日食

天還熱著，卻已入秋。窗外的花木，翠綠中浮出一抹鵝黃，淡淡秋光彷彿是夏天拖的一個尾巴，像極了蘇東坡書法的一豎，長長的，意猶未盡。

人說古都的秋是肅殺的，時令未到，火候也就不夠，滋味也就不夠，如同炒菜。不過故都的秋倒肅殺得很，涼意撲面，攜一股散文的氣息，在郁達夫先生的集子裏蕭瑟經年。

初秋夜，一月如鈎，倒掛柳梢頭，沒有人約我黃昏後談情，只好在電燈下翻書。春讀知堂，秋看達夫，炎夏借董橋遣暑，寒冬靠魯迅暖心，這是我閱讀的習慣。看完最後一頁，睡意遲遲不來，蠢蠢動了作文之心。起身打開電腦，敲出「秋日食」三字時，內心爬出一種感動，一種古樸的感動，也有飲食的快意。

人在夏天，食慾欠佳，每天熬點薄粥，調些涼菜，簡單地打發著三餐。數月下來，當真寡得可以。當秋風起兮，胃口漸開，就想棄素轉葷，去菜場買了隻三黃雞，在我的知識庫，三黃指的是黃喙、黃羽、黃腳。這種雞，皮嫩骨軟，肉質鮮滑，很適合初秋的腸胃。

雁陣遠，菊花香，且買三黃熬雞湯。拋紙筆，遠詩行，持螯把盞滋味長。
多情苦，無情傷，五穀雜糧一盤裝。山之外，水中央，碧波照影秋風涼。

這是我前天吟的一首小令。那日，幾個朋友相約東郊湖邊吃蟹，書法家興致勃勃地說要送我一幅字。寫什麼呢？一時犯難起來，幾番沉吟，我隨口念出上面一首四不像。書法家用金農體一筆一畫抄在宣紙上，字少了古拙多了柔媚，別有一番異象。

我們坐在臨湖的雅座上，有蟹肉解饞，聽細浪舒懷。也不知過了多久，太陽早已西沉了，湖水一波一蕩，響在耳邊。夜已黑，風正涼，真個是有蟹無需酒，美味亦醉人。看著托盆裏堆滿了蟹殼，大家都有些心滿意足的樣子。這時，飯店老板娘又送來兩碟花生，一盤水煮的，一盤鹽鹵的，說是下午剛從自留地裏挖的，讓大家嚐嚐新，不要錢。當真是好事成雙，我們分明在享受口欲的齊人之福。

因為花生，煙波湖上人不愁。你可以看到這樣的場景：玻璃明淨，餐桌狼藉，花生在筲箕中嫋著熱氣——淡無痕，若有若無是撲鼻的香氣。三男一女，圍案閒坐，且把湖來看，且把月去賞，且聽風吹細浪，邊吃酒，邊剝殼。

花生是要剝殼的，聽叔父說過一怪人，他吃花生前，總愛念道：「花生，Bokechi。」花生二字，微捲舌頭，輕而緩，剝殼吃三字發音短平快，幾近平地起風雷，外人聽了還以為是英語單詞Bokechi。

花生，Bokechi，雖滑稽，卻乃亙古不變之道理。

花生，剝殼吃，嚼在嘴裏，水煮的，有幾絲濕潤的清香；鹽鹵的，有一口鹹浸的鮮美。與炒食相比，味覺上多了些悠遠綿長。大家吃完花生，我說散了吧。一朋友說不慌，慢騰騰從口袋裏掏出普洱，隨身帶茶的是茶客，隨身帶劍的是劍客，隨身帶書的為什麼不是書客，而是書呆子？真個咄咄怪事，豈有此理。

取來紫砂壺，添水泡上茶。市場上，近來是紅肥綠瘦了，龍井碧螺春之類蕭條，普洱鐵觀音之類囂張。我對紅茶一派，向來提不起興致，是種族歧視的心理在作祟吧，總覺得茶湯一紅，便惡俗不堪。然今夜的普洱，絳澄澄盛在白瓷盞中，倒也可人，不禁動了癡念，幾口入喉，逸趣滿胃。我近來悟出：綠茶屬陰，紅茶性陽；綠茶靜，紅茶動；綠茶是脫俗的婉約佳人，紅茶是入世的翩翩公子。我以後要依紅偎綠，享享茶道之福，做個風流人物。

秋日食者，三黃雞，蟹，花生，普洱茶。秋日食者，我所好之物，還有玉米炒肉，挑嫩苞谷，買新鮮的五花肉，入鍋放醬油輕炒即可。另外野生鯽魚湯也不錯，口感清淡，魚肉鮮嫩，婉約一如盆栽小景。

藕記

當一個美好的意象突然闖入，我要偶記的，偶記是瞬間的風景；當一盤香脆的藕片吃進嘴裏，我要藕記的，藕記是紙上的飲食。偶記需倚馬可就之才，因為思緒飄忽，把握不定即如流水逃離腦海。藕記要慢條斯理之勢，畢竟美食有內涵，細嚼慢咽方知個中滋味。

我近來發現，美食總讓人惆悵，因為轉瞬即逝，因為不可複製，即便寫成文字，也是書空。

傍晚時分，太陽斜掛在西邊圓頂建築的頂上，餘輝尚未褪盡，像一枚鑽戒插在土中，燦爛奪目。我一邊切藕，一邊胡思亂想，一邊看著窗外的樹。那是一棵槐樹，前年秋天被清潔工放火清理垃圾時燒了一次，我以為過不了冬，誰知道還是活了下來，而且長勢更好，分開的枝杈活脫脫一對梅花鹿的角，短短的葉芽是鹿茸？以至好幾次忍不住想攀爬上去揮鞭而去，離開城市，直到藕花深處……

爭渡爭渡，不會驚起一灘鷗鷺，它們成了盤中餐、腹中食。不過興許能在淺水處挖幾塊蓮藕吧。

我喜歡藕，喜歡它外形的清新，更喜歡藕斷絲連之美。存有一幅友人的水墨小品，宣紙上，用淡墨繪制幾節蓮藕，白嫩如腕，秋冬時節看來，也隱隱浮現有春天的鮮靈。

砧板上的藕被我切成一圈又一圈，像拆遷老屋時散落在地的漏窗，我一一撿起，反正你們不要了，我就把它調成涼菜蘸糖吃，斯時，一嘴濕漉漉的地氣恣意縹緲。

我吃藕時愛蘸糖，常常還喜歡配上苦瓜，讓那一苦一甜在嘴裏相互衝撞。糖藕的香甜襯著苦瓜的清苦，苦瓜的清苦陪著糖藕的香甜，甜得淋漓盡致，苦得大放光彩，口感無比美妙。苦中夾甜，甜中帶苦，也幾乎可謂世俗生活，我輩人生。

有年旅行，在皖南的一家飯店，我吃過很好的糯米糖藕。糖藕切成厚片，澆上香甜的桂花汁，斜歪在純白的細瓷盤裏，真有視覺的雅趣。我至今還記得那藕片脆而甜，糯米軟且香，吃在嘴裏，一腔春色關不住，鳥語花香出唇來。

後來還見人往藕心裏塞紅豆，塞綠豆，塞肉末，塞香菇木耳，塞棗泥蓮蓉，像填鴨式教育一樣，塞得滿滿的。可惜我口味變了，對蒸藕失去了興趣，縱然塞進山珍海味，嘗試的念頭亦無從生起。

我認為，在愛情上一心一意，方為情聖；在飲食上三心二意，才能精深。因為愛情是你好我好，而飲食要千變萬化。所以我近來對藕炖排骨大發幽情，取上好的肋骨，剁成寸，藕切滾刀塊（就是將原料滾起來切成塊，比片、丁、絲大，適於做燒菜和煨湯）。將排骨翻炒，加蔥花、薑片、紅棗等調料若干，裝入砂鍋內，加滿水，用大火燒開，改用小火炖至八分熟再放入藕塊，熟透後即可食之。

一九二三年初秋時節，荷花早謝，綠葉微枯，正是鮮藕應市之際，時為商務印書館編輯的葉聖陶先生同朋友喝酒，嚼著薄片的雪藕，忽然懷念起故鄉來了。藕是懷鄉之物。

記得我老家地頭還有種野生的地藕，表皮光潔，無孔，個大體勻，質脆味香，可以佐肉紅燒，或用辣椒爆炒，醃製亦可，口感絕佳。美食是遁蹟的白龍，美食是久遠的往事，我不見地藕很多年，其味遙不可尋，彷彿從未吃過一般，成了唇齒間詩意的傳說。

核桃

下班路過小區，看見擺攤小販腳下的竹簍裏盛滿核桃，上面還放著三五個剝掉外殼的，露出飽滿的核肉。

賣核桃的是個中年人，穿著洗得很幹淨的舊衣，臉部黝黑，坐在兩個竹簍中間，背著小區的大門，神色間散散淡淡，像前朝閑民，又頗似當代的逸士，身旁的紙板上寫道：核桃，十五元一斤，謝絕議價。

字是毛筆寫的，遒勁從容，還帶些古拙淡雅，有直率天成的韻味與意境，比舒同先生寫得好。

這是他自己手書還是他人代筆，我沒有問，仿佛自有一種天機不可說破。

他捧著書，我以為是武俠小說之類，低頭側臉一看，卻是馮夢龍輯錄的話本《喻世明言》，頓時讓我大有好感。

他偶爾會抬起頭，凝視著遠方的樓頂，點一根煙，看看馬路上水樣的車流。他的眼睛明亮深邃，更奇怪的是，每當有人經過時，居然還埋頭於手中的書，而不像其他商販那樣，滿面堆笑，做出一團和氣的表情。或許在他看來：賣什麼，腳下已擺著呢，多少錢，紙上也寫著呢，不必廢話，勿需饒舌。此番做法，隱隱像藏身於紅塵中的禪師之所為，越發讓我大有好感。

我本來想說核桃，豈料一開篇寫起了賣核桃的中年人，越纏越緊，繞不出來了，只好另立爐竈，推倒重來。

午飯後迷迷糊糊，心在單位，身在床上，心想著單位的工作，身戀著床上的舒服。近來工作繁忙，心無旁騖，連睡覺的時間都減少了。

今年新上市的核桃，我已吃過兩次，據說是野生的，吃不出所以然，也就不知其然。在城市，現在已經很少能吃到野生的瓜果蔬菜了，大面積繁殖，大批量栽培，人體像個巨大的垃圾回收站，消化著工業時代的農耕產物。嗟乎，悲乎！

吃核桃有點像打架，舞錘弄鉗，我不喜歡打架，順帶連核桃也不怎麼喜歡吃。有次去一朋友家，開門後，發現他手拿鐵棒，我嚇了一跳，還以為……轉身見砧板上滿是砸碎的核桃殼，方才釋然。朋友笑著說，家裏沒有錘子，只好用鐵棒了。我說喬太守亂點鴛鴦譜，老兄妳棒敲核桃殼，各有一份妙趣啊。

核桃的美，美在外形的醜，一臉溝壑，滿面滄桑，像久經世事的老人；核桃的美，美在砸開剎那的稀裏嘩啦。一旦砸開核桃的外殼，它就抖落出金黃欲滴的塊塊核肉。我不喜歡砸，卻喜歡看，就像小時候喜歡看同學打架。

看人打架極有樂趣，尤其是看小孩子打架，《紅樓夢》「起嫌疑頑童鬧學堂」一回，秦鐘、金榮、茗煙幾個小廝打架，就有很多人在旁邊看熱鬧，「也有趁勢幫著打太平拳助樂的，也有膽小藏在一邊的，也有直立在桌上拍著手兒亂笑，喝著聲兒叫打的，登時間鼎沸起來。」

前幾天外出吃飯，翻菜單，見有道菜叫「清白世家」，心頭忽動，隨手點了，端上來壹看，卻是核桃仁涼拌荊芥，青白相間，虧得他們想出那麼別致的名字，果然有清白世家的樸素。核桃仁和荊芥的味道獨特、詭異，以暴易暴，以邪制邪，這個創意頗具匠心，堪稱涼菜搭配中的神來之筆。那道菜香嫩可口，以致後來大家又要了一份。

吃過核桃，但沒有見過核桃樹。夏天時，在公園玩，有人指著一株綠意融融的大樹，說那是核桃樹。抬頭，一枚枚青果在風中搖啊搖，搖啊搖，搖在枝頭，天很藍，陽光很亮。那棵核桃樹嫩綠綠的，有明媚的色彩，像個英俊少年，不比木梓樹、棗樹、刺槐、泡桐那樣老氣橫秋。

中醫認為核桃補血潤肺、益智補腦，不知對我輩文人寫作生涯的嘔心瀝血與絞盡腦汁能否有所益補。

據說核桃又叫胡桃秋，這個別名真好，像我未來淘氣的女兒。有算命的說我以後兒女雙全，我聽了很歡喜，當時就取了兩個小名，兒子叫胡大牛，女兒叫胡桃秋。

說雞

皖南以前有位作家，語絲社的，叫章衣萍，和「我的朋友胡適之」是同鄉。一九三二年，北新書局請他編世界文學譯本，並出版兒童讀物，銷路頗廣，手頭漸闊，錢多了可以不吃豬肉，改喝雞湯。不料《小八戒》一書觸犯了回教團體，引起訴訟，書局被封，改名青光書店才得繼續營業。魯迅寫詩戲云：「世界有文學，少女多豐臀。雞湯代豬肉，北新遂掩門。」

很突兀，憶起這段舊事來。下雨了，一個人在辦公室無聊，就臨窗懷古，風雨如晦，加上近視，所以看得不遠，古也只能懷到民國。

這幾天情緒低落，莫名其妙，毫無來由，人的情緒許多時候和天氣一樣變幻莫測。於是就想買一隻雞燉了吃，哄肚子開心，肚子一開心，心情也能多雲轉晴。

我很會燉雞的，有多年的老家底。記得小時候，祖父喜歡吃雞，祖母特意養了很多，隔三差五殺一隻。晚上靜候在瓦罐下，或者端一把凳子在稻床上閒坐，等著祖父歸來，那場景歷歷在目。

雞其實很好燉，只要是牧養的活雞，現殺後用冷水煮，放乾菌大棗若干，炭火慢慢煨上半天，沒有瓦罐，用電飯鍋代之亦可。這種文火燉出來的雞，肉質爛，火勁直抵骨髓，吃在嘴裏，帶一絲山野的鮮氣，不像飯店裏高壓鍋急火做出來的，味同嚼蠟，白蠟。

下班後，去了超市，我看見一隻隻倒掛著慘白到沒有絲毫肉色的死雞。男兒要當死於邊野，以馬革裹屍還葬；好雞就應該現殺現做，冰塊裹屍暴殄天物。於是怏怏去了菜市場，選了隻活蹦亂跳的小公雞，生命在於運動，雞想保命，應該少動。

給雞褪毛是件很麻煩的事情，好在小販有鐵桶製成的去毛器。將宰好的雞放入其中，咚咚咚，咚咚咚，咚咚咚咚咚咚……錦毛亂舞，紛紛揚揚，像傍晚時分日本仙台中國留學生會館那間洋房的地板，咚咚咚地響得震天，問問精通時事的人，答道，「那是在學跳舞。」（見魯迅《藤野先生》）

人在學生時代真好，學看圖認字，學造句作文，學跳舞打球。不比江湖，逼你學了一肚子世故。江湖是泯滅性靈的地方。雞因為住在雞窩，不踏入江湖半步，方才保持住自己的性靈。韓嬰在《韓詩外傳》中說雞有「五德」：「頭戴冠者，文也；足搏距者，武也；敵在前敢鬥者，勇也；見食相呼者，仁也；守夜不失時者，信也。」正因為雞是可信賴的「五德之禽」，在許多人心中，雞湯的格調比豬肉高，連章衣萍這樣的文士也未能免俗，當代很多作家更是宣稱自己的文章為心靈雞湯，不過我可以捧著《聖經》向上帝保證：其實和心靈無關，雞湯是無辜的。

我有過一個夢想，老了，回鄉下養一籠雞，每天清晨給雞餵食，夜晚，在雞鳴喔喔聲中讀書或者失眠或者打鼾。

春天的夜，炖一鍋雞，大吃大喝，我彷彿聽見種子發芽的聲音；夏天的夜，炖一鍋雞，胡吃胡喝，一股熱流撕心裂肺，然後是滿頭大汗的神清氣爽；秋天的夜，炖一鍋雞，閒吃閒喝，落木蕭蕭下，愜意慢慢升；冬天的夜，炖一鍋雞，海吃海喝，一縷濃湯融化冰雪，春暖花開。

老了，炖一鍋雞，與伊同食。

胡辣湯

一個人的飲食習慣變幻莫測，非常奇怪。有陣子我不能吃茄子，一吃就嘔吐，胃裏翻江倒海；有陣子我不能吃黃瓜，一吃就泛酸水；有陣子我不能喝椰汁……或許食物如文字，口腹是字典，哪怕字典再厚，總也收錄不全，幸好人的習性會慢慢改變。我初來中原，不吃胡辣湯，黏塌塌一碗，看上去醃臢得很，豈料喝罷幾次之後，卻漸漸喜歡了。

本土風情，作為飲食習慣中的世界觀與地方性，是極其狹窄的。西藏青稞麵，北京的豆汁和驢打滾，內蒙古的哈達餅，廣東的肉粥，對某些中國人來說，就是異域風情了。

胡辣湯成色灰褐，回味的顏色也是過去式的，像鏽跡斑斑的青銅器，或者高古奇崛的老家具，所以我說喝胡辣湯是非常懷舊的。當你覺得它有往日的況味時，就尤其適合在清晨來上一碗了。喝一口，再喝一口，趁熱才有味，各種辣味串在一起，額頭沁出細密的汗。

在巷深處的小吃店，找一張靠牆的桌子坐下。除了晃動的各色衣服，眼底幾乎只有黑與白了，像老電影一樣。

在老電影黑白的調子裏喝著胡辣湯，陽光的碎片穿過木窗，光影斑駁。手中的粗瓷大碗，有不可言說的滄桑與世俗，東張西望地遐想，腦海中浮現這樣的鏡頭：

古城牆邊上的客棧，酒旗飄飄，一匹棕紅色的駿馬遠遠跑來，鐵蹄清脆地磕碰著石板路。不多時，只聽得嘶一聲，那馬立住了，銅鈴亂撞，馬上的漢子翻身而下，高聲對店小二說：來碗胡辣湯……

喝胡辣湯，就油條、菜角或者糖糕，這是我的習慣。伊五次三番地提醒：油炸食品，有害健康！我不能說她在煞風景，美食與健康是個問題，常常魚和熊掌。所以美食更多的是一個人的習慣，有時候很難與他人溝通。

我在習慣之外，喜歡在胡辣湯裏加豆腐腦若干，碗內灰白相間，濃淡共濟，很有中年的感覺。豆腐腦的細膩、清淡與胡辣湯的黏稠、酸辣交替，秋風蕭瑟，春意迷離，深沉似井，淺顯如溪，在嘴裏是別有洞天的享受。

據說胡辣湯是河南逍遙鎮的好，就像燒雞是道口的妙。有多年功底？有不二秘技？大概是吧，中國的餐飲行當總有其獨門絕學。

我曾騎車跑遍了半個城市，專吃逍遙鎮的胡辣湯。很多店面都打著「逍遙鎮」的招牌，即便從「拘謹鄉」來的亦是如此。也就懶得問路尋食了，反正樓底那家小店的胡辣湯也很地道。每天上班前，吃一碗，上好的羊肉、羊骨、牛肉、牛骨在高溫下生成的濃香，久聞不厭。入嘴有肉之嫩，菜之鮮，麵之綿，回味雋永。尤其是它的辣，綿而不燥，緩緩入喉，令人胃口大開。待腹中生暖，陽氣上升，微汗輕發，只覺腦醒、心靜、身輕。

前些時和一文史專家閒聊，才知道胡辣湯大有來頭，和宮廷有關，歷史可推至北宋年間。不過對此我興趣不大，美食靠口感說話，不分商周上周，不論宮廷農民。只是樓下那家小吃店搬走了，裝修成了按摩院。昨天清晨散步，一婦人在裏面擠眉弄眼，花枝亂顫。遙遠的巷口，傳來雄壯的雞鳴聲，在春風裏，心頭也不禁久久惆悵……我到底做了故鄉的叛徒。

刀和棒

吃喝裏是有刀和棒的，鴻門宴眾所周知。

當年楚成王之子商臣指使潘崇逼宮弒父，成王對潘崇說：「讓位可以，留我一命吧？」潘崇說：「一國豈能容二君！」成王知道熊掌難熟，可以爭取點時間等待救兵，於是又祈求道：「我已令廚師給我烹製熊掌，能等我吃了再死嗎？」可惜潘崇識破了他的心事，取下自束脖頸，命兵士將成王勒死，商臣即位，史稱楚穆王。

這是吃喝背後的爾虞我詐、刀棒相加。

而食物的外形上，我覺得豇豆也可稱為棒的，四季豆可稱為刀，柳葉刀，而扁豆則有人就直接稱為刀豆，像太極刀吧。這個比喻，可以說不乏想像，也可以說挖空心思，總有些笨拙，有些做作，真讓人無奈。寫作需要修煉的，洗盡鉛華呈素姿是一種境界，我目前還達不到。

豇豆長在菜園裏，農民說風調雨順，文人說滿園春色，商人說一地富貴，綠象牙？翡翠棒？我說兵氣盈目，你看一根根棒子懸在那裏，不是少林羅漢陣，就是丐幫打狗陣。

癡迷《水滸》時，每次路過菜園，看見豇豆垂地，棍棒如林，風一吹，木墩墩輕輕有聲。總不免要想起景陽岡打虎一回文字：武松放了手來，松樹邊尋那打折的哨棒，拿在手裏；只怕大蟲不死，把棒橛又打了一回。眼見氣都沒了，方才丟了棒……

而看見四季豆、刀豆，便想起《黑旋風沂嶺殺四虎》一節：

李逵道：「正是你這業畜吃了我娘。」放下樸刀，胯邊掣出腰刀。那母大蟲到洞口，先把尾去窩裏一剪，便把後半截身軀坐將入去。李逵在窩內看得仔細，把刀朝母大蟲尾底下盡平生氣力捨命一戳，正中那母大蟲糞門。李逵使得力重，和那刀靶，也直送入肚裏去了。

因為這樣的想像，也因為這樣的故事，以至我對豇豆、扁豆、四季豆久吃不膩。

我喜歡豇豆的碧綠，讓人心曠神怡。

挑一大勺豬油放入鍋中燒滾，兩個青椒切成絲，快速過油入盤，然後將掰成小指長的豇豆下鍋爆炒，火開到最大，豇豆翻滾，迅速吃油，綠得越發深沉了。快熟透時，再放入青椒，即成一款美味。桌子上有這樣一盤豇豆，我可以多吃碗飯的。

記得小時候，吃完飯總喜歡在屋前屋後溜達。瓜蔓地母親種有四季豆，新豆初出，那麼多綠色的小刀，不知不覺就著迷佇步了。即便那些綠藤上的小花，也是美的。紫紅花泛出幾絲白，那白因了紫的映襯，越發清雅。如果是清晨，白紫花開在清涼的露水裏，嫩嫩的，柔柔的，吸引得一個少年俯身來嗅。

與豇豆相比，四季豆有股青澀味。所以不論清炒或者紅燒，都要放薑或者蒜瓣，否則入嘴生氣未盡，豆腥猶存。我燒出來的四季豆，豆身自始至終是綠的，卻熟得透，豆肉細嫩，盛在金邊瓷盤裏，真個是金玉滿堂。四季豆又名芸豆，芸豆讓我想起《浮生六記》裏的芸娘，林語堂眼裏「中國文學上一個最可愛的女人」。

扁豆在我老家被稱為月亮菜，月兒彎彎掛樹梢。白扁豆，銀光匝地；黃扁豆，清輝漫野；紫扁豆，紫氣東來；那是屬於鄉村的詩意與秘密，不可說，不能說。

筍乾及其他

我的朋友舒寒冰最近出了本新書《松花集》，不遠千里寄到鄭州。每天閒時讀讀，劍氣彌漫，俠影縱橫。寒冰兄的行文有一點壞，章法帶幾分邪。壞是「打狗棒法」的封纏拌繞，邪是「凌波微步」的虛晃一槍。給我的感覺就好像深冬時和朋友吃火鍋，有湯有水，有葷有素，可以下酒，也可以佐餐。

某些作家的文風也的確像食物的口感。譬如讀魯迅的雜文，像喝陳年老酒，綿厚辛辣，餘味嫋嫋；看金庸的小說，像啖西瓜，痛快淋漓，汁水四濺；讀張中行的隨筆，如吃山藥粥，有老到極處的幽意；讀廢名的散文，如涼拌海蜇，清涼中有深味；而讀知堂的小品，則像吃筍，微澀，口感清遠。汪曾祺是春初新韭，秋末晚菘，清新可人；賈平凹乃羊肉泡饃，料重味醇，肉爛湯濃。那我自己呢？胡竹峰大抵算小水蘿蔔吧，不能果腹，茶餘飯後吃一個，嘎嘣，咬下半截，倒也脆生生，甜絲絲的。

不說了，不說了，再說，下次有人看書會流口水的。

上午無事，一個人在廚房做筍乾老鴨煲。打開煤氣灶，將宰好煺淨的老鴨放入沸水鍋焯去血污，然後切成塊用大火煮開，見它沸騰，就擰小灶頭，文火輕熬。我炖湯是不怕耗時間的，這幾天春寒微涼，廚房裏倒暖和些，可以伴火讀書。湯汁慢慢厚了，再放進幾塊腱子肉，擰出大火，讓它們豬鴨一家。待又沸騰，投以蔥、薑、野山菌，還有筍乾。筍乾被切成細條狀，它是有靈性的，在湯水裏幾度沉浮；野菌摘了根部，像船又像傘，在湯面飄蕩。把火擰到最小，靜候著山菌與筍乾的清香。這樣的湯是清風明月，喝一碗，彷彿體內按摩。

筍乾還是上次回鄉時朋友送的，是老家野生水竹的筍，一段段成絲條狀，密封在朔料袋裏。唯恐易盡，燒過一次筍乾炒肉，便藏了起來。很多年前，我抽過水竹筍，回家後剝出筍肉，在開水裏焯熟，再切成絲，放在竹匾裏曬。金黃的顏色，細勻勻的。曬乾後，一斤僅餘二兩。這樣的筍乾，口感絕妙，如今已是廣陵散。豈料一隔十多年，居然再次撞上，真是天賜良緣。

在鄉下，一到冬天，天氣晴朗的日子，常看見竹林裏有挖筍人。沒什麼秘訣，拿把鋤頭，專從裂縫或者凸起的地方下手，準有收穫。

冬筍似小船，微微翹起，兩頭尖尖，肉色乳白，殼薄質嫩。我喜歡冬筍，略澀，味道清苦，含禪意，有內斂之氣，葷素百搭，炒、燒、煮、炖、煨，均有一番風味。冬筍終日藏在土中，頗有世外桃源的舊民之風。自古以來，冬筍價貴，春筍格賤，是不是因為太粗大了？太喜歡出頭了？有一次饞蟲上來，去超市買了些春筍，還割了塊五花肉，可惜春筍澀味太重，吃得舌尖發麻。

有人說春筍味鮮如魚雞，梁實秋在一篇文章裏贊其「細嫩清脆」。口味真是太私人化了，一千個讀者有一千個哈姆雷特，一千個嘴巴有一千種味道。味道，味道，味在某些時候就是道。《道德經》開篇云：道可道，非常道。味道簡直神秘得無法言傳，於是口感才玄之又玄，所以我說一張嘴幾乎就是眾妙之門了。不過春筍模樣倒清新、水靈，像江南人家的女孩，看著舒服。

母親很會炒筍，上好的冬筍切成片，過一遍水後放兩個辣椒，用臘肉紅燒，名不見經傳，卻真有手段。

母親長居鄉下，美食留在民間。

燴麵之筆

朋友說來河南三要事：看龍門石窟，遊嵩山少林，吃鄭州燴麵。我說前兩個不難，不過想吃到好的燴麵需要口福，看你運氣吧。朋友說去名店，譬如某記某記就是了，揀貴的吃，幾十塊錢一碗的。

知道得倒挺多，讓我這個久居鄭州的好生慚愧。但我曉得，並非幾塊錢一碗的燴麵就不正宗。五塊錢的燴麵，也有讓我拍案叫絕的；三十多塊錢的燴麵，也有讓我破口大罵的。有一年我出城閒蕩，在東郊巷子裏吃到了滋味一絕的燴麵，店面簡單、裝潢落伍，但廚師勺下卻很有本事。從來美食如姻緣，三分天注定。

吃燴麵，一般而言，幾家老字號是首選。但他們名聲在外，店大客多，食客如水，加上店內主推山珍海味，各系名菜，燴麵也就做得馬馬虎虎，好在有多年廚藝打底，湊合著還能應酬。

我剛來河南，走在鄭州的街頭巷尾，但見人聲燈影裏一家家小麵館外的招牌上寫著「燴麵」二字，或用毛筆，或用粉筆，或用油筆，或用彩筆，或用炭筆，字形大抵是歪歪斜斜的，帶些童稚氣，甫見之下，讓我大有好感。還沒吃過燴麵，心底想像它裝在粗瓷大碗中，不禁油然生出些感動。

等燴麵一上桌，越發讓我覺得親切好玩。白湯在大碗漾漾，似魏晉尺牘，幾塊羊肉聳立如民國孤島文學，輔之有海帶皮、豆腐絲、鵪鶉蛋、香菜末之類，尤其是長寬的麵條，橫在碗裏，活脫脫像金農書法的線條。那時在一收藏家朋友處見了幅金農的漆書，筆劃破圓為方，尤其橫筆粗壯，墨色凝重，讓人滿心歡心，搞得好長時間滿腦子都是金農筆意，以致曾將燴麵喻金農。

燴麵屬於煮製麵食，因其製作方便，湯菜結合，好吃實惠，因此廣為流傳，在河南，風頭蓋過了刀削麵。

關於燴麵的起源，有唐代說，宋朝說，近一點的也在晚清，實在是各執一詞；與其眾說紛紜，倒不如置若罔聞——把一碗燴麵做好，這才是最有意義的考證；畢竟大家是來吃飯的，不是研究歷史的。但源遠流長到底也不錯，會讓人感受到時空遙遠處的風塵，因為尚古，因為戀舊，所以我的午餐經常去單位附近的那家燴麵館解決。

那家麵館，裝修已經很舊了，餐桌紅漆脫落，坑坑窪窪，觸手惘惘，椅子靠背圓溜溜的，無數雙手摸過，很有質感。臨窗獨坐，覺得如睹前朝故物，恍恍如隔世兮，悠悠似桑田，大有沒落王孫讀古書之況味。這時，眼裏的燴麵也莫名生出了富貴氣，這富貴氣既精致，又洗盡鉛華，真是難得。羊肉燴麵者，白氣悠悠；牛肉燴麵者，濃香藹藹；三鮮燴麵者，清味嫋嫋；吃在嘴裏，一律綿軟且有韌勁。湯邊香菜如豆蔻新綠，柳頭嫩枝，風情款款姿態撩人，滿腹詩書發人會心。

幾口燴麵下肚，滿嘴鮮美，美在既濃且淡之間，一會兒金戈鐵馬，一會兒金縷玉衣；一會兒羌笛亂奏，一會兒鐵簫清音；一會兒驚濤駭浪，一會兒泉眼無聲；一會兒萬馬齊喑，一會兒龍騰虎躍。凡是美食，它的口感總不會一成不變，千變萬化才意味深長，千變萬化才趣味深長，千變萬化才滋味深長，千變萬化才風味深長。

友人來看我，我們就去那家小店，把碗閒坐。不勝酒力，我只好開一瓶冰鎮啤酒，一口熱麵，一口冰啤，一口涼菜，人間冷暖，世態炎涼，盡納口中。

燴麵要趁熱吃，人走茶涼，人不走，麵涼。麵涼了，味道會打折扣。

一曲了

人分妍與媸，吃有色香味。食物有絕色之表，人才生憐香之情，人有憐香之情，方存知味之心。中庸云「人莫不飲食也，鮮能知味也」，可見知味不易。我認為，能知味者，非幾十年的嘴上功夫不可。而要把食物的色香味立於文字，光靠嘴上功夫遠遠不夠，還需要筆下手段。汪曾祺先生編《知味集》，所選文章作者，都是食界老饕，文壇宿將，是以才人書俱老，文采翩翩。

《飲食男語》本期就結束了，當真是鐵打的版面，流水的作者啊。寫這個專欄之前，我原本準備談談大餐名菜的，然大餐名菜不好寫，我也吃得不多，只好說了說粗茶淡飯，好讓人有今日始方身孤寒之感。其實我等文人，更多時候是在家裏念「一尺鱸魚新釣得」、「桃花流水鱖魚肥」之類的詩詞，鱸魚是何味，鱖魚怎麼肥，耳食終日，偶爾碰巧吃個一兩次，並不得要旨。日常生活還是「桂花香餡裹胡桃，江米如珠井水淘」、「蒸梨常共灶，澆薤亦同渠」。所以我最終還是寫了談小吃、家常菜之類的文章。

在這裏，我要謝謝廣大讀者的捧場，你們不看，我寫了也白搭。說穿了，專欄就是把文字之磚往紙牆上攔。這是件頗不容易的事情，好幾次，我都有點不以為繼。譬如這回，實在不知道寫什麼，對著電腦，幾番沉吟，牽扯出上面一段閒話。想到是最後一篇專欄，乾脆題為《一曲了》，寫寫散夥飯送行宴之類。

散夥飯與送行宴，用「感時花濺淚，恨別鳥驚心」兩句詩基本上可以概括當時的心情，通常我不願意赴會，到底少了迎親席，接風宴的喜慶。想想一起吃喝的人終席後就要各奔東西、分道揚鑣，縱是佳肴，吃在嘴裏也似嚼蠟。

上個月，有位老友去西藏工作，之後便要各居一方。送行宴上，我說：「西出陽關無故人。大家舉起杯來，乾掉滿杯啤酒。」此去經年，千里共嬋娟。那晚的酒菜，我們吃得不夠爽快，賓主雖也談笑，卻不怎麼風生。直到服務員端上豫系的歷史名菜糖醋軟熘魚焙麵，才稍微沖淡了一些離別的惆悵。

我身在中原，開這麼久專欄，還沒寫過豫菜，早就有朋友批評我，就介紹一次吧。

這道糖醋軟熘魚焙麵又稱熘魚焙麵。此菜貴在鯉魚，河南得黃河之利，黃河金鯉，歷代珍品，宋朝時，有人「不惜百金持於歸」，足見其身價之高。其二是豫菜的軟熘，它以活汁而聞名。所謂活汁，一是熘魚之汁需達到泛出泡花的程度，稱作汁要烘活；二是取方言中和、活之諧音，油、糖、醋三物，鹹、甜、酸三味，要在高溫下攪拌充分融和，各物、各味俱在，但均不出頭，你中有我，我中有你。不見油，不見糖，不見醋，甜中透酸，酸中透鹹。魚肥嫩爽口而不膩，食完汁不盡，上火回汁，下入精細的焙麵，熱汁酥麵，入口絕妙，很有柳暗花明又一村的感覺。

不過，那天晚上的口感終究是隔了一層，還是心情欠佳的緣故。可見吃飯，不僅取決於食物本身，關鍵還得有好氣氛，或稱為心情、處境等等。這些東西看不見摸不著，卻像點豆腐的鹵水，影響實實在在。

結束這篇文章時，不禁想起岑參的《白雪歌送武判官歸京》，岑詩末句云：「輪台東門送君去，去時雪滿天山路。山回路轉不見君，雪上空留馬行處。」我寫著寫著，覺得自己像赴京的武判官，而心中的讀者則是大詩人岑參。

從明天開始，我又要進入下一個單元的寫作，正是：飲食男語已遁跡，紙上空餘茶飯香。借文字之酒，我敬大家一杯。

乾了。

（附記：這篇文章是我《飲食男語》專欄的結束篇，編輯文集，舊作重讀，感覺尚有些意思，故一併放入。）

輯三

履痕

憶湖

春

二月的春風剪開了水面的薄冰，也剪斷了漫長冬季的寒冷。不經意，夾道的垂柳抽出了細芽，那叢叢樹木，枝頭也冒出了新嫩的柔荑，油亮中泛著綠意，讓人心裏一動：呵，春天就這樣不知不覺地來了。漫步湖堤，放眼一望，環水皆是青山，盈盈鋪了一層新綠，滿目都是春色。

湖又一次迎來了生命中的春天。水面如新鏡剛磨，山嵐也換了新妝，水格外清秀了，那些山的倒影，樹的倒影，甚至天空的倒影清晰地埋在水中。

乘一葉瘦舟，單槳輕點，小船便離了岸，驚動了湖面的寧靜，湖水發出嘩的一聲輕響，雙槳鱗鱗，船在湖面硬生生犁出一條水溝，船剛過，水又彌合得無縫無隙，復歸寧靜。那水不敢用手探的，稍一觸及，便有絲絲涼意竄到臂間，忍不住打個寒噤。

岸邊水淺處，蘆葦的尖芽和蒲草的窄葉，參差不齊地立在風中，剛蘇醒的觸覺猶自癡癡地回不過神。偶爾一陣春風吹過，傻愣愣地擺著身子。

早春的湖，顯得清亮，水面潔淨異常，透明得像一大塊水晶。坐在船上，時不時有一尾魚安逸地從船邊遊過，伸手捉時，那魚打一個水漂潛入深處，撩得人好一陣心動。

湖面遼闊疏朗，船漸漸駛到湖中央，山連著水，水圍著船，船載著我。索性停了槳，任小舟輕浮，那山，那水一齊向跟前湧來，一大片，一大片，塞在眼裏，滿滿地，滿滿地，不復有我。

夏

烈日懸在頭頂，肆意地曬著湖，手摸在水裏，有些滾。湖邊三三兩兩坐著城裏來的閒人，躲在太陽傘下，借魚竿打發著燥熱的時光。

找一塊樹蔭坐下，搖著蒲扇，無所事事地看水，看水裏的倒影，看湖面的蜻蜓。偶爾一兩隻水鳥，猛地撲至水面，尋一條小魚當作午後的餐點，然後揚長而去，慢慢在目光中凝成一黑點，直至全無。遠山逶迤，高低交錯，湖水拍岸，這些都能給人足夠的樂趣。

夏天的湖，我最熟悉，曾在湖邊的姑媽家度過了一個漫長的暑假。那些日子快活而輕鬆。每日中午最熱的時候，總要躺在堤岸陰處的草皮毯上小寐，摘一張大荷葉，傘一樣遮在頭頂，眼前倏地一綠，剝幾粒蓮角，一顆顆粉白似米，送入嘴裏，甜甜的，脆脆的，就這樣進入夢鄉。不多時，風來了，那是一種潮濕又清爽的微風，送來湖的氣息，一下把我激醒了。抬頭看天，太陽漸西，但熱浪依舊，這時便想去湖中暢游一番。

從岸邊游到湖心的沙丘，大約半刻鐘的光景。湖水經過一天太陽的照射，溫暖而明潤，在肌膚間淌過，如沐溫泉。游到沙丘上，沙子滾燙，踩在腳板下，有些硌人。用手盛起幾大捧水，潑在沙丘上，然後就坐在那裏，看夕陽西下……

夏季是綿長的，太陽比往昔更加眷戀美好的一天，直到黃昏，還賴在西天遲遲不走，陽光斜灑在湖面上，湖水泛著橘紅色，豔豔像風塵女子的眼影，迷離而妖媚。山尖的雲霞，火似地燃燒起來，像是誰家女孩的紅紗蒙在了天際，被風吹得亂亂地蓬鬆著。

許久許久，太陽才下山，悶熱的一天終於過去。蟲子們不知躲在哪個旮旯裏開始獨奏與合唱，蜻蜓越飛越快，在做一天最後的運動。歸牧的老人和小孩，趕著牲口，他們的影子倒映在湖水中，淡淡地搖曳著最後的一湖晚照。幾戶青瓦的屋頂，冒出炊煙，嫋嫋上升，從濃到淡，從淡到無，漸漸被空氣稀釋得無影無蹤。水鳥也收工了，湖的水面靜悄悄的，等著月亮從天邊爬上山頭。

秋

大雨如注，像篩豆子一樣，秋天很少有如此猛的雨，這是個例外。雨點落在稻床上，猶如急促的行軍聲。

站在屋檐下，這樣的雨讓我產生了奔跑的慾望，也有了看湖的念頭。毫不猶豫衝破雨線跑到湖邊，雨打在臉上，生疼，不敢睜眼，淋淋澆了我一頭一身。鄉村的雨晶瑩而透明，此時，那些晶瑩而透明雨滴正濕潤著我的衣服和頭髮。

雨中的湖，景色空蒙，碩大的雨滴落在湖面上，激起一個個水泡，一千顆雨滴，一千個水泡，一萬個雨滴，一萬個水泡，而此時有億萬個雨滴，湖面上便是數不清的泡泡了。

湖水沸騰，水氣如白紗，漂在湖面，像掀開蓋的蒸籠，心頭隱隱有水光閃動。對岸的遠山看不見了，雨生煙霧，煙霧生茫然，竟讓我有「煙波江上使人愁」之感。這是下雨的妙處：天氣豐富了湖的內涵。

於是解開小船，向茫茫煙霧中划去，如坐遊天上，混混沌沌，如癡，如醉，亦如夢，如幻，人生到此，與萬物為一，與天地為一，快意哉。

冬

雪連日不斷，湖中人鳥俱絕。披上大氅，戴著厚厚的皮手套，乘舟獨往湖心漁棚駛去。船行時，有咯咯的破冰聲，脫掉手套以手抄水，指尖涼而不冷。雪已停了，此時的湖面，帶有一份淒然與迷離。

雪中湖景最賞處，往往有寂寞相隨。沒有獨釣寒江雪的老翁，也見不到青箬笠，綠蓑衣的安逸，眼底只有湖中那一座座被雪染白的漁棚。時間彷彿凝固，湖是看膩了春花秋月，又聽厭了細浪拍堤，便塵封住往事，藏在這一片白中，只等著來日太陽的細細翻檢。

雪後的天空，顏色錯雜，紅的，黃的，鉛的，攪在一起，像是哪個畫家不小心打翻了顏料瓶。偶爾也有一兩隻不怕冷的水鳥在湖面盤旋俯視，此時它們只能失望了，魚類都躲在深水中避寒，只聽得那鳥兒幾聲沙啞的鳴叫，一無所獲，無趣地飛走了。

湖心有風，冷颼颼刮在臉上，寒意驚人。不敢在漁棚的外板上久待。喝一口滾燙的熱茶，保溫桶中有新炒的蠶豆，還有烤魚塊。等肚子有了一些暖意，放纜歸舟。偌大的湖中只有雙槳划水的聲音，嘩啦，嘩啦，有節奏地從水中傳來。

到了晚間，帶一床棉被，幾本舊書，一個人睡在漁棚中，沒有電，燃起久違的煤油燈或者蠟燭，靠在床頭喝茶夜讀，寒夜就在被窩中、唇齒間、眼眸下溫暖地流過。

夏夜的鄉愁

中原的夏天，熱，坐著，背脊上也滑膩膩流滿汗水。不為稻糧謀時，便窩在室內靜養，光溜溜躺在涼席上，像條白蠶，從清晨到日暮。身旁堆滿了西瓜、綠茶，卻驅不散心頭的躁意，不自禁便想起了江南的夏天。

江南的夏天，是有煙雨氣的，熱也是拖泥帶水的纏綿悱惻。相比之下，中原的夏天讓人大受煎熬，每天烈日肆虐，除了空調房，幾乎尋不到宜人的地方了。

簾雨颯颯的夏天，真是久違。身在他鄉，最無聊的是晚上，寂寞冷清的晚上呵，獨居小樓，叫人怎生消受？年齡漸長，鄉愁已不好意思再說出口了。無事只好亂翻書，但總是靜不下來，心際屢屢憶舊，想念昔日在故鄉的一切：甜井水、老南瓜、葛根粉、綠豆湯。凡這些，都是極鮮美可口的，均有祛火降溫之效。

一切懷念都在寂寞無聊時升起，夏夜的鄉愁亦無例外。

夏天的夜，在故裏，屋子外照例有人乘涼的。不在大樹下坐著，就在塘埂上躺著，最不濟也要在自家院子裏，搖搖芭蕉扇。會享受的人，索性四仰八叉，臥在竹床上納福。

風，不時掠過肚皮，牛在木欄裏懶懶地嚼著芭茅，嘴邊淌著白沫，耳聽得唰唰的磨牙聲，鼻端拂過陣陣微薄的草香。豬在石圈裏長鼾不醒，雞鴨之類也在竹籃唧嘎嘎吵個不停。不知是誰家的錄音機還開著，女調朗朗，男腔悠揚，那聲音傳得很遠，一下子切開了夜的靜穆。鄉村的空氣裏，蕩漾著一種別致的風味。不多時，漸漸起了露水，人聲皆小了下去，嘟嘟噥噥，一彎新月掛在門前的梧桐樹上，滿天星光下燈火昏黃，越發顯出夜的安寧來。

因為貪戀太陽落山後的清涼，出工的還在田地裏勞作。老人和小孩圍坐在竹床邊，剝毛豆，或者摘辣椒，準備著晚飯。天太熱時，胃口寡淡，記得母親總要在鑌鐵鍋裏煮上綠豆粥，想吃，舀一碗端著。

胡亂地用過晚飯，勞累的一天終於結束了。屋後水田的蛙聲叫得很是熱鬧，連著天上地下，四面八方。有人在田埂上引水灌溉，也有人在田壟後面釣黃鱔，用一根細長的鐵鈎，穿上餌食，塞進石縫裏，只等著那長蟲上鈎。如果沒有武打功夫電視劇，我和小弟堂妹便很快洗好澡，換上乾淨的汗衫，帶著下午用草芒子編織的玩具，玩耍去了。

出得門來，但見螢火蟲飄落庭院，在瓜蔓間佇步，然後掠過屋檐，又高高地飛向山野深處。我眼快，蹴空捉得幾隻，用玻璃瓶裝著，拿到牆角暗處看它的閃亮。堂妹堂弟們年幼，怕暗處有鬼，幾個小孩跳在稻床上，齊聲念道：

> 螢火蟲，夜夜飛，爹爹叫我捉烏龜，烏龜捉不到，爹爹叫我抓花鳥，花鳥飛上天，爹爹讓我吸筒煙，煙又點不著，爹爹叫我推石磨。

唱畢，幾個人瘋作一團，打鬧嬉戲，正在胡天胡地、吵得不可開交之際，大人出來叱道：「你幾個小東西都別吵，叫著人心煩。」他們才漸漸恢復平靜，爾後又你推我一下，我襲你一掌，姐姐把弟弟弄哭了，弟弟將姐姐的衣服弄髒了，又惹得大人一陣好罵。

窗外一川原野

鄉居的生活彷彿隱居，窗外，爬山虎的青藤綠葉裏著陽台。茶幾上清供著一束桂花，細密如星的花朵掛在枝葉上，一股清幽的冷香在空氣中飄忽不定。這樣的日子頗有些唐詩宋詞的味道，且不見文人的做作，只剩下鄉村的樸素。

我的窗外，有一川原野。

坐在南房的西窗前，不時見幾個婦女提著籃子從籬笆腳邊走過，籬笆後面的園子裏種著綠茵茵的蘿蔔。一蓬蓬叢生的是油菜秧，細而嫩，鋪在地裏淺淺一窩。豇豆已謝了勢，赫紅色的豆蔓上黃葉零落。辣椒禾子扯倒在地頭，散亂地堆在一起，幾個紅色的小辣椒兀自倔強地叮在莖桿上，穿著護衣的小男孩認真地一個個揀摘著。遠處的田裏，燒著一堆堆火糞，依稀有火星在空氣中點點閃爍，只見滾滾濃煙漸漸升高，慢慢變淡，最後消解在一片天藍當中，鼻端隱隱傳來草木燃燒後淡淡的焦糊味與牛糞的清香。

稻床外邊，栽著一棵棠梨，其間有幾個青兜兜的南瓜吊在樹梢間晃蕩，散發著碧油油的光亮，像翡翠的色彩，有種富足的美，入眼別具一番田園的寧靜與平和。

所喜在這個秋天，我可以從容地看著窗外落葉的枯黃與飄零，看著野花的綻放與凋謝……窗外讓人賞心悅目的東西實在太多太多太多，重重疊疊的是山，上上下下的是梯田，高低起伏的是麥地，錯落有致的是農舍，山溝裏白嘩嘩流淌的是泉水，它們構成了最典型的鄉村秋景，無需任何雕琢。空氣中蘊藏著陽光的溫暖，高天流霞與山頭相接，不分彼此。沒有風，天地間除了鳥鳴不再有任何嘈雜的聲音。

遠處，孤零零的草人站在田埂上，守侯著一田稻禾筦子，頭頂的破麥草帽歪向一旁，像陷入沉思的農夫，有種莊嚴的靜穆。

太陽西斜，起風了，松濤中幾顆皂莢掉在屋頂上，砸得青瓦吧嗒作響。

夜色緩緩降臨，沉沉地籠罩著窗外的一川原野。燈火明了，朦朧中還可以看見白的圍牆，黑的屋頂。沒有月亮，漫天星斗映照出遠山的輪廓。野雞發出一聲怪叫，從屋前的梨樹杪上飛向後山，樹枝唰唰，然後一切歸於安靜。天地間彷彿蟄伏有無邊的喧嘩，揉揉發澀的雙眼，我在窗外一川原野前久久凝眸。

月碎清溪

雨是擦黑時下的，滴答滴答響在屋檐下。懶懶地臥在床頭，感冒沒好，對一切都膩煩，雨中的山景也失去了誘惑，埋頭又倒在被窩中睡著了。等再次醒來時，雨卻住了，月亮升了起來，斜斜地透過門前的古槐，灑得一院子清輝，像細碎的銀子鋪在地上。

下床後渾身乏力酸痛，母親說你出去走走，鍋裏還有粥，餓了吃一點。

我點點頭，信步走到屋前的小溪邊。盛夏的月夜，沿著小溪散步，溪水蕩漾著水渦，打著響花，在與娟娟的月兒談心哩。那明澈瑩晶的水波，漸漸變成歡快的銀亮色，水聲潺潺，流淌著明媚。剛下雨，溪水漲了幾寸，目光及處，還有斷枝殘葉在飄零。一片倒霉的竹葉兒，被溪水調皮地擠兌到一個漩渦裏，弄得欲前不得，欲後不能，急得滴溜溜直在原地打轉，溪水戲弄夠了，方才笑嘻嘻地一鬆勁，竹葉慌忙逃也似地流走了。溪水依舊曳了淡碧色的衣裳，溫柔地淌在淺淺的河床上，一切彷佛都沒發生。

這時，月亮轉過了山嘴，光彩幽淡，如鏤寒冰，似懸明鏡，清冷的月光陡然從雲端瀉下來裏脅著我，恍惚間，身體似乎呈現出一種透明的狀態，清晰地感覺到血脈在流動。四周都是靜止的，坐在石頭壘成的墁步上，對著眼前朦朧的身影發呆，不想站起來，生怕驚擾了這寧靜的月夜。

不知坐了多久，腿有些麻了，站起來揉揉，踩著細沙在水邊漫步。但見溪澗的月光經過岸邊竹林千枝萬葉的過濾，只剩下一小塊、一小塊銀白色的碎片，穿過竹梢貼在寧靜的小溪裏，然後那溪水又將月光反射到空中，河堤上。此時小溪顯得搖曳婆娑，輕波中閃爍著散碎的月影。而身側大片的原野，似乎早已融化在晶瑩澄澈的月光中。兩岸的小樹，水草，竹林，野花也與月光融成一體，彷彿度了一層銀邊。

繼續上行，緣溪百余米，有一石潭，水中銀晃晃射出一束白光，那是浸在潭底的月亮，這就是秦時明月，誘惑得人只想去水中嬉戲。我真捲起褲腿，然剛一伸腳入水，水中月亮就化做無數的小碎片四散開了。腳踝一陣清涼，似有魚兒或小蝦遊過，腦中一驚，渾身都有了力氣，感冒似乎好了。

前方河床凸處有一塊青草皮，草都貼著地長，碧綠的葉尖上，點點露珠閃爍著清冷的光芒。夜深了，白天的暑氣消退得不見蹤跡，從溪水裏吹來陣陣陰涼讓人全身的毛孔都舒張開來。我站在從竹林裏篩下的滿地光斑中，像穿了熒光服一樣，全身銀光閃爍，明滅聚散。一道風吹來，竹杪一蕩，那一片斑駁就在草皮和溪面上稀稀拉拉地婆娑相擁。

夜越來越深了，露水也越來越重，月色越來越濃，禾苗上漂浮著月光，溪流上跳動著月光，樹林裏閃爍著月光，還有我自己也披上一身的月光。溪水的呢喃漸漸細微，輕輕的嗚咽亦真亦幻。蟲子躲進草叢中酣睡，青蛙藏在石縫裏休息，它們都潛伏這一片皎潔當中，只等著黎明星光的喚醒。

此時倒映在溪流中的一輪明月，緩緩地移動著，被水面的波紋分成許多塊。檻外一條溪，幾回流碎月，一時間溪流如銀，風輕似霧，清溪攪碎的月色讓人眼前一恍。

遠村

如果說遠村的遠是日暮蒼山遠，那遠村的村大抵就是水村山郭酒旗風了。重山下的村落不敢說是世外桃源，也可算作人間仙境。

在天黑的時候，遠村的天光暗了，而遠村的燈火明了。燈火明了的遠村有種說不出來的靜穆，一棟棟瓦屋掩映在昏黃的星光下。

我是在這個時候走進遠村的。或者說遠村是在天黑時分迎接一個外鄉人的到來。狗的叫聲像一枝響箭，射上天空，猛地劃開了寧靜的空氣。一股暗流包裹著我，攜帶了遠村的氣息，是唐宋元明清的氣息，是生旦淨末丑的人生百味。這讓我的心間有種富足的美，那種肥沃的美麗在瞬間充沛於四經八脈。躺在棉被裏，城市的一切緩緩消失，而遠村的況味漸漸濃烈。

清晨，公雞的鳴叫喚起了村頭的太陽，也喚醒了我，扭頭向窗外看，那一抹緋紅色如雞冠。緊跟著炊煙嫋向屋頂，隨著門板執拗的一聲輕響，遠村又走進了新的一天。這是經典的開頭，也是富有詩意的起首。我正是踏著黎明未乾的冷露走近了遠村的農舍，路邊的野草拂掃在鞋面上，這興許就是遠村對一個外鄉人的洗塵。

濃霧還沒有散去，空氣中還殘留有昨天夜裏沉醉的晚風，晚風在清晨裏，清晨在晚風中，晚風在清晨裏得意忘形，得意忘形地慢慢走向滅亡；清晨在晚風中跌跌撞撞，跌跌撞撞義無反顧地走向上午。那情形有些像宿醉後的我，義無反顧地走在寫作的路上，其實即使不醉，我寫作也是義無反顧的。因為寫作是文人的宿命，正如宿醉是酒鬼的報應。而遠村的宿命是天高皇帝遠，偏居一隅則是它的報應。

此時，我偏居一隅在遠村一個不顯眼的角落，享受著天高皇帝遠的放浪形骸。一個人藏在遠村，就像一滴水融進海洋，而遠村的空氣還真像海水，帶著一股泥土腥，而我的感覺，分明有幾分遠航的味道了。山是小島，房屋是輪船，清風是海浪，帶著我飄蕩在浩渺的塵世之海。

塵世是熱鬧的，充滿險詐，而遠村是安靜的，帶著平和，最起碼稱得上樸素吧，屬於一個外人的眼裏的樸素。譬如現在，我坐在瓦房的堂屋裏，喝著村人的家釀，面朝門，門朝山。不時有鄉人從眼前經過，有相識的男人就進來陪酒，兩袖清風地閒聊，他跟我講鄉野樂事，我告訴他城市趣聞。倘是女的，淺淺地朝你笑笑，算是打了招呼。

我愛遠村的女人，她們從山林中走來，裝飾了田舍的夢，雖無衣著華貴的雍容，卻有小家碧玉的親切。她們是遠村的風景，也是遠村的資本。如果說一河春水是遠村的血脈，一朵雲霞是遠村的頭飾，那一個個少女應該是遠村的雙眸吧。

遠村是夢幻的，像春天一個關於柳絮的夢，輕輕地、柔軟地，不時撩撥著我的思緒。夢終究要醒來，我曾經在開往城市的火車上遐想著關於遠村的一切。我分明還記得：

> 遠村橫躺於夜的黑水／一動不動，累抑或疲憊／燈光斑駁／像透過籬笆牆的樹影／狗的叫聲／捲起石階的落葉

古城記

現在，我要帶你們走進古城了。

古城橫躺在初夏的陽光下，已逾千年，那些亭臺樓閣，多少文人墨客在其間把酒臨風，磚塔有蘇東坡憑弔的蹤影，闌干有李師師依偎的痕跡。只是那些風雅的前人早已湮沒在滾滾紅塵當中，幸好古城還在，還能通過它的一瓦一屋，一山一水，感受到舊時的氣息，儘管有些一廂情願，但我們似乎沒有理由拒絕這樣的浪漫。

假如穿越時空，讓我們回到唐宋，眼前的古城是不是鮮活如新？也不知道我們和先人會不會有共同語言。古城儘管很老了，在正午的陽光下卻依舊生輝如新，歲月留下的風雨煙塵僅僅停留在時間的內核。不信你看，從前的風華絕代，過去的金碧輝煌，至今還寫在宮殿的牆壁上呢。推開厚厚的鐵門，門芯扎扎響起，剎那間彷彿遮罩了城市的喧囂，我們隱隱然從新世界一腳踏進了舊時代。

日出日落的生活平平常常，南來北往的人們熙熙攘攘，古城就這樣一代又一代地跨越了千年。

古城是舊時的天堂，它在帝王的夜晚燈火璀璨，書場、茶館、戲樓、米行，一個也不少，通體透明地納接著四方客人。寺廟、老街、府衙、護城河、城牆，透過這些保存完好的古跡，我們基本上可以將古人的生活猜測個七七八八，大差不差。也可以說它們是一卷卷暗黃發黴的古畫，帶著斑駁的傳奇色彩，讓古城有了昂首挺胸的底氣，擲地有聲的名頭。

那好，索性我們就帶著窺視古人的心理，帶著尋幽探勝的閒情，去看看古城吧。什麼也不帶，渴了，路邊小攤有清涼的綠豆粥，足以祛火解乏；累了，隨便找個石階坐下來，順便聽聽街頭的老人說說過去的故事。歷史就在言談間向我們款款靠近，文官的溫文爾雅，武將的豪爽英勇，忠臣的憂國憂民，奸佞的陰險狡詐，一一躍然眼前，慢慢鮮明。這些廟堂的歷史，也是民間的掌故，它們在老百姓的口頭世世相傳。補充的是一點一滴的史料，豐富的是一撇一捺的人生。

沿著石板長街前行，像走進了時空跑道，感覺不遠處就是古代了。我們說起前人時，常常充滿遐想，遐想著舊時月色的皎潔；前人想到後人時，往往滿懷惆悵，惆悵著人生苦短的悲涼。所以我一直相信古人從未離去，因為他們不願離去，他們潛伏在牆根裏，屋簷下，躲藏在深藍的天空中，只等著今人深情的喚醒。

走完這條石板路，就穿過古城的中心了。皮鞋堅硬的腳跟一次次磕破了古城黃昏的空氣。太陽斜射過鏤空的瓦當，照在臉上，恍惚中我像背井離鄉的詩人。夕陽雖下，西天猶紅，遠近的街燈頃刻間亮了，像一雙雙憂鬱的眼睛，給古城增添了幾分神秘的氣息。不多時，遠古的月亮透過秦漢的時光，穿過唐宋元明清的夜晚，在古城的牆頭悄然升起。月是新的，一如水洗。

抬頭望月不見嶽，誰讓這是個平原城市呢。月是破譯舊時的密碼，嶽是打開往事的符號。站在城頭，凝視著滿街燈火，這個時候，古城儼然是一座張燈結綵的大舞臺，漸次登場的市民，喜笑顏開地充當起自己的先人，演繹著悲歡離合的角色，直到深夜，才和古城一起沉睡。

這雖只是古城的一天，但我相信卻是它一個濃縮的千年。

小站

薄暮時分，我到達小站。

夕陽剛下山，火紅的一團雲霞正浮動在遠山上。西天下的建築被渲染成一坨坨絳紅色。半城瑟瑟半城紅，像我酒醉後打翻了書桌的顏料瓶。

這是一個讓人感受不到現代文明氣息的小站，沒有電梯，沒有液晶電視，只有擁擠的候車人熙熙攘攘於內。擁擠、回家、旅途，然後差不多就是鄉愁肆意。

一個戴紅袖章的老工人，半睜著混濁的眼睛，表情冷漠地坐在吱吱嘎嘎響的竹椅上，一隻手端著一個玻璃杯子，滿滿一杯醬紅色的茶水，不時擰開蓋子就到嘴邊喝一口，然後美美地呼出一口氣。小小的候車廳裏擺滿了塑料椅子，後方的牆上掛著一幅巨大的山水畫。車站廣播斷斷續續地播報著列車信息，間或有地方戲劇的唱段。一扇如牆的玻璃窗立在眼前，稍稍抬頭就可以清楚地看見小小的站台和孤零零的站牌。對面是村莊，再遠的地方是山；但對一個生長在山區的人而言，那些綿延的與其說是山，倒不如說是起伏的丘陵更為恰當。

冷意像螞蟥，吸附在體表，密密麻麻，揮之不去。

提包裏裝有筆記本，我在小站的候車廳寫字。一個文人，只要驀然回首，燈火闌珊處總有文章在癡癡等候。文人等候文章，如同旅客等候列車，即使晚點，也遲早能到。就像此時，寫什麼，心裏沒數，但怎麼寫，筆下有招。由於這種狀態使然，這幾年我的寫作基本上是信馬由韁的水到渠成。

小站小的是規模，稀稀拉拉幾個座位，垂頭喪氣幾個乘客。無可奈何的守望和麻木不仁的眼神，這是小站的主色調。

不知是冷還是因為久坐的緣故，腿有些麻，站起來揉揉膝蓋。我看見一輛火車迅速地掠過站台，車廂裏石灰白的燈光掃在路上，交織成恍惚的真實。火車甩下一串串哐當的聲音消失在鐵軌盡頭。鐵軌匍匐在碎石子上，像放倒的梯子，一格一格地向前爬去。騷動了片刻的人群瞬間又恢復到寧靜，寧靜的背後有些失望，也有一份決絕的耐心，這是候車的心態。

如果說候車也是約會，那就是不見不散的一言為定；而車票大抵可算作相見時的暗語吧。車票是新的，火車是舊的，新車票讓你登上舊火車，多像那首老歌啊。興許人生就是由一首首老歌組合而成的，我們唱著唱著，不知不覺間漸漸老去。我們在老的時候，常常忘記了老歌的陪伴；正如我們在到達終點後，總是忘記了在小站的等候。

在這個只問結果、不管過程的社會，老歌只屬於記憶，小站終歸是暗影。記憶的暗影，差不多是毛邊紙上的舊墨吧。而毛邊紙上的舊墨，常常淡若無痕，就像我在小站時的心事。

舊地

舊地的舊，是故事的溫暖；舊地的舊，也是溫暖的故事。放在記憶中的舊地是最樸素的一片風景，翻揀起來像一本冊頁，粗看都差不多，深究卻各有味道。但究竟什麼味道，又是一團模糊。這樣也好，鄭板橋說做人難得糊塗，我說記憶難得模糊。有時候模糊一點更好，我們已經清楚了太多，也應該模糊一下了。

前不久，我專門回了趟故鄉響腸，舊地重遊，青山依舊在，綠水照常流，但久別重逢，心頭另有一番滋味。從南到北地玩了幾天，最後一站定在鎮上的祠堂。本來還說好要去看看古民居的，或許因為我疲倦的緣故，心裏覺得太麻煩隨行的兩位朋友了，反正況味只是近黃昏。走在古鎮的大街上，太陽暖融融地懸在西天，秋快殘了，但眼之所見，耳之所聞還有盛秋的氣象。相較之下，春天的古鎮到底是稚嫩了些，夏天的古鎮也稍嫌燥熱，冬天的古鎮雖古意幽幽卻多了幾分落寞，都不是最好的風景，只有秋天的古鎮賞心又悅目，有層淡淡的古意，連街旁的流水也少了很多火氣，消褪成稻草般淡淡的黃。

黃應該是古老的顏色吧，此時的響腸，在我眼中一片金黃。這黃如今不大能見到了，我們能見到的大抵也只有餐桌的黃段子？所以我要借大自然一個黃色，稻穀的黃色，樹葉的黃色，也要土地的黃色。說起來季節真是鬼斧神工，它一個華麗的轉身，桃紅柳綠的娉婷婀娜頓時變成黃濤滾滾的豐沃原野。季節的輪迴，真是誰也說不清。

我先看的是方氏宗祠，掛在門前的兩個紅燈籠有些陳舊了，襯著粉餅般色調的外牆，牆角的石灰也有些脫落，斑駁著裸露出藏青色的大磚。留在心底的印象中，這裏是很大的戲樓和恢弘的劇院，如今推門進去，感覺平平。正覺得它簡陋，卻看見廳堂後面有幾桌麻將攤，幾個老先生，挽著半截衣袖，穿得乾淨淨的，很斯文，他們只瞟了我們一眼，就周轉在牌局之間了，舉止投足間很有俗世的清雅。我往閣樓上走，想著「與世無爭」這四個字真是好，但真要做到了，似乎又難免意氣消沉。

饗腸以山多、水多、橋多而聞名於世，我對橋最有興趣，華公橋、朝山橋、三步兩道橋、扶貧橋、還有那些不知名的大橋小橋。橋是老的沉著，水是新的鮮活，老橋橫跨新水，分明就是往日與今朝的結合了。

那麼故人見舊地，應該就是溫故而知新的經典重讀吧。譬如閱讀老房子，感受的是一代代前人的生活氣息；走近大田畈，體味的是一代代前人的勞動風範。而此時的舊地，漸漸和記憶凝成一體，於是舊的風景生長出新的傳奇。

青青翠竹，總是法身；郁郁黃花，無非般若。而水落石出，空山林靜，則是舊地在秋天裏給故人的饋贈吧。

小巷二題

一

一直迷戀小巷的斯文靈巧。小巷小，通四方，曲裏八拐，縱橫交叉，一頭連著更深的小巷，一邊接著熱鬧的大街。像一條鬆散的草繩，搭在兩個世界的邊緣，既不靠前，也不向後。

如果說大街是歌舞升平的音樂會，小巷就是錯亂熱鬧的地方戲，其魅力正在於務實真切。那些老屋房頂的大瓦，有股褪盡煙火的清涼，落在眼裏，腦海中呈現出一片淳樸。斑駁的牆壁，一律是青灰的調子，更像年代久遠的黑白照片。兩旁的小店鋪，賣些雜零狗碎的雜貨，廉價的塑料製品、鍋碗瓢盆、油鹽醬醋，一一陳列在架。每天擦黑前的兩個小時，陸續有附近的菜農來路邊擺攤，看著那碧綠生青、新鮮水靈的瓜菜，令人感到生之喜悅。每天早晨被叫賣的吆喝喚醒，手枕著頭，耳聽得鄰居高聲，頗有幾分一派人間煙火的自得逍遙。

在舊世界，民國再往前數的時代，我們應該都住在小巷裏吧。那時的小巷很多，像老式窗櫺上的木格，一道道，一條條，錯綜複雜，讓人眼花繚亂。但它們有著相同的共性：抬頭是窄窄一爿青天，低頭是仄仄一條小弄，而且一出生就老了，彷彿是淌過時間長河的古物。我是帶著這樣的畫面感在小巷裏生活的，所以它的一切也就越發能引起我的興趣。走進小巷，儼然一腳踩進了木刻年畫的風景，每一步都是世間歲月，左邊是風土人情，右邊是百味人生。有點像小鎮的市井，掛滿招牌，男男女女在兩邊吃吃喝喝、嘈雜撒野，我行走其間，心中卻是前所未有的寧靜。這靜是紅塵外的茶香吧，說是浮躁又不乏禪意。或許寧靜本身就是心靈的趨和，就是陷入嘈雜後的落寞煢煢。

我常常在夜裏，站在樓頂獨望小巷，賦不出新詩，也就不好意思強說憂愁了，心中莫名泛出欲說還休的疲乏。遠遠地但見巷的那頭，有戶飯店，女人忙著收錢，男人忙著炒菜，油氣蒸騰，霧濛濛的，像生活在煙雲中。紅漆桌上擺放有兩道小菜，三五個吃客喝著啤酒，愉快地交談著，隔我於店外，雖聽不見，但溫暖了我——靜靜地安慰著孤寂之夜一個外鄉人的無聊。

小巷是細長細長的，如果說它像根竹竿，那兩旁的岔道就是竹節。可惜我住進去的時候，天空早已不見有飛鳥的影跡，想來未免令人惆悵。幸虧房東家養了幾只雞，但清冷的早晨，聽見雞叫，更讓人心頭惆悵。許多人家的天井和庭院載滿花草樹木，那些草木品種各一，東邊是刺槐，西門是丹桂，南家是香樟，北戶是臘梅。以至小巷裏一年四季都散發有草木飄搖的氣息，那是種能牽動人神經末梢的味道。

更難得還能聞到酒香，酒香不怕巷子深，真是那樣，酒坊的糟釀之氣飄透數裏，自然不懼小巷深深。常常睡著睡著，突然醒來，擰亮台燈，起床打開窗子換換空氣，撲面迎來一陣糟釀之香。這種香氣富足而空靈，很讓人浮想。我不愛喝酒，卻莫名對酒香有股按捺不住的傾心。

既然詩書可以入夢，那酒香定能當枕。枕著幾縷酒香，想著一門心事，神清氣朗，態度悠遠。在床頭看書，故意把紙頁弄出些聲響，嘩啦啦翻動著，便一步步驚破了世俗的塵事。

窗外的酒香在身之外／深夜一盞瑩燈／看書人的影子映在牆上／紙頁是靜夜的回聲

寫到這裏接不下去了，詩歌是象牙塔里的陽春白雪，而我只不過是住在風雨小巷的紅塵一芥，何況這也不是個寫詩的年代。

二

我想起了鄉下的石巷，在這個初冬。

柯靈先生曾說巷是一篇幽逸恬靜的散文，一幅古雅沖淡的圖畫。身在城市裏，只能遙想這樣的形容。但我知道，一條長巷也好，一條狹胡同也罷，一年四季都會撩人雅興。

故鄉老街上有一條悠遠冷清的石巷。從清朝到民國相當長的一段時間，一直是我們鎮上最繁華的商業街。踏進那裏，彷彿回到了百年前的生活和歷史。晚清民居，庭院深深的祠堂，威武的石雕獅子，斑駁的紅漆大門，這一切都盡顯歷史的滄桑。

小巷鋪著大小不等的各色鵝卵石，路面很潔淨，特別是下雨後，經雨水一沖，簡直就像打過蠟一樣明亮。一條窄窄河就在小巷的外牆邊瀠洄而過，漫步巷內就能聽到淙淙的水響，那潺湲的呢喃彷彿是一首舒緩的鄉村情歌。

我喜歡雨天的石巷，看著那一把把油布傘像蘑菇一樣漂在石巷裏，傘布上抹著亮晃晃的桐油，桐油的顏色有點像年老的樅樹家具，讓人倍感溫馨。而山村的雨纏綿而滋潤，紛紛揚揚，如煙如霧，整月整月地飄，不見濕腳卻沾衣。每當這時，石巷變得異常地雅靜，靜得幾乎能聽到自己的呼吸聲，踏在鵝卵石鋪成的巷道上，有點滑，不至讓人跌倒，卻能醒腦提神，那種感覺，真是好極了。

雨中的巷是一軸富有詩意的畫卷。一腳走進去，但見頭頂青色的瓦片滴下斷斷續續的雨水，準確地落在牆腳的坑窪內，濺起一朵朵水花，發出「啪噠，啪嗒」的聲響，均勻而動聽。驀然，從對面飄來一把鮮豔的花傘，宛如一朵燦爛的彩雲，與兩邊青色的磚牆相映襯，形成鮮明的對比，美到極處，妙到極處。你會不自覺地癡在那裏，直到那朵彩雲飄到跟前戛然而止，才為之一愣，緩過神來。偏偏巷子窄到兩個人不能從容而過，雙方把傘向牆裏一歪，眼前滑過少女燦爛的一笑，明眸皓齒，讓人心間一蕩，不由想起杜牧「娉娉嫋嫋十三餘，豆蔻梢頭二月初」的詩句來。然後停在那裏靜靜地看著她走遠，餘下一股清香，悠悠漫漫。

念中學時，我經常從那條石巷經過，每回總要徘徊再三而去。但真正沉迷這座石巷卻是某日黃昏，那天我正好放學回家，只見夕陽從一棵刺槐的樹葉隙縫裏斜射過來，照在巷口的古亭上，那亭身彷彿是一把淬火的寶劍。頂端的方天畫戟遙遙而立，在夕陽下光芒四射，映亮了我的眼睛。或者這麼說，夕陽將古老的亭塔鍍上了一層金黃色，讓我覺得迷幻而輝煌。斯時，古色古香的亭塔下流水潺潺，我站在幽深的石巷裏，左邊是一棟庭院深深的宗祠，右邊有一座古老的石板橋上。幽巷，古亭，祠堂，石橋，構成了一幅美麗生動的畫面，許多年後的今天我還能清晰地記得，連那個黃昏的風也一直在腦際吹拂。

自此之後，每天中午，我總要悄悄到石巷中躑躅一回，夏天時，捏一根雪糕含在嘴裏，由著自己的步履踩過一塊塊小石頭。不知道誰家的小黃狗，伸長了舌頭，賴在門口不理世事，爬山虎放肆地趴在青磚縫裏瘋長，那一片綠色映入眼簾，燥熱也跟著有緩了緩。過了片刻，午睡的人們醒了，遙遙聽見拖長了調子的叫賣聲，隨之便傳來「吱呀」的開門聲和小孩的呼喊，小巷又開始了它的忙碌。

黑黑黑

黑黑黑，是隧道的顏色。黑的隧道穿過山的腹部，是山的腰帶還是腸胃？我不知道，也沒有答案，隧道就是隧道，正像黑就是黑，簡單的黑，簡約的黑，樸素的黑，也是乾淨的黑，純粹的黑。親近大自然的途徑有很多種，走進山林的綠，融入河水的清，抑或鑽入隧道的黑，只要你能卸下壓在心頭的生活，沉浸到精神的世界中，總能收獲到無拘無束的欣喜。

去隧道是四人同行的，舒寒冰、陳東、我，還有一個合肥的朋友。一路上可謂是青山撲面而來，綠樹迎風而去，路七拐八饒的，似乎是在證明山的偉大，連智慧的人們也只好繞道而行。車開得很快，窗外是快速倒退的電線桿，遠景近物都在後挪。大片的樹木在深秋的天空下晃蕩成一道道綠波，望著遠處的村莊，收割後的田壟，蕭瑟中還有一份收獲的生機。古樹，老屋，白牆，黑瓦，透過玻璃窗，看上去有種詭異的美，是夢境也是幻覺，也許只有大自然最本真的顏色才能如此令人動心。

汽車終於把我們送到了邱園，一個轉彎，就進入高速路的施工現場了。巨大的隧道橫在我們面前，像個猛獸張開了黑咻咻的大嘴，黑得看不見盡頭。探頭一望，果真黑乎乎的，簡直是個黑洞。

寒冰說，要不鑽過去，體念一下？於是我們一行四人便行走在漸行漸黑的隧道中，不多時，視線越來越模糊，巨大的黑暗一步步吞噬著我們，及至伸手不見五指。眼前沒有一絲光亮，只隱隱感覺出口就在前方，一種神秘的力量自胸中噴薄而出，那種震撼讓人無法用語言形容。

恍惚間似乎又回到了童年，回到了小時候鑽涵洞的時光。童年多麼美好，可是，我回不去。一個人是不可能回到過去的，無論精神還是身體。儘管朝花可以夕拾，舊事卻不能重提，誰讓舊事如煙，消散於時間的長河呢？於是我只好懷抱著寂寞，像懷抱著一片漆黑的盲人，又像懷抱著天際星火的浪子。

寒冰說這種感覺真好，像詩一樣。是啊，青山鎖著一彎黑色，黑色裹住四個男人，男人想著滿腔心事，這本身就有詩歌的況味，哪怕心事是矯情的。矯情是女人的特徵，卻非她們的專利，現在有些男人也變得矯情了，譬如我。如果說女人的矯情是搔首弄姿，那我的矯情就是舞文弄墨吧。在失去本色與真誠的城市，請允許我矯情，允許我吟風弄月。

我們的步履輕輕地擦過水泥地面，田園、城市、高樓、美女、汽車、電腦都遠離了，只剩下黑，無邊的黑，寂寞的黑，有些厚重，有些囂張。每一個腳步都彷彿走在自己的心境裏，常常在迷失，恍惚之間，弄不清身在何方。整個世界只剩：黑黑黑……

摸黑走過，我沒有寂寞，更不會害怕，我在等待，黑是個過程。

終於，影影綽綽可以看見腳底的水泥地。黑被出口的光亮稀釋了、沖淡了，眼前若有若無是鋼筋混凝土的世界。空氣中漂浮著淡淡的山野氣，隧道還是有些冷清，但沒有剛才幽暗。我們的聲音晃動著貼到四周的混凝土上，被水泥、沙石、鋼筋吸走了。

走出隧道，已入鄰縣轄地。眼前是個很有味道的村莊，像早期黑白電影的場面，草垛、老牛、炊煙、水田、小溪，應有盡有。人人獨立於山風中，陽光灑在頭頂，倏忽正午。

舊朱集

對陌生地方心懷一些遐想，大抵是文人的通病。這樣也好，最起碼可以按照自己的意願去勾勒它的樣子。所以書讀膩時，就去翻翻地圖，看看文字寫成的山山水水，看看線條繪就的大街小巷，亦能獲得遠行的愉悅。《莊子》臨淵羨魚，《淮南子》說不如歸家結網，現在的人幾近要一網打盡吧。文明是進步過了頭，文化是越來越萎縮，清風明月本無價，在物質時代，可惜只賣四萬錢。

這是閒話，寫不來小說，姑且說說閒話。小說講究謀篇布局，閒話只用隨口拈來，曹雪芹嘔心瀝血寫小說，胡竹峰信口開河說閒話。閒話那天去商丘，朋友給我看一宣傳冊的提綱，信手一翻，就邂逅了舊朱集。我沒想到，商丘曾經有過那樣一個散發著幽幽況味的地名，那麼令人心動。

我喜歡舊朱集三字。舊朱，讓人想起貼在門邊的陳年春聯，紅紙漸漸消退了本色，現出淡淡的白，間或有雨滴濡濕的暈點，入眼一抹繁華落盡的素然，心裏不禁生出無欲無剛的平和。結尾輟一集字，分明就是充滿人間煙火味道的一處凡塵了，但見南來北往的客人熙熙攘攘，且聽南腔北調的口音此消彼長。

舊與朱的組合，在我看來，是有些高貴氣息的。舊朱是淡的紅，多像仕女的紗巾呵，搖曳在歷史的長河中。如今戴紗巾的女人很少了，在凸點的時代，不作興半掩半遮，只流行袒胸露腿。

雅雅乎王謝舊氣，灼灼兮清新之風。此時，舊是古的況味，朱乃新的色調，集成了俗的生活。如果說舊是江湖之遠，朱是廟堂之高，那麼集則是連接江湖與廟堂之間的驛道了。驛道梨花處處開，梨花深處，鱗次櫛比的白楊橫戳於眼底，麥香在空氣中飄逸，淡若無。若無的感覺真好，譬如柔若無骨，妙在若有若無之間；譬如淡若無痕，美在依稀可辨之境。

三輪車壘有西瓜，四輪車裝滿肥料，自行車馱個小孩，摩托車載上年輕美女衣袂飄飄，小汽車坐著中年男人大腹便便，這是圖版《清明上河圖》，還是文版《東京夢華錄》？或許都不是，也可能都有之，不過沒關係，反正它是我虛構的舊朱集。

真是莫名其妙，莫名其妙嗎？僅僅一剎那，「舊朱集」三個字便打動了我。染世漸深，馬齒徒增，沒有感動，克制衝動，不再激動，幸好還能被打動，這說明我的赤子之心尚未泯滅啊。赤子是初生的嬰兒，分娩的過程，真像一場激烈的戰爭，突破子宮的禁錮，裹著母親的血液，血是朱紅的，心是火紅的。我從青年漸漸向中年過度，朱紅的血依舊朱紅，火紅的心卻慢慢變淡，成了一團舊朱色。

這興許可視為我對舊朱集著迷的一個原因吧。

喜歡現在的商丘市，但我更懷念往日的朱集，是一見鍾情的怦然心動，還是情人眼裏出西施的自相情願？你們亂猜吧，反正人世間許多事情本就充滿玄機，像禪道一樣不可言說，像謎語一般不好捉摸。

那天，茶樓的梅塢龍井端上來成了普通炒青，都是茶葉，泡在水裏，視覺和味覺上是兩碼事。這年頭，茶館已非風雅之地，而是名韁利場矣。唉，風風雨雨的人生，有口茶喝就不錯了，不敢挑剔的。好在我們之意不在茶，在乎話語投機也，坐在對面的朋友淡雅從容，玻璃杯嫋著一捧茶氣。

商丘是朋友之城，朱集乃古人之邦。

宣城碎影

暈暈忽忽，在大巴車上晃蕩。纏綿著秋雨，車玻璃籠罩了一層濃霧，透過細密的雨線，山，看不清了，河也看不清了，像戴了老光鏡，眼前昏迷一片。沒有什麼比秋雨更涼的，裸露的胳膊一片冰冷。細雨圈著田野，斗笠蓋著農夫，花傘罩著情侶，拼湊出淡淡的一軸水墨，比大師的境界還高明許多，我相信自然本身就是一件偉大的藝術品，且無法複製。

車子飛也似地奔馳，夾路的樹木快速倒退著。一本舊書，在掌心摩挲著，前人留下的溫情漸漸漾開，溫暖著我有些落寞的心靈。不知道為什麼，為什麼我會在旅途落寞。此時的落寞是悲涼的，沒有一個人可以寬慰你，只能獨自忍受，暗暗療傷。一個大男人的落寞有些不堪，像中年時的夢遺，讓人羞於啟齒。

同車的乘客都像貓一樣蜷縮在座位上，臉色迷離，眼光閃爍，睃視著車外的一切。突然，我有了寫詩的衝動，打開手機，拇指在鍵盤上亂竄，但沒寫完，屏幕就黑了，於是怏怏地換塊電池開機重寫，卻丟了興致，索性靠在椅子上睡著。就這樣迷迷糊糊地被汽車送進了宣城。

去宣城，這個念頭起了很久。因為友情，因為古城，因為宣紙。

鑽進出租車，天還一直下著雨，不是春雨，也潤物細無聲，「雨恨雲愁，江南依舊稱佳麗。」腦海中居然泛起宋人王禹偁的句子。我向來喜歡宋詞，宋詞就是秋雨薄涼，黃葉零落。還記得許多年前，在那個黑色的筆記本裏抄錄了幾百首宋詞，可惜後來丟了，我足足黯然了好久。

雨一直絮叨著，喋喋不休地飄個不停。但暫時可以不用理會了，坐在包廂裏，吃宣城的豆腐乾、紅燒魚、黃豆燜雞、排骨海帶湯，嘴巴暖暖的，腸胃暖暖的，心裏也暖暖的。

下午，我與朋友書同兄散漫在大街上。在書店裏尋書，在馬路上閒步，逛得皮鞋上沾了許多泥巴，褲腳也染上一大片水漬。路旁的山，影影綽綽地印在秋雨中，晚開的桂花，清香滿袖，在鼻息間飄雲蕩霧。

次日，天晴了。深秋的早晨，在南門橋邊散步，看公交車、小轎車、摩托車、自行車、大板車。鳥們在路旁的樹林中叫，但沒有燕子，它早就飛到更南的地方了，只留下宣城的白雲兀自在藍天中漂浮。南門橋下漲水了，渾濁的泥水淹沒了菜園，水面漂浮上成捆的水草，像沙漠中的綠洲。

吃完早飯就出去玩。先去了謝朓樓，謝朓樓並不古，一九九八年在原址上重修的。只因在廣場的南頭，遠遠地躲藏於樹叢中，在藍天下，那紅的牆，灰的瓦，便顯得有些古雅悠然。它老遠地就勾引住我的眼神，讓我的目光直直地尋覓那舊時的往事。

風雅宣城，有山，相看兩不厭，有水，在城裏歡漾。宣城被山水滋養著，像吸飽了乳汁的嬰兒，咯咯地在陽光下笑。這就是江南呵，江南就是明清小品，古藤滋蔓、魚腥草、車前子、喇叭花、亭台樓閣、大鯉魚。

我的瞳孔一直在搜尋景德寺。「南朝謝朓城，東吳最深處。亡國去如鴻，遺寺藏煙塢。」可惜遺寺連遺址都沒有了，只剩下一方古塔，也並非藏在煙塢中，而是立在小區裏，用鐵柵欄圍著，孤獨地聳在雲霄，供後人憑吊。石達開留下的刀光劍影，鼓角爭鳴都已走遠，民國的監獄風雲、鐵、冷血腥早已飛逝，「倒景如水立，尖刺與天齊」也只能在發黃的紙冊中想像，只有夏天的狗尾草衰黃在塔頂，在秋陽下做著最後的眺望。這就是時間的殘酷，歷史是不能還原的，只有想像，只有追尋，才能去捕捉舊日風塵的蛛絲馬蹟。

臨行前，書同兄請我在「聚俠莊」吃午飯，裏面的陳設很古代，服務員打扮成店小二，進門時唱著肥喏，拱手歡迎。我們一行儼然穿過時光隧道，回到了唐宋元明清。飯間喝著啤酒，吃著菜肴，宴之趣就周旋在桌席之間。走時店小二說：「各位大俠，後會有期。」是啊，這青山不改，綠水長流，宣城總是還要來的。畢竟它讓我做了一回尋幽夢，有了一次俠客行，更重要的，那是朋友之鄉。

一天天峽

第一次起個大早，秋日清晨的薄涼浸體入骨。天氣很好，白白胖胖的雲，堆在空中，像插在小攤上的棉花糖，擠出一團團富貴。

吃完飯，汽車迅速將店鋪、銀行、飯館、市場甩向身後。一窗綠意，車外，炊煙拉開了鄉村一天的幕簾。走走停停，到達天峽時，已是上午十點了。

天峽這個地名真好，有陽剛之美，我聽後，暗暗叫絕。

在入口處的小河裏，我看見搗衣的村婦一槌又一槌捶打著床單。手起槌落，乾脆，簡約，一如晚明散文。那木槌是剃刀，衣物如李贄。李夫子被當政者以「敢倡亂道，惑世誣民」的罪名逮捕，在獄中理髮時，引剃刀割喉，道一聲「受用」，噴血而亡。

李贄用自殺來解脫生命的不堪，如同有人借出家來超度紅塵的疲憊。

很多年前，有一位女人，是萬念俱灰的小寡婦，還是憂慮重重的大姑娘？是心如槁木的中年婦，還是飽經滄桑的老婆婆？如今已不可考，我們僅僅知道，當她走到天峽時，斜靠在一顆大樹上，靜靜地望著河水，看著魚、蝦、螃蟹在沙石間嬉鬧遊戲。在溫暖的陽光下，她感到生之美好，於是放棄了輕生的念頭，在山腳建一間庵堂，過著六根清淨的世外生活。當紅塵攘攘化為清風微漾，紅塵也就無所謂看不看破了。

這是發生在清朝末年的故事，如今，往昔的一切凝結於溪流，縈迴著淡淡的悵然，只能讓我輩後人遙想追憶。

導遊小楊問可有興趣去尼姑庵看看，鳥鳴啾啾傳山谷，尼姑庵裏無尼姑，還是算了吧。不管是風雨茅廬還是瓦屋小舍，畢竟都不屬於現實的世俗生活，我們輕巧巧地繞過了一個女子此去經年的清修。

走在路上，陽光透過小黃楊葉，斑駁地婆娑於眼瞼。我想，一百年前的秋天，那個修行了很多年的女人，她的心情，也如同夏天的火氣，隨著節令的更始，早已平靜如水了。緇衣草鞋散發著聖潔的光芒，青菜豆腐蒸騰出著幽淡的芳香，以山風作酒，飲下蕭蕭落葉。

踏著松針，踩著青苔。前方是山高樹大，身側有水落石出。山不在高，有水則靈；水不在深，有魚則秀。靈山秀水，山與水陰陽調和，水和魚動靜結合。陰陽，動靜，幾可囊括人間的一切吧。何況還有手臂粗遮天弊日的樹藤，枯藤，老樹，葛根，仙翁，隱隱有乘風歸去的仙氣。

金銀花、石蒜、車前子，是我煉丹的草藥；大石頭，山泉水，是我入定之所在。

石頭上有隻螳螂，沒有捕蟬，後面也沒有黃雀，螳螂就是螳螂。

正在開發的景區，像塊璞玉，暫時還不能熠熠生輝地燦爛，但依稀可辨已有不同尋常的光華。那一架架搭建在溝壑上的橫梯，是建築工具，也是一處奇觀。拽草而下，手腳並用，效人猿泰山，走上谷頂時，已是汗濕幾重衫。攀崖的過程就像母親的分娩，儘管累，但有種滿足的，愉快的疲憊。

天峽的瀑布連綿不絕，重重疊疊，像一部跌宕的傳奇，也似一本詭絕的小說，從懸崖上噴薄而出，是傾，是泄，是灌，是倒，更是讓人歎為觀止的大開眼界。大自然的鬼斧神工，當真變化多端。最大的主瀑布有七八十米，從懸崖上噴薄而出，是傾，是泄，是灌，是倒，更是讓人歎為觀止的大開眼界。

躺在瀑布前的石板上，嘩嘩的水響與呼呼的山風交織成最精彩的樂章。木梓樹的紅葉一片片零落成宋詞的婉約，在頭頂閃爍搖曳。

風歸來，雨歸來，木梓樹以紅葉迎接著一個客居異鄉的遊子歸來。

天峽者，地處安徽省嶽西縣河圖鎮內，距城關約三十公里，多奇峰怪石，溪水澄澈有魚，可賞可玩，山道七繞八轉，柳暗花明。

已丑年中秋後第三日，詩人寒冰攜幼子天宇與文傑、非雲、梅子，導遊小楊和我五人，作一日遊，興盡而歸。是夜，曉明兄賞飯，文友雅集，無詩文唱和，有美酒遣興，小醉微醺，宿於松花居內，挑燈夜讀，久不能眠，遂披衣起床，寫文以記其事，時月色入室，我心皎然。

神馬峰

日暮西山神馬峰，鷹棲懸崖霧繞松。石城韁繫白駒首，龍潭水映碧長空。這是鄉村詩人胡朝華暮過神馬峰歸來後所寫，讓人讀後，少不得要發一陣遐想了。

說來真是不該，我雖家住神馬峰下，對於它，並不十分了解。讀小學時，老師組織春遊過，此後的十多年，再也沒有去過一次。就是那次春遊，因是從西路上山，只走了一半，不要說山頂之景，就是山腳的龍潭峽谷也無緣一見，至今想起，每每引以為憾。弟曾細細遊過，說在山頂那「一覽眾山小」的滋味真是妙不可言，山下龍潭美景也是如同仙地。恰又看見這樣的詩，越發撩撥得我心癢難耐，便想在正月裏去暢遊一番。

然天公不作美，一場雨從年頭直到年尾，不知止似的，落個不停。閒在家裏，雖有香茶在手，也有詩詞潤心，還有書畫養眼，神有所往，每日只盼念著雨過天晴。正月初七，天到底晴了。但久雨初歇，想到山路還沒乾透，只得捺下性子又等了一天。次日清晨，便與友人啟程了。

離家西行一公里，便到了神馬峰下的河邊。仰首一望，山極峻偉，硬朗雄渾，令人一驚。滿目山石，滿目綠樹，均透著古樸與靈秀。淡淡薄霧輕繞在山巒之間，被初升的太陽一照，越發顯出清奇。我們沿著山腳慢行，踏過幾塊青石鋪成的墁步，見得一峽谷，便是馬寨溝了。時候已是初春，迎面而來的山風，猶自涼意沁人，大家都不約而同緊了一下外衣。

入谷，緣水上行百步，豁然開朗，見一石潭水平如鏡，幾隻野鴨在其間輕劃嬉水，見有生人，「撲棱」一聲就飛走了。幾片灰色的羽毛臨空而舞，漸漸飄到水面。那潭水深極，綠森森，寒氣透骨，讓人不敢近前。旁邊還有一條小道，大家便相互慫恿前去看看。小道極窄，人只得貼壁而行，眼不下觀，徐徐挪步。終於繞過了石潭，我一顆懸著的心才倏然一鬆，貼肉的背心已頗有些潮濕了。

過石潭，路越發見窄，峽谷也更加逼仄，終於無法再上，只得返回登山。山極陡，人只得拽著小樹雜草，手腳並用，作猿猴狀一步步朝上爬。大約一刻鐘光景，山腳的峽谷已漸行漸遠。不多時就來到山腰。見有三個大洞隱於亂石中，這是以前村民躲避戰亂的場所。我們好奇，進入了最大的石洞，裏面荒亂一片，但石桌、石椅、石床猶存。只是近百十年來人跡罕至，洞內潮濕陰冷。我們用手電筒朝更深處照射，黑幽幽不見盡頭。怕有毒蛇野獸在此蟄伏，不敢久待，遂轉身出洞。站在洞口朝四周張望，但見此洞上負絕壁，隱於山嵐，誠是避世之佳地。

出洞右行，再上三十多米便可至山頂。這段路更加陡峭，有些地方已無路可走，要攀著石沿爬行。好不容易到了山頂，已是汗浸幾重衣。山頂之上，還有古炮台、老石牆的舊蹟。清末時徽北撚軍起義失敗後逃亡至此，以山為屏，構築山寨，抵擋清軍的剿殺。時間已過去了一百五十多年，狼煙已盡，昔人盡逝，如今獨剩這一堆堆亂石無言地壘在山頭。

站在山頂俯瞰，只見山下那些青色的小山在春日太陽的照耀下，一片蔥郁，恰似一塊塊碧玉雕琢而成的珍玩，散落在田野之間，玲瓏有致，心底不禁一蕩。阡陌交通，雖不聞雞犬之聲，但遙見人行其間，也是一幅恬靜和諧的山村圖畫。

白龍川

水不在深，有龍則靈。白龍川的有名，大抵和傳說中的白龍有關，白龍川便是那神物留在人世的雪泥鴻爪。恰好近日無事，就想到那裏去看看。一路是看不完的山，大片大片的綠，像極了徐志摩的詩，濃得化不開，雖不至生發思古之幽情，卻讓人歎服自然的寧靜。滿眼的樹，更是綠得恍惚，綠得婆娑，綠得讓人心疼，綠野仙蹤便是遁蹟許久的白龍。

天一生水，水生白龍，白龍已乘仙風去，此地空餘白龍川。

一帶清流，從山嵐間透迤而來，拖著山風，悠遠漂流，經白龍川處，山攔腰一抱，那水就硬生生瘦了。一架平板橋，丈餘長，水泥澆築而成，橫東西兩山。橋下是攔河壩，擋一山泉水，憑欄臨風，瑩瑩可視河底水藻，那橋，那水，和岸邊的縱樹，樹梢的鳥鳴，荊棘林，野菖蒲，細浪，遊魚，組成一副宋人的寫意風景，白龍川像那畫角留白的點綴，只微現出川上的數叢水草。

我先在板橋上彳亍良久，心躡躡想去川底尋幽探險。過橋，從鄉村小學屋角邊尋一條野徑，在雜草中穿行，兩旁俱是芭茅，青石，漸行漸深，須臾到得川腳。有股泉水的清爽迎來，撲面一涼，風不再行吟，只有蟲的低唱，在這靜幽之地，越發顯得清晰。

蟲聲如一條細線，纏繞著我，望耳孔裏鑽，只覺得心裏受用，身上舒服。於是順清流，踩石頭，踏白沙，攀樹枝，復前行。走不多時，已至川底，見陡崖削立，蒼苔幽幽，石色昏暗又帶些絳紅，像隔夜泡的普洱遺留在玻璃杯上的茶漬，有難以言傳之美，讓人眼前一亮，疲倦盡消。但見一股山水，從崖頭倒灌而下，經岩石雜草的阻隔，落地時已四散開來，如斷珠碎玉，一股腦傾泄在石潭裏，浠浠作響。站在潭邊仰望，不時有冰色的泉水，切切打在頭上，稍過片刻，面頰，兩肩，衣服都有些濕了，身上也有些雨絲纏綿的感覺。水的氣息親吻著我的肌膚，安恬，潤朗，心頭不禁生出久違的回歸感。在這山之澗，水之湄，與天地一同呼吸，與萬物共沐甘霖。

癡癡佇立於斯，心裏隱隱有詩意的暗香浮動。低頭看時，只見身影清晰地倒影在水面，潭底的沙礫，在黛青色的水波下漾著白光，我輩凡眼看來，幾疑是那白龍的遺留下的神鱗。抓一把細沙，任其從指縫間悄然滑落。水涼極，一道寒意順著掌心輕輕流過，似能滲進肌膚，血液，漸漸又滲進細胞，注入靈魂，心境思緒也跟著清涼起來，不復有浮躁與昏熱。

在川底，偶爾幾隻鳥雀在頭頂飛過，它們的叫聲在耳畔迴盪，反反覆覆，悠久不絕，人間是如此遙遠，我心中即驚且喜，甚至都懶得回去了。金錢、名利、險詐，這些都遠離逝去，我的精神飽滿且充實。腳下的水色，清澄一如水晶，像白龍睡過的玉床。

如今，早已醒來的白龍翱翔在天上，據說當初它是為了監護犯了天條的神馬，才臨幸此地。我倒認為，一定是它對雲間的仙女暗生了情素，才被打下凡塵。坐在石頭上胡思亂想，冉冉涼意透過身體，心事了然，我逝水，我得意，我忘乎所以，我只不過是個不速之客。

潭底的大麻魚驚躍水面，空谷傳音，格外清脆。

桃花潭

兩側壁立的峰巒束攏出一條極窄的河流，水出自山石間，纖細得像一條白練，如玉龍懸空，淙淙而下，順著光滑的石壁傾注在悠遠深邃的清潭內，瀠洄著，輕輕地發出潺湲的流水聲。坐在岸邊的青石上，逆著眼光自下而上地看，只見瀑布之左一片石壁明潤如玉，料想是發洪水甚多的緣故，千百年來不知經過多少次的沖激磨洗，終於將這半面石壁磨得如此平整。等春天水量減少時，才露了這一大塊光滑如明鏡的石壁來。

眯著眼，躺在石上，以手枕頭，仲春的微風在耳畔飄著，太陽暖和地傾灑在四周，我坐在汪汪一碧的潭邊，岩面被曬得暖暖的，連那水草叢也正肆意地享受著這難得的陽光，潤濕中透出幾分慵懶。四周闃然，安靜得如同深冬的子夜。

桃花潭，皖河之流的一個小峽谷。兩岸崖石森然，苔蘚滿地，松鼠跳躍，蝴蝶翩遷。岸邊山上長滿了蒼翠的樅樹，間或有一兩株棠梨，樅樹幹長枝粗，松針虬立，棠梨花潔白無瑕，朵朵片片夾雜其間，彷彿翡翠上鑲嵌了白玉，端的美麗異常。

最可喜的是潭後石塊上突兀而生的幾株桃樹，伸出虬枝，大片的桃花開在枝頭，燦若雲霞，連空氣中都漂浮著熏人欲醉的芬芳。「桃之夭夭，灼灼其華，桃之夭夭，其葉蓁蓁」《詩經》中的妙語就在心頭淌過。便怎麼也記不得「況是青春日將暮，桃花亂落如紅雨」這樣淒美的詩句了。

偶有山風襲來，驚得那桃枝一顫，幾片花瓣脫枝悠悠飄飛。落英繽紛，像幾隻彩蝶，輕悄悄地落至水面，隨波打旋，順著流水一蕩一蕩漂浮而去，惹得幾尾小魚好生一驚，掉尾撥水，一陣翻滾。這樣無限的生機，真讓人恨不得躍身潭中，相共嬉水也。

水明瑩至極，不可藏物，小石布底累累，如卵似珠，黑白青綠，麗於寶玉。而那水汩汩作響，像是誘惑著人下去似的。脫了鞋子，剛插足入水，頓覺其寒澈骨。

目力透過水面猶自能看清一條條游蝦的觸鬚。真想飽飽地飲一口這清湛的河水，等招水潔面時便忍不住輕呷一口，但覺一縷透涼緩緩滑過唇齒舌喉和食管，抵達胃部，讓人產生出身體透明的幻覺。坐在岸邊，耳畔忽急忽慢地傳來陣陣鳥鳴，越發顯得此地之幽。山中無他音，惟風聲水聲鳥聲。閉目靜坐間，一時松風，水流，鳥鳴，交相入耳。我的心便隨風而搖，隨水而蕩，隨鳥而醉。

法雲寺

一

有陣子，我約朋友出去玩，朋友約我出去玩，都會選擇法雲寺。幾個人騎著自行車，嘻嘻哈哈地你追我趕，風透過單衣，汗乾了，很舒服。在寺裏，禪房花木翠綠濃郁，青磚牆角下苔痕斑駁，曲徑通幽，有舊時氣息，寺內行人稀少，很是清淨。我們隨處走走，彷彿獨處。

法雲寺值得一看。和古民居的人間煙火相比，它是超凡脫俗的。寺建在青山綠水中，這大概和佛家的心性有關，既然不能入世到滾滾紅塵，那索性出家進天高雲淡。

法雲寺位於安徽嶽西縣響腸鎮東北角的後沖村，從三步兩道橋東拐，車行在柏油路上，快得像水面上打漂的瓦片，飄飄忽忽，夾路的麥地與稻田瘋也似朝後挪。透過車窗，山邊是屋舍如畫，屋旁有清溪緩流。恍惚中不禁想起從前的古人，他們此行是騎著毛驢還是緇衣草鞋？是在詠佛還是念經？這些，自然已無從知曉。但我想，他們的心境，應該和今人一樣，也是恍若天上人間吧。

不過五分鐘光景就到了後沖，抬頭看見千佛塔聳立在山寺間，腳下一方平平的水庫，現在已辟為放生池。一段湖光塔影，仰俯賞玩，肺腑一清，心底便有些想喚出來。水深處泊了幾只腳搖船，每次去，即便是冬天，也總有幾位青年男女乘舟玩水，嬉笑取樂。

進山門的時候，但見石階左側，竹木蕭然，極為安靜，偶爾幾聲公雞雄健的鳴叫透過樹枝，四散在花花草草上，不知是雞鳴的侵擾，還是我的來到，林間的小鳥慌得在枯樹枝間鑽來鑽去。拾階而上，松針鋪滿地面，溫柔的陽光散落樹間，感受著空山林靜，默想著歲月流淌。

就在發呆的須臾，人已到了燃香爐，塵世的煩膩消遁了，蓮花聖地躍於眼底。趙樸初題寫的寺名高懸山門，樸翁的真蹟我見過的，相比之下，「法雲寺」的匾額寫得尤其漂亮，流暢秀逸，洗煉疏朗，氣雖不壯，但韻味十足，間架筆畫間有靜氣緩緩流動，只聞花香，不見兵氣，長袍寬服，屬於典型的文人字，很符合佛門氛圍。

二

看書當有閒情，遊寺則需逸志。

懶散地在寺內溜達，抬頭有千佛繚繞，回首見菩薩微笑，推窗是綠葉青草，移步聞檀香襲人。梵鍾，袈裟，念珠，拂塵，淨瓶，彙攏起來，法雲寺就是一杯紅塵外的清茶了。

坐在方丈室內，和老和尚談談寺廟歷史，說說佛門清規，哄哄塵世留在了腦後。身在此境，往日的爭強鬥勇消退了，暗暗想到升仙成佛的玄門。也許塵世生活太累，就心切切跑到廟裏看佛，這樣的想法，是許多人都有過的念頭吧，於我，亦不是頭一遭了。

這座建於晉初的古剎，歷史還要較嵩山少林悠遠一些。在時間的侵蝕中，歷經幾番戰火，近年雖大力整葺，但規模還不算大，昔日輝煌難覓，只存幾座大殿，數間偏殿禪室，一方古塔。此塔形似寶劍，樓閣式建築，四方七層，高約三十米。塔基為條石砌成，塔內各層建有樓室。

豎在青山綠水間的千佛塔，讓四里八鄉村民的眼底多了一處風景，也多出來一些和千佛塔有關的故事。佛教題材說，公元五七七年，北周武帝滅佛，禪宗一派面臨生死存亡，二祖慧可受達摩心法，護衣缽南下舒州來此建剎。戰爭題材說，曹操兵伐孫權，經過嶽西城關至塔兒嶺時，見一座寶塔形似寶劍，恐對此行不利，即令部下在東方後沖頂端修此塔以利伐吳。

比較確切的事情是，這座塔凝聚了先人的萬千智慧與萬千汗水。所以一些上年紀的老人，面對它，總要做一些思前想後的工作。

可惜現在塔門封了，我不知道裏面的樣子，更無法體會登臨的感覺。

> 兩米多高的塔基，正對著石門。我們登上塔門，進入塔心，抬頭仰望，只見層層疊疊，愈高愈窄，塔壁光滑向內傾斜，攀爬的慾望激增，大家一個接一個牽援而上，需要較好的臂力和夥伴們通力合作才能成功。
>
> 內塔每層之間高約四米，四周各有一個上圓下方的塔窗，風從窗而入，日夜輕撫塔心，凡塵之中的風流在空曠的塔心淨化，頃刻化為烏有。三層以下的塔窗可以容納四個人席窗而坐，我們就在這裏玩撲克，下軍棋，吹牛觀景，臨風假寐……

這是我的朋友吳傳兵寫法雲寺的文章，童年往事因為難忘的細節，回憶也變得有趣，且不乏細膩，他的描繪讓我的想像落實為白紙黑字的有據可依。

有關千佛塔的修造年代，專家考證說建於東晉咸和年間，距今已有近一千七百來年。《安慶府志》記載：「後山寺，一名法雲寺，晉創明末寇焚」，清同治年間重修法雲寺碑記也說：「潛北後山寺，古名法雲，浮屠七級，建自東晉咸和年間，羅列�子石，仙人洞諸靈蹟，而世祀菩薩於大殿，咸豐之際，劫火四起，塔存而廟宇毀……」

一尊寺塔建於何年何月，用不著如此較真，反正都過去了，無非是證明一下歷史的悠久。然此塔每層外壁砌有四十個磚雕神龕，每龕一大二小三尊佛像，計八百四十尊，加上塔內壁、外檐磚鏤佛像，全塔總計共有一千多尊佛像。尊尊佛像，神態各異，生動逼真。又是全國存世極少四方形古塔之一，可謂建築學的標本，這才吊足了許多人的胃口，從而引發了細致瑣碎的考證。

大家通過古剎建造的年代來還原當年古鎮的風貌，將來龍去脈弄個水落石出，是一種民俗學的繼往開來，也是一個地方史的追本溯源。不過對遊客來說，這些都不重要，他們著眼的是古剎的今天，只有史學家與佛學家、建築學家才會在意古剎的過去。

過去與今天糾纏在一起，讓古剎有了鮮亮厚實的風景。在春天，花香與煙霧共飄，鳥語和木魚齊響，一切那麼超然物外，卻又恰如其分。在夏日，綠樹婆娑，蟬鳴清越，寺仍舊是寺，塔依然是塔，奇幽古拙，不為浮躁所擾，不為喧嘩所侵，獨對著遠山近水、懷想起清風明月的散淡。在秋季，冷月如霜，塔影是千年的風景，心事是一剎的念頭。站在塔下仰視，頂端幾株毛茸茸的狗尾草猶自在晚風中搖曳，只感覺胸際有一股靜穆的暗流隨鐘聲中蕩開，人與塔重疊在月色下，今夕啊今夕，彷佛是前世約定的一回廝守。而雪壓寶塔的風景，則是清清瘦瘦的姿態綽約。呵一口白氣吹向那倒掛在廟檐的冰溜兒，所謂淡泊寧靜，不外如此。

三

寺是新的，塔是老的，老得巍峨的外牆有了些許剝落，四身也有點殘損，畢竟它屬於一千六百年前的東晉。千年時光的無情侵蝕，會遺留下風雨滄桑，也有令人懷想的六朝舊氣。

山寺左右，怪石林立，我獨對龍角石大感興趣，寺僧說當年地藏菩薩來至此地，以石為道場，弘揚佛法，住有年餘。臨走時，做法裂石，我跳上去拿眼睃那石縫，但見裂痕一分到底，心下頗有些駭然。總疑心這是暗道機關，興許哪天會砰然而合，思及至此，便不敢多待。

寺側後山的石府也值得一看，傳說有人在此修行成道，遂以「仙人」二字冠名。洞口亂石嶙峋，一線山泉瀠洄而出。那水晶瑩剔透，泉底沙石，明晰可見，每次去玩，總忍不住抄幾口潤喉，入口清冽，甘美異常，一條冰涼的水線直達腹內，令人神情一爽。立在洞口細看，魚蝦觸鬚可辨，鰓唇鼓動，怡然歡遊，來往敏捷，似與人同樂。投一小石，水類皆驚，倏爾遠逝，無蹟可尋。

寺廟東邊，緊貼的是民居，屋前的晾衣架上，曬滿了衣服，新洗的尿布，帶水的拖把，濕漉漉倒掛成一團很世俗的生活。超脫紅塵的寺廟與家長一里短的民居這麼一靠，倒可愛起來。站在山門口東張西望，一個農婦在煮飯，一個女孩在掃地，一個賣香燭的老板在數錢，一個老頭在發呆，一個中年男人在和老婆拌嘴，我彷彿無意中窺見了他人生活的另一面。一座寺廟凝結了太多的傳奇，一尊佛塔流傳有無數的神話，它需要瑣碎世俗的生活來裝點門前的青青翠竹與屋後的郁郁黃花。

千年的歷史大河在辭舊迎新中淌了千年，只有人們在廟門間的進進出出亘古不變。當我們在發黃的經書中獲得答案時，當我們在佛陀的目光下找到力量時，當我們在大殿的蒲團上求佛祈禱時，法雲寺無意中就是可親可近的一方家園呵。

小鎮秋

如果說古都的秋是散文，那小鎮的秋則是詩歌。小鎮有幽幽的石巷，樸素的民居，明鏡一般的池塘，還有蒼翠青山腳下潺蜒的溪流。以前我喜歡坐在河堤邊看小魚兒游來游去，尋覓那水底偶或掠過的飛鳥影跡。記憶中，山裏的小溪是透明的，那水純潔透明，清亮亮倒映著夾堤的蒼蒼古木，藍天雲影。

立秋之後，時間似乎走得更快，那些農作物彷彿是一夜之間成熟的。走在田野裏，滿目流金，沉甸甸的水稻，氣昂昂的玉米，圓滾滾的南瓜，黃燦燦的。天更藍了，藍得玄乎，藍得深邃，像西洋女子的眼眸，秋天就是黃與藍的天下吧。一行行大雁朝更南的地方遷徙，進入九月，天空便亮起它們翱翔的影蹟，還有一聲聲長吟。記得小時候，常好以手枕頭，躺在草地上，凝視著那些鳥兒，跟著它們在天上滑翔，心中的濁氣也帶向了遠方。

秋風中，天涼了，衣服不再像夏天那樣糊在身上，而是輕輕地鼓蕩著。曾經遍體汗津的身子，就這樣寧靜地沉浸在如水的秋風中。山上的茅草，慢慢在泛黃，從淺到深，到後來連粗大的芒桿也變成了焦色。喬木的葉子，被風吹得歪歪斜斜的，瑟瑟地發抖，讓人想起寒士的落魄。池塘邊的蘆葦和水草，呈現出大片大片的蒼黃。待時近黃昏，夕陽斜射過來，遠遠望去，那些衰草像倒插的淬了火的鐵劍，蕭蕭地挺立在那裏，有種落寞之美，讓人感到一股說不出的悲壯。

菊花悄然綻放了，明豔驚人，冷香撲鼻。在田壩上，在山嵐間，在籬笆下，在土牆旁，一簇簇，一叢叢，呈倒圓錐形，像縮小了的向日葵，給蒼白的秋景中增添了幾許明亮。最妙的是清晨，每日起床後，遠山彌罩在淡淡的一層薄霧中，等太陽升起來，霧氣輕輕散開，變成一抹若有若無的白紗圍在山腰。山顯得有些清癯，像個世故的老人，神秘地橫躺在溫暖的陽光下。

稻田呈現出收割後的凌亂與疲乏，農人的臉上掛滿豐收的喜悅。那一籮籮玉米，一袋袋谷穗，裝在糧倉，喜在心上。辛苦了大半年，終於在春耕夏種之後，在天高氣爽之秋，從容而安詳地稍作閒適。在這美麗的季節裏，釣釣魚、打打牌、喝杯茶，給勞頓的身體來次徹底放鬆。要麼就眯縫著雙眼，默默地坐在屋檐下。

白晝明顯變短，太陽似乎性急了，走得飛快，下午五點左右，便只剩半圓在西山懸著，斜照著嫋在青瓦上的炊煙。鄉村安謐而詳和，它似乎累了，像剛分娩的母親，不願多說話，只想早早融入黃昏的暮色中好好睡一覺。

野地成了蟲子的世界，它們在做最後的鳴叫，聲音清遠淒迷，調子憂戚孤寂，它們唱出了秋天的神韻。但其中所傳達的，不是簡單的悲秋之曲，豎耳細聽，唧唧之音中隱隱藏著生命的激越。

月亮地裏，薤露凝重，樹的倒影，人的倒影，還有房屋的倒影，孤寒地恍惚在白花花的月色下。月光非常好，覆蓋著朦朧無邊的大地，田野像融在澄澈的水裏，遠處人家如煙如霧。從窗口瀉出的燈光，有若無地在月色中泛起。興所至，心所往，讓人有邀明月秋風飲酒談閒之意。偶或有風在山林間吹過，刮得樹枝呼嘯連連，無邊落木蕭蕭下，夜空中頓時布滿了秋的肅殺。風緊跟著從山頭蕩過，料峭的寒意使人毛孔一縮，明顯可以感受到秋的冷冽，心底油然生畏。

輯四

風物

雨邊書

桂花開了，氣息馥郁，滾滾濃香裹在身上。香衣炮彈打得人肺腑一清，不願做事，只想讀書，坐在空蕩蕩的辦公室閒讀。東窗下，秋雨打在法梧上，秋一點點深陷，陷入萬劫不復之境，桂花，陰雨，暗香，柔情……

桌子上攤著晏殊的《珠玉詞》，前不久在小區路攤買到的，一個學生模樣的青年，攤一地書，腳下的紙牌用碳水筆斜歪歪地寫著：舊書降價大處理。

衣不如新，難道書也是新的好？由來只有新書笑，除了我之外，有誰聽到舊書哭？身為舊書的知己，遇見這樣的攤點，總要蹲下來選幾本，於是就有了這冊《珠玉詞》。這是本木刻印刷的書，宣紙線裝，藍綢封面，有套函，還帶夾板，裝幀十分古色古香，十幾年前的舊什，彷彿宋元古物。在手心展讀，感覺自己已不是現代人了，倒像個五四時期的文學青年，或者明清之際的風流士子。

讀宋詞，喝綠茶，宋詞攜隱秘憂鬱之美，綠茶帶香肌柔軟之酥。美滋滋喜上眉梢，誰說福無雙至，我偏能好事成雙。宋詞婉約（最起碼晏殊是婉約的），綠茶香淡。她們通過口目在我體內集合，像一邊滌足清泉，一邊靜聽天籟，心情不起不伏，情緒不高不下，一如秋雨的氣息。

窗外的雨啊，下呀下，淅淅瀝瀝飄灑了三天，銀灰色的雨絲與天空交織成一張大網。紫紗窗外的綠化帶，一行又一行，樹葉被重新染過，綠得發烏，可憐那些寂寞的落葉木只好敞頭挨淋，在西風中瑟瑟發抖。早上新換的乾淨衣衫，穿到現在，已隱隱嗅出秋的氣息——冰涼，細膩。纖維難道也是變色龍？

拋開《珠玉詞》，又找來幾本書，秋雨秋風愁煞人，雨打梨花深閉門，我冷眼旁觀。有人倚闌干處，正恁凝愁，我依舊冷眼旁觀。梧桐更兼細雨，到黃昏，點點滴滴。那一點落在小姐的心頭，這一滴打在先生的手掌。於是追憶逝水年華。

昨夜，伊去院子裏折桂花，偏要我陪著。沒拿傘，我胖，伊瘦，那雨專往我身上飄，真是胖人好欺負。折了一枝桂花，輕巧巧捧回來，透明的雨滴猶自掛在桂葉的底端，與葉尖連成一體，又若即若離，像感情破裂的夫妻，分手只是時間的問題。地心引力繼續拉著，那垂在葉梢的水點微微變了形，猝然滴了下來。心頭一顫，伸手去接，亮晶晶正好落在掌心。靜靜凝眸，水珠慢慢變小，蒸發了？滲透了？總之是消失了。看得人興致索然，於是上床睡覺。睡得早，醒得遲，有的人天生懶骨。

昨夜風瀟瀟，今晨雨漫漫。上班後，打開電腦，見一詩人好友在題為《白雲閣隨筆》中寫道：「涼了，又是一年秋雨急，依然寂寞老詩翁。」好在已成詩翁，也就無所謂寂寞不寂寞了。詩人在這個時代的任務就是寂寞地寫出好詩，寂寞地發表，然後寂寞地老去，讓後人寂寞地遙念。文壇不流行詩人，當下只暢銷大話。文章寫長了就是大話，我不明白，今人作文怎好越寫越長。最近讀《魏晉六朝小說選》，最長的《燕丹子》也不過萬字左右，許多作品淺如秋水，短如小令。文章追求短，是修養好，文章故意長，是德性壞。

小說家龍飛鳳舞，詩人一撇一捺，散文家胡扯閒話。抬頭，一樹桂花繁星滿枝，半架絲瓜蔫頭耷腦，幾家歡喜幾家愁。

一卷雨

北來之後連看雨的心思都沒有了。血似乎漸漸冷矣，對一切提不起興致，唯有讀書，用讀書來揮霍時間，如果一寸光陰值一寸金的話，我幾欲是揮金如土；然書多使人愁，只好借寫作打發閒愁。一處相思，兩處閒愁，如今守著自己的女人，我不再有相思，只是閒愁還動輒侵襲，故只得立文字而驅憂。

這幾天，因為要給朋友儲勁松的新書《黑夜筆記》寫後記，我又重新閱讀了他帶有血性的文章。說起來，人不分古今，都有熱血沸騰的片刻，然勁松兄將此片刻拉長了十幾年，這可謂是一種與生俱來的秉性，又或者是天才之行為。面對那些血氣旺盛，動人心魂的文章，我只覺得自己渺小卑微。論年紀，我略小，但血氣上，我已微涼，他仍沸騰。

持續幾天的炎熱，終因這場大雨而暫停。黃昏時分，暮色已經很黑了，比暮色更黑的是天空，比天空更黑的是鉛雲，比鉛雲更黑的是人心。不說人心隔肚皮，密不透風，黑咕隆咚，且說鉛雲密布，鉛雲恐怖，風吹著樓頂的鐵皮，嘎嘎作響，雷聲在遠處咆哮，閃電在眼前囂張。在目力所及之遠，依稀有雨線蓋了過來，像推開一軸垂涎已久的國畫長卷，舒緩而急忙，急忙得義無反顧，又有些毛手毛腳，以致讓宣紙與桌面磨出忽忽的聲響。

山水是天地揮灑的水彩畫，城市是天地塗抹的丙烯畫，而此時在大雨的幕簾中，一律變成了單調的木炭畫。木炭，還在賣炭翁的牛車上麼？賣炭翁，在南山中伐薪燒炭，而我，在電腦前焚膏繼暑。對著窯火日出日落和守著電腦年復一年，嗟乎，都是勞作，噫嘻，都是生活。要是古代，我不見得還是個書生，多半會終老在某個小山村，有一窩孩子，養牛，餵豬，上山砍柴，下河撈魚。

中原的這場大雨如果下在江南，大抵上還會推窗去看看吧，泡一壺茶，擰亮台燈，站在小樓的陽台上，眺望，養神，看遠山雨霧，聽屋檐滴水。

有一年在故鄉的梅雨季節，我看見山像駿馬，在風雨中，只差少了一雙翅膀，就可以騰飛了。少年在樓上閒暇，青山在飾演飛馬，那是大自然的千變萬化，也是我自個思緒的縱橫上下吧。

小弄堂暗了，避雨，打開的窗戶一一啪啪關上了；怕風，還要扣上插銷。許多人家開了電燈，到底是白天，又隔著玻璃，光線很淡，像寂滅前的燭火，在牆角搖曳著一絲朦朧的光亮。壞的蘋果，爛的橙子，泡在雨水裏，散發出詭異的果肉清香。

突然，生出淋雨的念頭，於是脫去短袖，上樓，雨淋在身上，清涼啊，我似乎聽見了火焰熄滅時嗤嗤的聲音。樓底鼓蕩著的新鮮水氣，塞得巷子滿滿的，溢出樓頂，漂在我的四周。

雨雲四聚，壓迫著高樓，整個城市連同我，淋漓在狂放的滂沱大雨中。閃電像剛出爐的寶劍，通紅犀利，將天空劈開了一道道缺口，雨點像出窩搶食的小豬，撲到人肩上，背上，劈劈啪啪砸下來，帶著野性，順著頭髮往下，往下，往下……我感覺雨意正一點點滲入體內，水氣積聚，圍繞著皮膚，心漸漸透明澄澈。也可能與雨有關，也可能和心情有關，總覺得此時城市離自己很近，那雨就在身邊。風漸漸小了，天空被雨水過濾得十分淨透，有一種成熟而恬淡的美麗，像個優雅的少婦，臉上蕩漾著清瀲的微笑。

巷深處傳來靴底趟過泥水的聲音，垮塌，垮塌，垮塌……

一場雪

在黑夜和白天的折頁處，我悄悄醒來，屋子裏有種親切的久違之色。推開窗戶，一樹白花，滿地流銀，我居然沒有半點欣喜，在北方待久了，不僅身在此地，我的心也漸漸不屬於故鄉了。

記得小時候見了雪，總忍不住喜笑顏開。南方的雪，遲遲不來，像約會前躲在化妝間磨磨蹭蹭的女人，讓人等得坐臥不寧。

打開手機，蹦出伊的信息：天冷了，穿上你的七匹狼。我回道：人在江湖，遇見一匹狼就夠你喝一壺了，還七匹狼呢，我要八匹馬。伊說：那乾脆五魁首吧。邊洗臉邊思忖：五魁首真好，朝俗處說，早來見飛雪，可以喝幾杯。往深處講，五魁首，是指古人苦讀《詩》、《書》、《易》、《禮》、《春秋》五種經籍著作，以求功名，奪得魁首。

我倒不想中狀元，只想把文章寫好。文人把文章寫好，亦能如何？商家將銀子賺滿，又能怎樣？將相何在，荒冢一堆；美人何在，華髮蒼茫；金銀何在，換了行囊；富貴何在，兩手一張。最後來，好一似食盡鳥投林，落了片白茫茫大地真乾淨。

真乾淨嗎？欲蓋彌彰，白雪下掩藏著多少污垢？雪化後，有多少愛可以重來？

人生如果可以重來，那將是一種悲劇。沒有後悔，不能重來，生命是一次性消費，軀體是快餐盒，用完即扔，扔在時間的暗處讓空氣分解、氧化、腐爛。

近來意志頗為消沉，總感覺生命無味，人生脫不開一個虛空。人向高處走，水往低處流，旅美作家張宗子兄說：「人往弱處滑，好比水流卑濕，是自然之性。」總想低處的事，看來我性屬水。或許生命本身就是一場悲劇吧，正如這場雪，下得再壯美，終究還是要軟塌塌地融化。

水是融化的雪，雪是固態的雲，雲是濃凝的霧，霧是幻化的水。腦海中居然浮現出這樣的句子，坐在床沿上，不禁凝思無語。

暖國的雨，向來沒有變過冰冷的堅硬的燦爛的雪花。如今我不在暖國，而在北地，所以滋潤美豔之至的江南雪，也無從得見。江南雪，璨若冰晶，握手盈盈成一團球。很多年前，我還是個愛玩的少年，常常趁父母不注意，偷偷抓把雪藏在掌心，任它慢慢融化，蒸發，或許也有一部分吸收於體內，永存在奇經八脈，五臟六腑之間。

如今，那場雪帶給我的觸骨冰涼，隨著時間的推移，已經變得模糊，轉化為暖暖的記憶。只是沒有人知道，當年還有一絲雪片從天空飄至樹梢，從樹梢落到眼底，讓我冷淚盈眶。所以這麼多年，別人冷眼看我，我也冷眼觀人。搞得去飯店用餐，不點冷盤，上來就吃熱菜。

南方下雨，北方落雪；南方是花城，北方是雪國。穿過縣界長長的隧道，便是雪國，夜空下一片白茫茫。一本來自異邦的《雪國》，打動了多少男男女女。許多年前的雪夜，那個叫川端康成的日本男人在書房裏提筆寫字。許多年後，一個叫胡竹峰的中國青年在雪花下走路上班，兩行腳印在雪地中漸行漸遠，他對著天空自語：少年是敞頭淋雨，中年是撐傘避雪。他暗自懷念，懷念南方的雨，懷念童年的雪，遐想著屬於中年的人生。

風語

印象裏的中原，一到冬天就刮風。冬日夜長，睡不著覺，若無興趣讀書，許多時候只好躺在床頭聽風，常常聽得失眠，失眠就難受，難受則記得清楚。

江南是溫柔富貴鄉，風和煦輕柔；中原乃悲歌慷慨地，風也顯得豪情萬丈，像猛將縱橫沙場。

近日鄭州又起北風，每天寫字台上鋪滿一層細塵，看情形幾天內不會有好什麼天氣。反正不喜歡出門，索性窩在家裏看幾本閒書，寫兩篇文章。

讀累了眼，寫乏了手，就跑到陽台上歇息遠望。只見騎車的上班族，裹條長毛巾，捂得嚴嚴實實，頂風迎沙，吃力地踩著腳踏，身形亦失去了往昔那種慢悠悠的瀟灑。

風大得很，攜裹著灰塵，窗玻璃一片狼籍，連洗淨的衣裳也沒地方晾，只好掛在衛生間發黴。可恨的是，到了晚間，那風兀自拍打著防盜網做狼嚎狀。躺在床頭，正當昏睡欲眠之際，風聲陡烈，睡意頓無。仰臥著，睜大眼睛，只聽見狂風在樓盤間呼嘯，玻璃嘩嘩作響，尖利的嗚咽聲鼓蕩著耳膜。索性起床，一個人跑到樓下的小酒館閒坐。叫杯啤酒獨飲。顧盼之際，想起韋應物的詩句「把酒看花想諸弟」。這首詩以前讀過的，事隔多年，已記不清餘下三句，酒入饑腸，來感覺了，打開手機按了起來：

酒館無人竹椅靜，窗外有風漫天行。把酒看花想諸弟，中原寒冬清泠泠。

阿彌陀佛，韋先生莫要怪我，你曉得的，今人作舊詩，要麼沒有平仄對仗，要麼只有平仄對仗。沒有和只有，像生存還是毀滅一樣，也是個問題。譬如許多人年輕的時候，沒有錢，只有健康；年老的時候，只有錢，沒有健康。生命或許充滿了太多矛盾吧，人其實屬矛盾體。

在胡思亂想中起身回家。夜深了，小巷裏空無一人，天地黯然，路口雜貨鋪的門燈遠遠照來，地上投下一層淡影。遠遠地，聽見一陣無節奏的聲音，從街那邊穿過來，像是誰家頑童忽地在耳畔吹響了鐵哨，前方猛地捲起一大片塵土。風來了，發瘧似地掀著路旁的捲簾門，一陣緊似一陣。雖無沙石能走，卻有紙屑可飛，廣告牌搖搖欲墜，標語條獵獵作響，讓人駭然。

卻說我一個走在路上，那風正寂寞著一路無聊，見有人落單，大喜若狂，像惡狗一樣猛撲過來，兜頭就咬，鋒牙利齒，像無數把刀子，一齊扎進體內。兩鬢的長髮也被掃到口眼之間，臉上又乾又冷，迫得我只好逃也似地往家竄。關上大門，喘息未止。外面的風悻悻然吹過樹梢，隱隱傳來金屬之音，然後在樓道之間橫衝直撞，像大鐵錘夯在牆上，忽嗵，忽嗵。

對一個南方人而言，真不習慣這樣的大風。以前看袁中郎小品，見其言及燕地之風時說：「凍風時作，作則飛沙走礫。局促一室之內，欲出不得。每冒風馳行，未百步輒返。」心中不免暗自哂笑，想那袁夫子到底書生意氣，風有那麼可怕麼？如今，未至極北，才入中原，便知袁先生並非危言聳聽。

在皖西南生活十幾年，偶爾也覺得風有可畏處，終究還無嫌惡時。在我的印象中，風大抵是清爽而飄揚的，吹面不寒，暖意醉人，滿庭風雪送梅香，春日遊，杏花吹滿頭，柔情醉人，像女人的絲巾。叵耐風到中原，卻一改過去的溫順，盡現狂躁，讓人感到肅殺，酷寒，淒厲，完全變了性情。說起來，海南的和風，蘇杭的軟風，閩粵的熱風，也曾沐浴過，相較之下，委實沒有一處像這中原之風。初來乍到，以為是心理作祟，過些時日總能適應，豈料待了數年，絲毫未能改觀。

草橋

這幾天像朱自清的那幾天一樣，心裏頗不寧靜。清晨，醒得早，下床泡了一杯茶，今年的新茶。據說酒是陳的香，叵耐肚無別腸，不好評說；都講茶是新的好，身為飲食男女，很有體會。

說起喝茶，近來是紅肥綠瘦了，普洱、烏龍一派聲名鵲起，龍井、碧螺春之類勢頭漸微。在馬如龍的古代，三十年河東，三十年河西；而車如水的現代，只要一天就可以河東、河西，甚至河南、河北了。

不知何故，如今家裏電壓總是不足，一盞熒燈懸在天花板上，黑著臉，一副老於世故的黯然，像坐在主席台上做長篇報導的禿頂領導。

夜裏睡得不好，起來後就有些慵慵的打不起精神。垃圾車踢踢踏踏地走過窗下，雞鳴聲遠遠傳來，四周還算安靜。喝口茶，對著一台電腦，守著幾本舊書，內心裏有說不盡日常生活的愜意在渙渙彌漫。電腦開不了機，寫不成文章，只好打開墨盒，塗幾行書法。文章以橫寫的姿態才華橫溢，所以我坐著寫作；書法以豎立的格式氣貫上下，是以我站著寫字。

莫名的，指間的毛筆寫出了「草橋」兩個字，頓覺一股青逸上至肺腑間，隔夜的宿氣漸漸消弭無形。於是丟開書法，開始經營散文了。在我看來，散文是需要經營的。散不容易，文也太難，散且成文，更是難上加難。沒有苦心籌劃，沒有孜孜不倦，沒有上下求索，不要說作文，就是造句，也是一紙空書。

說起草橋，因為老家水鄉山地的緣故，阡陌交通，隨處可尋。兩根樹段橫搭在溝溝壑壑間，稻草搓成繩狀，綁縛其上，毛而糙，腳踩過，軟軟的，很舒服，也安全。心下時常思忖：如果當年溫庭筠去了皖西南，那首著名的五律，恐怕要改成「雞聲茅店月，人跡草橋霜」了，我甚至覺得，這一字之換更多了幽韻。

早些年，我每天都要經過自家門口那座草橋的。在幼時，提心吊膽，小心翼翼，怪它真長；稍大些，蹦蹦跳跳，興高采烈，嫌其太短。至今也搞不明白，為什麼會那麼喜歡草橋，大概是前世的木石同盟，才有此生的經年迷戀吧。

那時我已經讀書了，夏天的午後，未完成的功課壓迫著我。南瓜架外的小路上，孩子們的嬉笑撩得人渾身發癢、坐立不安，沒心思寫作業了。母親在涼床上睡覺，祖母在樹蔭下乘涼。我悄悄丟開紙筆，提著鞋，赤了腳，輕輕開門，去捉立在草橋頭樹杈上的大蜻蜓。

赤腳在田裏追蜻蜓追到累了，偷摘水果被蜜蜂給叮到怕了。這基本是我小時候生活的寫照。

後來年歲漸長，此類「野孩子」的勾當已不屑去玩，每天午後一個人偷偷躲在草橋底下的草窩中看連環畫。城裏有城裏的消遣，鄉下也有鄉下的野趣，不必說瓜果樹木，不必說花草蟲魚，更不必說青山綠水，單就躺在草窩深處的放浪形骸，因為有無拘無束的隨心所欲，也足以令人沉醉不已。

即便什麼都不做，枯坐於草橋上，也有無限的情味。兩腳懸空，一前一後地晃動著，看鳥飛於天，聽蟬噪在林，亦為鄉居歲月之一妙事也。如果是冬天，那就更美了，獨立草橋，早看晨霜朝陽，暮觀薄雪彩霞，感覺上雖有郊寒島瘦的一味枯澀，內心卻緩緩流淌著遠古餘味的幾絲詩意。

如今，村裏的草橋都換成了水泥橋，那些舊的草橋，老的草橋，村民把它們拆開，劈成柴火，塞在鍋灶裏化為一捧青灰。坐在村口，看著瓦屋上空的一拂拂炊煙，我用眼光追尋草橋留在人間的最後影跡……

草馬

我不記得怎麼編織草馬了，城市屬忘恩負義之地，忘山水之恩，負田野之義，幸好還認識編織草馬的芒子。在向陽的山坡上，叢生著一簇簇芭茅，黃褐色的根，像埋在土裏的薑，只是塊頭小些；葉大如蒲，像翡翠，成色幽暗且邊帶鋸齒；五月抽短莖，是為芒子。先是包裹在草心中，夏一點點深，它一節節長。不知道它是不是來自《詩經》中的野草，但躬著身的樣子，很謙虛，像個知書達理的士子，讓我大有好感。

芒子可以造紙，入夏後，有很多小商販來鄉下收購，母親經常上山割些回來，賣了補貼家用。

當年祖母住的那間房子，打開東窗可以看見滿山芒子。一逢盛夏，屋子裏充溢有淡淡的草香。正午天熱時，我喜歡帶一領涼席去後山，在芒花深處靜坐。烈日經過樹葉的過濾，只有幾點斑駁的色塊灑在草叢裏，野風吹得芒子晃悠悠的，渾身清涼，誰家錄音機播放著黃梅小調，撩撥得人一身倦意，不多時便沉沉睡去。

等醒來時，常常已是下午了，揉揉眼，只見滿山白中帶紫的芒子，襯著不無輕漂的紫穗，像道士的拂塵在山風中飛舞，神散意懶的樣子，如閒雲野鶴。一骨碌爬起來，從門前的池塘裏，解開牛繩，縱身跨上牛背，高高的牛，瘦瘦的人，在陽光下拖著長長的影子。

直到現在，我還經常回憶放牛的日子：牛在山凹裏吃草，人在草坪上看書，累了就去抽芒子；選粗壯勁實的，用牙齒或者指甲把它分成兩爿，然後左拐一下，右折一下，就編成了一匹草馬，後面還精巧地留撮纓子，那是馬的尾巴。吃飯時放在桌上，走路時懸在腰際，睡覺時掛在床邊。騎馬嘯西風，仗劍走天涯，大抵是每一個男人童年時都有過的俠客之夢吧。

可惜那匹草馬丟在童年，沿著時間的小道前行，不能回頭，我越走越遠。

前些日有個畫家找我，我說你給我畫幅馬吧，用淡墨鋪成一大片蘆花遠景，馬用線條勾勒出奔騰的樣子，題跋我想好了，騎著童年的草馬回家。這當然是虛幻的臆想，事實上如今已只能坐汽車的。

今年夏天，回鄉小住，抽空去後山看了看。綠茵茵的山坡上，遍野芒子，蘊藏著無限的神秘，彷彿草木皆兵，似乎只待一聲號令，它們就要飛躍著衝鋒殺敵。

有群孩子在地溝旁編織草馬，其中一個最小的，仰著臉，咬著指頭，口水流在胸前的護衣上，淋濕了一大片。突然覺得這個場景似曾相識，一如當年的自己。

後來他們送我一匹草馬，高大肥碩，帶著草香，拿在手中把玩，有回歸過去的錯覺。我珍惜這匹來自山野的草馬，把它帶到城裏，掛在牆上，儘管現在早已風乾成了瘦馬，骨架嶙峋的樣子，仍有志在千里的雄心。黃河古道，颯颯西風，我倒覺得屋子裏需要匹瘦馬來相襯。

一腳踏著二十年前向往的城市，一頭想著二十年後回歸的鄉村。騎著童年的草馬，駕，駕，駕，駕駕駕……駕駕駕……

鄉下的鳥兒

噗通一聲，我跳進了水綠山青的鄉村。

儘管還是延續吃吃喝喝的生活、拉拉扯扯的日子，但有大自然最原始的聲音相伴，凡俗的人生才產生出不一般的況味。

鄉下的家，安在一座小山腳下，臥室後窗正對著樹林，入眼，到處是綠，一片鳥聲。這裏的鳥生得漂亮，羽毛豐滿，很通人性，一個個以為自己是公主王子，見我在窗後看它們，就故意昂著頭，高挺著胸脯，從樹枝上跳到草地上，來回走動著，顧盼之間，滿是得意。

我知鳥甚少，能分辨者惟麻雀、野雞、烏鴉、喜鵲、白鷺、燕子、黃鸝這些鄉下常見的飛禽。有一種鳥，模樣靈巧，像麻雀，但羽毛五彩斑斕，豔麗多姿，我便不曉其名。還有種鳥，後面有幾根褐色的長羽，飛速極快，比烏鴉大些，總是獨來獨往，頗有些烏衣劍俠的味道，我更不知其號。

每天清晨醒在鳥聲中，天見可憐，昨夜小說雖好看，今朝好夢卻難圓，大約五六點的光景，耳畔嘰嘰喳喳、清脆短促，清悠綿長，全是鳥聲的聒噪，很是惱人。對鳥類來說，睡了一晚上，早晨的空氣那麼好，是該好好以歌詠之，以暢其懷的。

兄弟姐妹們，叫得更響些，吵死那個夜深不困，清早不醒的家夥！……我幾乎聽懂了它們鳴叫聲中的陰謀使壞。在城裏住了很多年，從來只有無鳥之憾，如今卻感多鳥之愁，只好起床關上窗子，拉好窗簾，倒在被窩中繼續我的清夢。

幾天後，才習慣早間鳥鳴的清擾，人鳥兩相安，我心也暢然。

於是我故意打開窗戶，在靠窗的地板上放些稻米之類，引鳥啄食。但它們不敢來，到底還是對人懷有戒心吧。我只好虛掩房門，裝做離開的樣子，偷偷從門縫裏用一隻眼瞄著，我相信它們會來。果不其然，大約半盞茶工夫，有隻花喜鵲飛進屋裏，邊啄食米粒邊鳴叫幾聲，似乎是在發出呼朋引類的信號，頓時眾鳥紛至，等它們吃得愜意時，我推門而入，鳥們頓作獸散，飛出房間，站在高高的樹冠上鳴叫不止，大概還是對我剛才的貿然而入大生其氣。

但這樣五次三番，許多鳥居然和我廝混得熟了，走近了也不再逃我、厭我。有次，一隻灰麻雀竟然囂張地站到我的肩上，毛茸茸的身子微微顫抖著，等我伸手欲捉，才飛到低處的桃樹上，我朝它一笑，它衝我瞪眼。一剎間，有股情緒的暗流在心間湧動，與麻雀癡癡對望，日光在我們之間流動，沈默在我們之間流動。感覺暖暖的，因為鄉下的鳥兒。

翠竹蔭

五雲坊下暮煙斜，夾道疏槐照碧波。卻憶江南風景好，修修纖竹翠連坡。

中國詩人詠竹成風，清一代留下的就有百首之多，我卻只對明人危素這首《竹坡詩》情有獨鍾，此詩末句雖含蓄，卻寫出了江南翠竹之神態，翠連坡三字得盡風流，不愧是詠物詩的佳作。

偶覓一本《詠竹詩詞集》，上圖下文，圖是名人的畫，文是大家的詩。在苦寒的北國之夜，躺在被窩裏展讀賞玩，不多時，心就被那泛黃的紙張拽回到遙遠的故裏了。眼前一愡，想起了外婆家的後壠。看竹，當然首選那個我最熟悉的地方。

從小愛竹，喜歡它細細的葉，疏疏的節，喜歡它雪壓不倒，風吹不折，臨風搖曳的情致。恰好祖父給我取的名字裏又嵌個竹字，於是對它更生出特別的情愫。大凡人喜歡一樣東西，總有其理由，像陶淵明說「秋菊有佳色，裛露掇其英」之類。然我的愛竹，實在說不出什麼道理來。儘管如「解籜新篁不自持，嬋娟已有歲寒姿」，「千磨萬擊猶堅勁，任爾東南西北風」一類的詩句也能背上幾首。但行在竹林裏，微風拂過，只聽得竹聲颯颯，但見有綠意盈盈，就欣喜得忘乎所以了。

外婆家的那片竹林，是我小時候的樂園。在那塊天地裏，有飛舞的山雀，刨食的母雞，打歡的小狗，唱歌的黃鸝，長鳴的青蟬，更不消說還有青青的翠竹。採一片個字形的竹葉，送給鄰家阿姐做書簽。或者取一片竹爿削成寶劍，挎在腰間，威風八面地扮大將軍。要麼在竹子叢間做窩，在上面參禪打坐。玩得最過火時，和弟弟竄上一根細竹的頂部，慢慢吊下來，雙腳著地後突然鬆手，「嗖」一聲，只見竹竿如離弦的箭一樣彈了回去。但這樣被大人看見了總要挨罵，說吊壞了竹子。於是慌忙揀根細竹竿在跨下夾著，口中朗朗作馬蹄聲，逃也似地跑走了……

每逢夏天，暑氣正烈時，常常和外婆搬張竹床，放在翠竹蔭下小睡。竹葉阻住了頭頂的陽光，涼颼颼的，仰面躺著，遮陽的大荷葉扔在一旁，時不時吹來一陣好風，偶爾幾絲陽光調皮地從竹梢中點點滴漏，經竹葉篩過淌了下來，青草地上灑滿斑駁的碎影。棲身於這樣一片純淨雅致的綠色中，清幽的竹香撩撥得人意亂神迷，外婆沉沉睡了。我輕手輕腳地溜下竹床，眯著眼去追逐那些晃動的竹影……

如果是冬天，飯後可以去竹林裏散步，踩著厚厚的落葉，月光如水，在竹葉間穿梭，竹籜已化作春泥了，卻生有很多冬筍，裂縫凸出的地方，用腳踢幾下，下一頓餐桌上就多了一道美味。

這些歲月都過去了。住在城市，常常眼巴巴盼望著能去一趟竹林，尋找遠逝的幽深，一心如洗地回來。

江南雨，雨江南

江南是浸在煙雨裏的彩畫，灰蒙蒙是她的底色，濕漉漉是她的手感。江南是飄逸的水墨小品吧，一筆一畫，一撇一捺皆縈迴著絲絲霧氣。

我聽到最美的聲音，和江南雨有關。有陣子我住在瓦房的樓頂，可以清楚地聽見雨聲，那聲音輕而空靈，很讓人浮想，像萬千條白蠶啃噬桑葉。過了片刻，才有雨水從屋檐的瓦楞間滴下，吧嗒吧嗒落在地上。總是在慌忙中驚喜地打開窗子，只見細雨沾稠著凝結於天地間，從半空中飄來，輕灑在田野上，耳畔沙沙之音密集。

只消一盞茶工夫，細雨便淋濕了江南。

倚窗而望，遠景模模糊糊，蒙了層輕紗似的。雨在天上，纏綿悱惻地下個不停，地上的江南，變得煙雲繚繞，及至水天一色，讓人分不清天上人間。此時的風景，是裝在雨幕下的屏風，真像一個慵懶的美人，歪在牙床上，吐氣如蘭，柔若無骨，曖昧中有萬種風情。

我喜歡江南的雨天，一出門，大街小巷，白牆青瓦，木橋石路，都被雨水洗刷得一片清爽。山青草綠，讓人感到很舒服。尤其是那些大樹，每片葉子都得到了雨水的充分滋潤，綠得逼人。挺拔的樹幹，散發出墨褐色的光亮。到處是傘的天下，紅的，綠的，花的，布的，紙的，各種傘在眼前浮動，流紅湧翠。地裏新翻的土塊，一律是淡灰色，空氣中彌漫著一股泥腥味。走近時，還能看見土坷垃上爬滿亮晶晶的水珠。

吹一團煙霧與丘山為伴，灑幾滴淚珠使柳枝傷感，飄數條雨絲讓池塘蕩漾，打濕了衣襟和行人戲耍，這應該江南雨的性情吧。它們下下復停停，停停又下下，好在視野是明亮的、豐滿的。

在南方的日子，喜歡在窗後和雨水對視，有種柔軟的東西從心頭升起，彷彿是大自然的召喚。撩得我傘也不帶，就一頭扎進江南的雨中，那雨鋪頭蓋面地吹在身上，一股清涼迎面而來，讓人體會不到它的存在，只感覺被一團水霧包裹著，不知不覺間，頭髮已濕淋淋凝成一縷縷緊貼著額頭。空氣很清爽，樹枝間的蛛絲上掛著雨滴，路邊的花草綠豔豔的。這是最經典的江南和最純粹的自然，青山以蒼翠的面目款款出現，河流以澄澈的底色輕輕流淌。

江南沐雨中，人在江南裏，雨裝扮江南的風景，江南成全了雨的美夢。分明是夢呵，你看山野如影，鄉村似畫，行走在濕漉漉的土路上，那正是夢裏江南最美的雨景。

假如沒有雨水，江南將憔悴不堪吧；假如沒有江南，雨水也會失去太多詩意。如果說江南是一位婉約的少婦，那雨水就是她調皮的女兒。她們攜手走來，淅淅瀝瀝穿行在風中，然後流到地上，匯入小溪，淌進大河。

雨水從唐詩裏走來，揮灑在江南美麗的天空，於是，江南在宋詞中復活，透過江南雨，我們發現了大自然的詩情畫意。就在雨江南，有一次，我看見了古人漸漸走遠的背影，文徵明還是唐伯虎，豐子愷抑或李叔同？腳步優雅，身態從容，那是遙遠時代的一抹風流。

梅子黃時雨

進入梅雨期，身在北國，也能感受到雨的纏綿了，先是飄飄忽忽，像牛毛，接著稀稀拉拉，如竹筒倒豆，隔著窗都能聽到外面唰唰的雨響。離開那個南方小鎮許多年，常常懷念著走在江南雨中的日子。我喜歡漫天飛舞的江南雨絲，站在窗前想著，眼前雨滴輕輕地打在玻璃上，淋濕了窗外殘留的灰塵，過了片刻，玻璃上就布滿了一條條深淺不等的泥壑，眼前變得混混沌沌，透過這一片斑駁，想要辨清眼前的東西是很難的。即使用盡目力，看上一瞬，也只是光怪陸離，污穢不堪的一世界。惹得人越發思念起江南的雨來。

記憶中，五六月，江南的雨水總是很充足，一下三兩天。有些人不喜歡雨，總覺得它綿長，讓人膩味，曾經我也是，但經歷了幾場北方的雨後，竟不自覺地懷念起南國的雨來，而且心底也生了些偏愛，偏愛它的輕柔和溫情，濕潤與清涼。

一點一點老去的春，將南國的田野裝扮得紅肥綠濃，雨也跟著湊趣，天空像一面大篩籮，篩下無數若有若無的淡淡細絲——與其說是雨，倒不如說是煙，是霧……舒緩平和，漫無邊際地瀰漫在整個天際，隨風飄忽。逢到那時，我喜歡敞著頭，行走在田野間。雨細密而溫潤，落在臉上，像史湘雲的嬌憨，林黛玉的沉靜。衣裳淋濕了，粘在身上，涼膩膩，油滑滑的，感到說不出來的舒服。一人，一雨，凝在了那裏，一時心也凝在了天地間……

到了晚間，躺在煤油燈下，搬出晴天曬好的被子，躺在殘留的陽光香中，耳聽著屋頂沙沙的雨聲，漸漸困了，書滑落地上，等醒來時，天已大亮，雨還沒有住，打開窗戶，清新的空氣撲面而來，泥土味中夾雜著山野的氣息，溢滿房間，也溢滿胸腔。

風掀起雨，打在額頭上，精神頓時好了起來。心切切想去山上摘野生菌，江南的土話叫菇子。撥開草叢，一大片，一大片，有樅樹菇、香菇、茅草菇、奶漿菇，如果幸運，還可以摘到外型像雞腳的鷹爪菇，形如嗩吶的喇叭菇。這些菇子摘回家洗淨，佐青椒、配臘肉、紅燒清炒皆嫩滑可口，抑或做湯，也鮮香味濃，沁人肺腑，食後令人久久難忘。這些年吃了許多各類野菌，但味道卻遠遠不及家鄉的好。

雨季的花是蘭花，鄉人稱為蘭草花，大概是它葉子像青草的緣故。小時候在山上放牛，常常聞到飄浮在濛濛雨絲中的幽幽淡香，讓人心裏滿是歡喜，帶著雨珠的蘭香薰得人骨軟身輕。

雨，有時會勾人的。一場北國的寒雨，竟牽扯出這麼多情緒。我懷念南方，喜歡梅子黃時雨的時節，更喜歡「一川煙草，滿城風絮」的鄉景。

窗外，雨打梧葉，細雨風吹。

油紙傘

記憶中江南的鄉下，能見到油紙傘，竹篾做的傘骨，厚紙糊的傘面，抹著一層亮黃色的桐油，那種黃，有點像舊報紙的顏色，是褪盡人間煙火的無欲無求。雨點落在上面，密密麻麻發出沙沙的聲音。

喜歡雨中行，但時過境遷，移居中原之後，因為很少落雨的緣故，不要說油紙傘，就是自動傘也不常打了。上班要騎車，只好穿塑料雨衣，蒙頭蓋臉軟塌塌地披在身上，雨聲也聽不真切。

雨糾纏著江南的人，常常一下就是十天半個月。雨線是斜的，傘也只好朝一旁歪著，大街小巷都是它移動的風景。銀灰色的天空，陰沉、憂鬱，遠方的山被雨水洗刷得幾近鮮翠，腳下的石板路光亮如一條青河。

我是喜歡雨天的，突如其來的雨水總是能將心情沖洗得明亮如鏡。即便再忙，工作間隙也要向窗外看看，去感受雨水帶來的舒暢。

雨似乎有某種魔力，它能放鬆了人們緊張的神經，連最勤勞的農民也悠閒地在家休息靜養。空氣裏到處彌漫著炒乾貨的味道，前幾天請客剩下的瓜子，掛在樓閣枋的玉米，壓在箱底的蠶豆統統翻出來，混在鐵沙裏，慢慢炒出溫熱的味道，在小村的空氣中彌漫，雨天的陰郁也跟著變淡了。

此時，若是撐把油紙傘，走進雨地，那況味幾近宋詞。但聽得雨水泚泚響在傘面上，縱然不是柳永、李清照，也會心情蕩漾、多愁善感的。水竹做的傘柄，光滑而清涼，帶著前人的氣息，那種溫馨的感覺，純粹得只剩握手間的盈盈一喜。

人，有時候需要藝術地生活，譬如孤身一傘地行走，便足以沖淡心頭的疲乏。繞著村莊散步，或者在一條條深巷中進進出出，濕漉漉的路上清晰地留下兩行腳印，這些潮濕的情節，每一處點滴，都讓人遐想蹁躚。

關於油紙傘的記憶，最清晰的，是童年時場景。從簡易的小書箱裏找一本書，帶圖畫的，故事性強的，撐開油紙傘，快活地走進了鄉村的細雨中。左手執書，右手打傘，雨點打在傘面上，縈迴著輕絲絲的水氣，一個少年被雨線包裹起來了。山風吹過隋唐、水滸的故事，金戈鐵馬的情節變得柔情可人。

天晴的日子，傘掛在門後，安詳、靜靜地守侯著牆壁，誰也用不到它。但只要你仔細端詳，依舊能感覺到往昔歲月的風雨瀟瀟，且隱隱有一股濕潤的江南水氣，在眼前忽隱忽現。

山雨欲來風滿袖，風裏來，雨裏去，如果在舊時，我會準備一把油紙傘。可惜，畢竟是過去式了，如今，油紙傘幾近是唐宋風物、明清往事。觸手久違，它正獨自隱去，只留下懷舊的人在窗前凝神？

凝神幹嘛？為了看一個在雨中獨行的遠行客。他撐把油紙傘，姿態瀟灑，神情悠然，像民國時期的詩人，徐志摩，抑或朱湘？只見他的背景靜靜遠去，漸漸消失在斜斜的雨線中。天空，江南的鳥兒正鳴叫著幾闋新詞。油紙傘是寂寞的，它有隱士的清高，這傘不大能見到了。

紙燈籠，紅蠟燭

打著紙燈籠，紅蠟燭的光亮一下子洇開了夜景。兩旁的花草樹木，腳底的坑坑凹凹，呈現出白日所沒有的神韻。燈籠在前，身影在後，青山在左，綠水在右，四周的一切枯澀濃淡，大有意趣。

竹篾做的框架，四方形，糊著淺白色的草皮紙，薄如蟬翼，蜻蜓點水般用淡紅淺綠畫上幾筆，或者是一隻精巧的鳥，或者是一朵盛開的花，或者是瓜果蔬菜，神散意閒躍然於眼前。猛一看，好像懸掛在連環畫裏大殿下的宮燈，從歷史的屋檐跳到現在。

我童年時的農村，手電筒還不多見，走夜路就在手裏提一方紙燈籠，既好看也實用，還有股喜氣。

紙燈籠的光，柔和，暈暈一團，推開了黑，旋即被更大的黑所淹沒，遠看像隻巨大的螢火蟲在一步步飛移。夜色的下世界不可預知，像夢境中的海市蜃樓，紙燈籠將一切照出原形，帶領我們進入了黑夜最真實的核心。它是夜行者的燈火，是人間的，又屬於仙境，映照在腳下，隔著遠山近水，荒村小舍。

我至今還懷念紙燈籠、紅蠟燭的生活。燈提子握在手中，很輕，輕得幾乎感覺不到分量，但它散發出暈黃如月般的光亮，讓行走成為一次詩意的跋涉。

坎坷不平的山路在腳下纏綿延伸，像密密麻麻的甲骨文，讀不懂，看不明。但只要提方紙燈籠，一瞬間眼睛便有了解密那些複雜文字的能力，雙腳也變得機敏起來。是紙燈籠的紅燭之光讓我們得以深入每一個隱晦的角落，踏著酸麻的腳板，帶著探尋的目光。

祖父生前一直從事紙扎工作，每年春節前，總會給孫兒輩做幾方紙燈籠，要是興致高了，還扎一些花花綠綠的獅子、兔子、老虎之類，在肚心處點一根紅蠟燭，以圓木做輪子，用線穿起來可以拉著跑。那時候我已經讀小學了，有一次把燈籠燒壞了，嚇得不敢回家，最後還是母親在屋後的柴棚裏把我給找到的。上次回鄉，我和叔父們談起這件事，大家都很開心地笑我膽小。我也跟著快樂，想到祖父已經過世十多年了，心裏不由難過起來。

也是那次回鄉，在縣城小弄裏的民宅，邂逅了幾方紙燈籠，我看見古典風雅的詩意，像楚辭裏的陳艾，不無寂寞地掛在尋常百姓的門頭。上面是青瓦白牆，頭頂有藍天白雲。

紙燈籠帶著淳樸的鄉村風味、民間風味，但它是精致的，不帶絲毫匠氣。它屬於視覺，也屬於感覺，只有見過紙燈籠的人才能描繪出它的樣子。

我最後一次打燈籠，是在族內一個老人的葬禮上，行走在他生前常去的地方。走著走著，只見頭頂的星火依然那麼潤朗明亮，但一個望星人永歸寂滅了，物是人非的悲愴湧上心頭。

這些都是沉睡在心底的往事，凝固在我的印象裏，它們常常不期然在某個時候蘇醒過來。紙燈籠，掛在記憶之門，許多年呵。紅蠟燭，舊時的顏色，快忘了。

南瓜花

南瓜花是嫩黃的，雞蛋黃，柔且軟，像喇叭。這花，尋常已不大能見到，真是明日黃花。

南瓜花單生，雌雄同株。雄花花冠裂片大，前端長而尖，雌花花萼裂片呈葉狀，柱頭三枚，膨大，兩裂。花柄長約三十釐米，花托綠色，五角形。花柄去皮，花托去表，花冠去蕊，就是一盤美味。中午忙時，來不及做飯，母親就在瓜架上摘幾朵南瓜花，做白麵疙瘩湯，還放點青菜，盛在碗裏，碧綠襯著嫩黃，顏色好看，像飲食中的小家碧玉。

當然吃的是不受粉的花，能結果的花不要說吃，手指兒也捨不得碰一下。這樣的花，過不了幾天就會長出了一個嫩嫩的小瓜，玻璃球似的，淺綠色，毛茸茸像剛出窩的兔子。

那是春天的事，屋前稻床的瓜埂上，幾根南瓜藤纏繞在樹上，幾朵南瓜花像漂浮不定的黃色氣球在風裏晃悠。我與弟弟在樹蔭下看書或是練字，正當風和日麗的光景，有蜜蜂採花於畔，見蝴蝶翩飛在天。喝茶，神清氣爽，臨帖，運筆如飛。南瓜花亦能怡人，一朵朵倒掛在碧綠的瓜蔓上，它是春天的的雲霞。多少個少年的日子，揚頭仰望它的粉黃，雖不聞有多少香氣，卻因它高高的在樹枝間，於綠葉中抖動，打發了不少讀書寫字間隙的岑寂。

春日嫵媚的陽光照著金黃的南瓜花，下面是黑泥土堆就的瓜埂，一根藤牽在桃樹上，茵茵的，爬滿枝頭，細蔓垂下來，綠細的絲絛，在風中。桃樹已經開花了，南瓜花的一抹柔黃點綴在撲面而來的緋紅中。流光容易把人拋，等芳菲快盡時，桃花一片又一片地落在地上，凌亂，孱弱，瘦得讓人心疼。南瓜葉兀自綠得逼人，闊氣地撐著，像一面芭蕉扇子，又像半個漏斗，豪放地聚在一起，肩並肩，頭挨頭，風一吹，瓜架猛地擁擠歡躍起來，像綠臉胖娃娃笑哈哈亂成一團。

每到這時，我懶覺都不睡的，每天早早起床，拖把椅子坐在瓜架下發呆。清晨的空氣，格外輕爽，彌漫出一股讓人心醉的氣息，分不清是桃花的殘香還是南瓜花的氣味，熏得人很慵懶。不多時，一輪火紅的太陽在東邊露出半張臉，慢慢拱過山頂，天色明亮起來，炊煙漸次從瓦片間升起，雞鳴喔喔，犬吠汪汪，沉睡一夜的山村開始活動了。只有頭頂的桃花兀自懷抱著滿腔心事，飄落在空氣裏，掛著昨夜的殘露，隨風舞動，一點一點寂寞地滑在地上。然後被太陽曬得蒼白，蒼白得像一個少年的心事。

鄰居家小孩在屋檐下刷牙，然後邀我一起沿著水田跑步，我們穿過濃密的南瓜花架，邁向田埂，兩旁的野草濕漉漉地掃在褲腳上……

幽蘭花，何菲菲

移近，放鼻間，深呼吸，用力，肺葉舒張，一股幽香直透胸腔，充盈在體內，腦門一新，身子輕了，很別致。我就是這樣親近蘭花的。

花木之中，最喜歡的要數蘭花了，那種清逸，那股幽香，只需閉眼一想，頓覺妙不可言。草木與人，性情相依，自古如是。素心蘭與赤心蘭，總把芳心與客心。愛蘭本是素心人，養得幽蘭為求真。這是鄭板橋寫蘭花的詩句，與其說蘭花是這樣一位才華橫溢而又命運多舛的藝術家鍾情的風物，倒不如說蘭花那高潔清雅的品質本是詩人內心深處的精神支柱。也許因為這個緣故，在歷代詠蘭諸多名人中，我對鄭板橋格外敬重。

文人和蘭花，有種特別的默契。孤蘭生幽園，模樣靈巧，氣蘊飄逸，真有點遷客騷人的味道。所以從前很多文人只要累了，不如意時，就會想到蘭花，內心感慨道：應該像蘭花一樣作花中君子啊。既然世道如此險惡，罷了，罷了，索性去做林間隱士。

說白了，蘭花就是文人放鬆身體，調和心態的後花園。文人蘭花一家親，所以從古到今，他們樂此不疲地寫蘭、畫蘭、歌蘭、頌蘭、唱蘭，五彩紛呈，綿綿不絕。

除了文人，喜歡蘭花的還有農民。在故鄉，春天到了，許多莊稼漢洗淨酒瓶，灌滿自來水，擷一枝春蘭於案頭清供，或獨微微開在五斗櫃上、壁櫥中、窗台前，走家串戶，總能聞到一股清香。插在水裏的蘭花，能香一個多禮拜。

三菲碧彈指，一笑紫翻唇。巧笑倩兮，美目盼兮，真像一小家碧玉，鮮美清爽，然後就是力透紙背，入骨三分的風雅。勞動人民是會過日子的，他們栽一株蘭花增添春天的清逸，他們泡幾碗涼茶沖淡夏天的勞累，他們用盈田稻花品味秋天的喜悅，他們借滿樹寒梅消遣冬天的無味。

只是誰也沒有蘭花那麼讓人欣喜，那般讓人沉醉。

春光悄然而逝，蘭花漸次凋零，花瓣散落在玻璃瓶下，不忍掃，不忍掃的，再留幾天吧，殘香也很美呵，看看花莖也是好的嘛。此時，與其說是對花的留戀，倒不如說是對美的懷念。許多癡蘭者，還要在角落裏搗騰出秋天腌菜的瓦罐，興沖沖挖一叢蘭草，做成盆景，放在屋檐下。

花草本無價，水山皆有情，煩了就看看蘭草，儼然是聆聽深山的表白，彷彿是品味自然的心性，心神被拽回到一枝青玉半枝妍的境界。風風雨雨，日出日落，紙窗瓦屋，青磚白牆映著那一捧翠綠，庸常的日子也過得恣意粲然。

幽蘭花，何菲菲，蘭花讓粗糙無奇的鄉野有了風雅撩人的真趣，鄉野使清幽安逸的蘭花有了不染凡俗的芳香。它們之間，相輔相成。

移居城市這麼多年，好久沒見蘭花了，前些時，植物園搞蘭花展，興沖沖跑去看了，盆盆罐罐，錯落雜陳，直看得心涼，真是太委屈它們了。相比之下，我更喜歡自然狀態下的蘭花，亭亭玉立，一如風流才子的仕女畫軸。而公園裏的蘭花，身價再高，也只能是淪落煙柳的俏麗佳人。

空谷有佳人，倏然抱幽獨。明人孫克弘的詩句是蘭花性情的最好詮釋，如果有天它們亂七八糟地人工培植在公園，那就真沒看頭了，儘管還是蘭花的蘭，蘭花的花，但蘭花終非蘭花矣。

紫蘇

那天和一群朋友在湖邊玩，儲先亮兄指著堤岸幾叢紫色的野草說：那是紫蘇。我不認識紫蘇，只認識紫薇，瓊瑤小說中那個多情的少女。相對於紫薇，我更喜歡紫蘇。

紫蘇，是我夢中情人的名字。她穿著一身淡紫色的長裙，斜靠著綠樹下的秋千架。我在眉頭緊鎖地作文，她在風情萬種地微笑，媚眼紛飛，裙擺飛揚，終於撩撥得我心蕩漾。蕩漾，蕩漾，醒在床上，一語驚醒夢中人？真要是睡意上來了，雷鳴也驚不醒的。叵耐我近來多夢，飛機大炮，混沌初開，莊子逍遙遊，列子御風飄，唯獨沒有夢見過女人……夢見一次，卻早醒了。

夢不到女人的夜晚，未免失之單調。一個男人，偶爾應該有神遊九天的恍惚，不求難捨難分的纏綿，有幾絲真真假假的曖昧也是好的。

如果庸碌的人生，能和紫蘇在夢中卿卿我我地談情，那就更美了。感覺上雖不是柳耆卿，也是唐伯虎。做不成才子，做浪子，做不成浪子，做登徒子，畢竟我們都是一隻棋子，分布在社會經緯的前前後後。

說起來，我十年前就已經紅得發紫了。有一天額頭被樹枝彈破了，母親用紫藥水將傷處染了一遍。不是紅得發紫，難道是紅得發浪？以致我聽到紫蘇的名字，心底便覺得親切。

「紫蘇」這兩個字的組合極好，有種來自民間的貴氣。紫氣東來，悠悠兮廟堂之高；樵蘇不爨，悒悒乎江湖之遠。蘇字，如果寫成繁體字「蘇」，有禾，有草，有魚，基本就是很美好的一段世俗生活了。

我覺得紫蘇的名字，像仇英筆下仕女的名字，又或者是日本江戶時代浮世繪美人畫的原型。從氣息上看，紫蘇，在宋詞中一步步向我們走近，最不濟，也是從《枕草子》中偷渡而來。是李清照，是柳如是，是張愛玲，是林徽因，是愛，是暖，是希望，也是人間四月天。

紫蘇還有許多別稱，荏、赤蘇、白蘇、香蘇等等，都是很雅致的名字，文人氣息濃厚。仔細去看，的確有些內涵，四棱形的莖，紫中帶色，或綠中泛紫，柔柔的毛，形體粗放，紫葉深沉，端莊且安穩，風吹日曬，雨淋露潤，她悄悄然，像坐在窗前繡花的女子，不是襲人，是撕扇的晴雯。

「一簇簇不起眼的植物，像窮人家女孩穿著黯淡的紫褐色衣衫，靜默在風中。紫色的小花凋謝了，結著細密的黑色小籽，俯下身，嗅嗅，散發著藥草的縷縷清香。」這是朱王芳散文中關於紫蘇的句子，她寫出了我的感覺，紫蘇的確有一股藥香。宋人章甫有詩道：

> 吾家大江南，生長慣卑濕。紫蘇品之中，功具神農述。
> 為湯益廣庭，調度宜同橘。結子最甘香，要待秋霜實。

詩到宋時開始變壞，宋人英雄氣短，兒女情長，填詞大行其道。這首詩寫得尤其一般，像五言的湯頭歌訣。另外，因為香味之奇，紫蘇亦可作為調料。倪瓚在其菜譜《雲林堂飲食制度集》中記煮蟹法云：「用生薑、紫蘇、桂皮、鹽同煮。方大沸透便翻，再大沸透便啖。」

從入藥至調味，然後再到做菜，歷史就這麼一步步發展。

紫蘇，我的夢中情人，或者是女朋友的名字。不忍食之，不忍食之。

忽然夏天

忽然，夏天了。

夏天來得實在太快，春天跑馬燈似地走了個過場，就匆匆下了台。尤其身在北方，容不得你仔細體會，已是落花流水春去也，換了季節。

歲月的輪迴是不露痕跡的，沒有雙方領導的就職儀式，沒有各自部門的工作交接，一夜間，夏天便悄悄接管了春天的大地。那感覺就像看一本小說，只不過換了一下頁碼，儘管文字不復從前，內容卻一如既往，還是延續風風雨雨，吃吃喝喝的平常日子。

按理說，立夏是夏天的開幕式，應該搞隆重些才對，但是大自然太低調了，夏的國王內斂平和甚至有些羞澀地在歲月舞臺上接收了春天獻上的花紅葉綠。緊跟著，大街上就漂浮起淺色的裙擺，柔柔地拂在眼前，心頭毛絨絨升起一片溫情。剛開始幾天，和春天一樣，燦爛的陽光溫暖人心，照得人懶懶的。大家暗自嘀咕：不是說立夏了麼，還不熱嘛。誰知道立夏是炎熱的前奏，像埋了顆定時炸彈，到了設定時間，馬上炸得人汗流浹背，腋下生津。昨天長袖繞繞，今天輕衫飄飄。此時，只好咧著嘴嚷嚷：忽然，就是夏天啊。

出門的時候，怕曬黑了臉蛋的女孩早已撐開了遮陽傘。日光如瀑，肆意地潑在城市的街巷。天氣不僅熱著，只待芒種一過，更要掀起一次次高溫的浪潮，隨即愈演愈烈，一發不可收拾。大家唯一的安慰就是學著詩人灑脫地說聲：既然夏天來了，那秋天還會遠麼？

夏真讓人畏懼，有一年，我一個人收割完家裏的莊稼，也不知有多少汗滴禾下土。以至看《水滸傳》智取生辰綱一節，白勝在黃泥崗挑酒時唱道：赤日炎炎似火燒，野田禾稻半枯焦。農夫心內如湯煮，公子王孫把扇搖。當時就覺得寫得貼切，說得深刻，也讓我對夏天膩煩至今。

我有個朋友，一年四季獨愛夏天，說可以剝光了衣服，關上門在家看書。赤條條了無牽掛，頗有顧千里裸體讀經的遺風，倒是非常個性，頗具文人情懷。

關於夏裸的故事可以蕩開一筆。李白在《夏日山中》寫道：「懶搖白羽扇，裸體青林中。脫巾掛石壁，露頂灑松風。」酷暑逼人，詩人懶得搖扇，乾脆在山林中一絲不掛，讓松風與裸肌作零距離接觸，卻也坦蕩愜意。這樣的裸有仙風道骨、天人合一的味道。

然這種做法，我不能為，只能遐想一下罷了。我只喜歡打赤腳的，在室內，脫掉鞋子，光腳丫踩在地板上，絲絲冰涼沁入腿骨。而走在戶外，雙腳接通地氣，更是妙不可言，如果下雨了，那些溫潤的泥巴，像蟲子在腳趾間蠕蠕而動，讓人生出耕種於田的錯覺。

說起田，我記得在鄉下，立夏後走在小路上，到處可見一頭頭水牛悠悠地拖著犁耙。農人的呵斥，竹鞭劃過空氣的聲音，還有泥腥味，交織在空氣中，那是最淳樸的勞動氣息。廣大人民真是勤奮，他們把畢生的精力花在田地上，日出而作，日落而息。如果說生命是一年四季，那勞動就是花開花落，從春華到秋實，豐收的是五穀，付出的是汗水啊。

這幾年，我與故鄉漸行漸遠，如一片樹葉飄落枝頭，已沒有回路，也沒有退路，但始終不能忘記故鄉的夏天。每個清晨，故鄉慢慢蘇醒，每個黃昏，故鄉緩緩沉睡。日子就這樣一天天悄然走過，當我轉過頭來打量故鄉、回味四季，已是立夏後的一個中午。

窗外，風輕輕在吹，撩動一樹綠蔭，地下倒影婆娑，枝頭夏蟬長鳴。在陽台上佇立著，忽然而至的夏天，讓人驚喜交集。

夏困

夏困的困字，是從春困裏化出來的，但春困是萎靡不振的慵懶，夏困卻是酣暢淋漓的沉睡。一個暖風熏得遊人醉，一個大夢不醒我自知。一個拖泥帶水，一個斬釘截鐵。

夏天真是昏睡的好時光。要是落了一夜雨，那就越發宜人了，清晨醒來，只見窗外的花草樹木被洗刷得新翠欲滴，路邊的大榕樹挺拔且強壯，遮擋住初升的太陽，陽光透過樹枝灑在濕地上，樹影淡淡，斑駁著一塊塊隨風移動。這是夏季裏最美好的時光，也全是美好的心情，倒在被窩中沉睡，頗有「酒不醉人人自醉」之妙。

夏困也是古已有之的事情吧。「散髮乘夕涼，開軒臥閒敞」，這是孟浩然的自語；「謝卻海棠飛盡絮，困人天氣日初長」，這是朱淑真的告白；「樹蔭滿地日當午，夢覺流鶯時一聲」，此類詩詞在古人的書中實在太多了，它是一種提醒，告訴我們說：你看，炎熱的夏天已經來了，外面那麼熱，不如在家裏睡一會吧。

說起來經過春天的努力耕耘，瓜果蔬菜都已出落得頭角崢嶸、似模像樣了。勞動人民辛苦了這麼長時間，大自然也該給大家一個交待，陽光漸漸強烈起來，雨露也濃重了很多，正是植物的青春生長期。在這樣的季節裏，人們的確沒必要成天在陽光下揮汗如雨，是時候抽空在家裏納納涼、睡睡覺了。所以夏困便是順應天時的理所當然，是你好我好大家好的一團和氣。

記得我念初中時，每天下午的第一節課，同學們總是困得不行，聽著聽著，頭垂下來了。老師見了，批評我們孺子不可教，朽木不可雕。現在想起來，真是太對不起老師的工作，但當時常常身不由己、欲醒不得，至今偶爾憶及，還有些不好意思。

不久前遇見幾個小學同學，大家談到念書時的舊事，說有一次我睡覺，被老師罰站了。我卻記不起這碼事，怎麼會呢，當時我也是先進少先隊員、三好學生，就是想睡，可面對著老師的教鞭，也沒那個膽啊。

最美的夏困與河有關，那年和幾個朋友沿著皖河旅行，最後一站定在三祖寺，我們走到袁家渡時，實在太疲倦了，一頭倒在飛花的香蒲中。兩岸有茵茵的水草、翠鳥和白鷺在其間出沒。我們用芭蕉阻擋住身下的土氣，靜靜地享受著炎夏裏奢侈的清涼。天高而雲稀，太陽貼在半空，風吹樹枝斜斜地蕩漾出遠古的詩意。粼粼的水響包裹著我們，朦朧間依稀傳來濕漉漉的呢喃和嘩啦啦的耳語。香甜一覺，直睡得鼾聲四起。

等我們醒來時，時候已近黃昏。晚霞粲然，落日又大又圓，一隻只歸鳥飛出回巢的悠然。河面波光閃跳，流水瀠洄如月色般冷清。

那天晚上大家借宿在附近的一戶農宅，在稻床上用門板竹床之類臨時搭建起一條長長的通鋪，我們躺在上面，遙望銀河，靜聽蟲聲，漸漸融進了大山深處的夏夜。

夜深露重，我夢見星光燦爛。

驚秋

夜間睡在涼席上，一股寒意貼背襲來，陡然感到冷，蜷縮著身子，忍著，忍著，耐不住，從箱底翻出毛毯，蓋在身上，還得曲著腳。

秋天真的到了，薄薄的秋涼隨風從窗隙間吹進來，撩撥得人沒有睡意。擰亮壁燈，慌亂中抓起一本書，躺在床頭，信手翻開，是白先勇的短篇《遊園驚夢》，寫台灣一次角兒出身的官太太聚會，煙絲醉軟皆在家長裏短中，點點暗傷溢出紙面，將美人遲暮的故事敘述得纏綿悱惻，撩人情懷。

在季節轉換之際的晚上，走進這樣情節，不禁有些傷懷。心裏感歎光陰似箭，嘴上喃喃自問：秋天果真來了麼？這一切實在太突然，城市的秋天，不見松針零落，也沒有天高雲淡。不過走在街頭，落在腳尖的幾張黃葉提醒我們，已經再次邁向了時間的深處。路攤上那些青中帶白的冬瓜，綠交錯的蘋果，紅得發紫的茄子，它們也帶來了秋天的氣息。

終於擺脫了酷熱的膩煩，步入到清涼的世界。一領領長衫套在女人妖嬈的身體上，裹住了如火的熱情，隱匿了迷離的粉豔，秋天畢竟是嚴肅的，他看不慣袒胸露乳的隨便與休閒。

燥熱的大地，被帶進了秋風中，興許它還在驚愕，大張著口正氣喘吁吁哩。不過，誰也不能握住枝頭的絲絲縷縷。陽光暖暖的，再過些時日，就可以享受負暄之樂了。如果在鄉下，那些曬在院子裏的豆莢正發出一聲聲輕爆，母親的汗水打在地上，槤枷跟著響起。這正是夏逝秋至的信號，猶如擊掌，一聲是一聲，一下又一下，劈裏啪啦，像歐陽修在《木蘭花》中所感慨：夜深風竹敲秋韻，萬葉千聲皆是恨。

我想，面對季節的轉換，尤其是走進秋天，敏感的心靈不會不驚，也不能不驚，「多情自古傷離別，更哪堪，冷落清秋節！」真像一場夢呵，飄忽不定，如手掬了一捧清水，看也看得真切，感覺亦很飽滿，一握卻空空如也。心緒逢搖落，秋聲不可聞；秋光只是催人老。豈能不讓我輩生出異樣的心驚？

一場場陰雨鋪天蓋地而來，洗刷了烈日留在大地的最後一點痕跡，也帶來了陣陣秋涼。坐在公園的假山上，絲毫不覺得熱，心頭有淡淡的悵然，獨自傷懷，眷戀起夏天滾燙的日子。時間太窄，指縫太寬，何止閒處光陰易過，忙時的光陰也同樣在悠悠遠逝啊。

這樣也好，索性在初秋的早晨從容打量一下自己，鏡子裏的青年，鬍鬚又長了，黑而硬，觸手扎人，好幾天沒刮，歲月的痕跡便趁機在臉上蔓延。疏於經營的土地，總是長滿荒草吧。

午後，沿著小區溜達。捧袋熱乎乎的炒栗子，它們散發出馥郁而持久的芳香，溫暖著掌心，也滋潤著腸胃，很自然讓人陶醉其中。栗殼鮮紅錚亮，讓人不忍食盡，留幾顆在手上把玩，讓它們滴溜溜在指間轉動。這亦是秋天的信號，不過是一驚之後的一縷溫馨。

獨臨雪

南國的雪是嬌羞的，輕輕然，像舊時未出閣的少女，澀澀地飄舞著，這樣落個半天，才放開膽子，肆意地撕棉扯絮簌簌而下。頃刻間，田野皚然，天地一籠統，黃狗白，白狗腫。

在白的世界，時間似已靜止，只有晝夜的輪迴，沒有上午下午的交替。這樣的日子，除了吃喝玩樂，便沒有什麼事情可供消遣。落雪天，人也只能嗑瓜子、剝花生、看電視、讀小說，說大話、若沒有這樣的閒情逸志，便只能抱把火爐坐在屋子裏終日發黴。

對一個南方人而言，沒有什麼比冬天裏下一場雪更激動人心。一年後的再次重逢，雪色依舊，人事全非，頗有一番思量。獨臨雪於屋檐下，泡杯熱茶，默默打理著往日歲月遺留在體內裏的燥熱、喧囂與不安，聆聽雪落大地的聲響，還真有點詩的境地。說起詩，本來是沒有的，不過是人閒時的廢話罷了，記下來，就成了詩。正如世上本沒有散文，都是閒著無事，學著文雅，到後來竟修煉出華章，閒人也理所當然成了文人。

記得有一年落大雪，竹子，茶樹，松柏都凍住了，雪壓著它們，晶瑩下一抹深綠。窗戶玻璃上也布滿了冰凌花，像貼了無數白色的星星，不過這是別人家的景致，我家的窗戶照例只用光連紙蒙著，紙變潮了，濕汨汨地耷拉在窗格上，熒熒隔一窗風雪。

落雪的時候，我總想出去玩。去看屋後的池塘，還有屋前的田壟。賞雪之處，要幽，要廣闊。須知幽中取靜，闊處見深。

雪中的池塘，風情十足，盈盈盛一窩清水，寒冰覆面，走上去，提心吊膽，居十步返回。站在塘埂上溜達，芭茅都裹著冰雪，細溜溜如一桿槍，不怕冷的鳥在其間跳躍。雪地的鳥是孤獨的，聒噪著，找不到食物，亂蓬蓬的灰色羽毛映著潔白，真是刺眼的一團，但並不妨礙我看雪的興致，相反更增添了情趣。用腳掃出一塊乾淨的空地，掏出口袋細碎的爆米花，灑上，鳥們便如小雞啄米般吃個不停，還不時怯生生看著我。

而田壟上看雪，情景卻大不一樣。清冽的寒氣順著鼻孔吸入肺部，胸際一涼，腳底似乎飄飄然浮了起來。遼闊的梯田，蓋在棉絨似的雪下，越發顯得闃然寧靜。細長的電線上糊滿了雪花，臃腫粗大，逶迤架過小河，橫在山間。人蹟難尋，雪白惹眼，這時如果有把火爐，坐上去就更妙了。

天晴了，雪漸漸融化，屋檐下終日響著滴答答的水聲，掛滿尖聳聳的冰棱，像倒插著一把把錐子。冰棱圓潤，細長，又像老冰棍。我喜歡叉根竹棒，在棕櫚葉上敲冰棱，敲下來吃，冰得嘴唇涼涼的，舌頭都凍木了。心底經常恨這麼好冰棱怎麼不生在夏天。

落雪不寒化雪冷，冷，我不怕的，記得有一次，接了盆冰水，再放入許多雪，人跳進去洗澡，洗得渾身蒸騰著熱氣，真叫一個痛快。

一個瘦小孩，在雪水裏洗澡，被霧氣包圍著，影影綽綽，這是留在腦海中童年最後的景象。人往往是一夜間長大的。

逢雪

倘若是春意迷離、乍寒未暖時逢到雪，那就別帶傘，不如穿上風衣，迎著吹面微寒的小風，沒遮攔地信步溜達，正所謂「白雪卻嫌春色晚，故穿庭樹作飛花」。此時的雪，很細，不成片，無聲無息地籠罩著你，周圍有一股薄涼滲入體內。等走進暖意盎然的樓閣，那個紗窗下畫眉的女子，帶一襲淡香起身相迎，微顰地嬌嗔：看看，看看，都濕透了。你微微一笑，用手熨熨頭髮，盈掌滑膩，雪的味道撲面而來，渾身上下一片清爽。

如果在江南的小巷裏逢到雪，那就繫條白圍巾吧。撐把油紙傘，徘徊又徘徊，放慢腳步，由著自己的皮鞋去敲響微凍的石板，腳底脆脆的「咯崩」聲，每一步都彷彿踏在山水畫裏。遠景是薄如輕紗的冷霧，近處有紅牆黑瓦的古典。此時，你方明白什麼叫幽，什麼叫靜。稍停一會，用眼瞄瞄巷深處，再看看頭頂窄窄半爿天，不知不覺間，你發現心神已牽住了整條小巷。

畫堂晨起，來報雪花飛墜，不妨學學風雅的古人，高捲簾櫳看窗外一川雪景。等肚子餓了，弄幾盤小菜，燙一壺黃酒或者家釀，與三五個知己喝上幾杯。白雪飛花亂人目，樽中有酒可消愁，只待情濃時，縱興高歌，看蝴蝶初翻簾繡，萬玉女，齊回舞袖。

乘舟泛清流，相逢寒江雪，大抵是旅行中了。兩岸青松鑲玉，白綠相疊，乾脆停了扁舟，與岸邊收網的漁民借一襲蓑衣，一頂斗笠，一彎魚鈎，於飄雪中獨釣泓波。運氣好了，興許能碰上一尾鮮活的鯉魚。到那時，移船靠岸，支爐火，烹肥魚，將幾枚小錢換一壺滾燙的米酒。聽艄公扯扯水裏的掌故，談談鄉野的趣聞，足已消解旅途的岑寂。

山中逢雪是獵戶，你看他肩頭的長槍尖挑著野味，腰間的皮囊裝有響箭，大踏步奔向森林深處的木屋。雪壯英雄膽，唱得俚曲分外脆亮，山歌格外雄壯。這時雪愈下愈大，窗外亂雲低薄暮，急雪舞回風，屋內和暖如春，松花輕爆，烤肉流香。男人笑憨憨看著心上人那紅撲撲的雙頰，雖是荒山木屋，別有一番溫馨。

山中逢雪的還有隱士，午後得閒，攜琴與高僧清談，閒處光陰易過，回家時，天色早變，推門欲走，已是彤雲密布，飛雪連天了，返身回屋，添茶換香，拉老友繼續那一盤未完的殘局，夜間靠著爐火，在木塌上和衣而眠，只等天明晨鐘的喚醒。

雪花大如席，那就關上柴門。斜刺刺歪在炕上，手執一卷魏晉文章用紅泥火爐托一罐野味。少頃，滿屋生香，少不得做些饞蟲狀。朔風敲磕矮窗，激得靈感忽現，就著尚有餘溫的炭火，烘烘手掌，敲冰研墨，鋪紙揮毫，片刻，一闋新詞幽幽動人。

最怕的雪，乃是孤零零一人，恰逢生病，衣衫單薄，只得用被子裹住發抖的身體。黃河捧土尚可塞，北風雨雪恨難裁，此時的雪落得讓人格外心慌。想到弟寒兄不知的困窘，庭前有玉樹可看，灶上無米菜下鍋，只得強自寬慰：雪明天就會止的，冬深春已近。然亂山殘雪夜，孤燭異鄉人，縱是鐵打的漢子，也難免傷懷，淚濕衣襟。

霜色

我愛霜色，霜色如銀，銀色純淨，霜色也純淨，只是多了幾分清寒。讀書時，教本裏有張繼的《楓橋夜泊》，讀到「月落烏啼霜滿天」時，腦際一驚，霜滿天，霜漫天，那是何等景象。眼前倏地呈現出一片清寒，靜夜闃然，天地冷了下來，山孤零零的，一鈎殘月掛在村口，地面上鋪了薄薄的一層霜。大概就是所謂的通感吧，跟著就想起了「人跡板橋霜」一詩。

鄉下的板橋還是很多的，開門即有，凝神遠望，冷風中，霜色遮住了板橋，人蹟卻無，越發感覺清寒撲面。霜在板橋上泛著潮白，有一銅錢厚，早起的老漢，拉水牛飲水，過橋時，牛蹄叩下去，乾而脆的響。

霜色極淡，落在青黑色的瓦片上，像灑了層薄薄的鹽末。城市裏沒有瓦片，城市裏有鋼筋混凝土，這些造樓好看，但容不下霜，所以我不在城市裏看霜，只在城市裏睡懶覺。看霜色要起早，太陽一出來，就化了。在城市裏沒有霜看，睡睡懶覺很舒服。

山水之間，風起霜生。風霜在山水之間迷漫，雖冷，心向往之。風霜總要連在一起，風霜給人滄桑的感覺，老人喜歡，我不喜歡，我還年輕，我喜歡青春。畫家陳大羽大概就喜歡風霜，七十多歲畫過一幅菊花送朋友，上面題寫「風霜獨秀」四字。八十八歲那年，又畫了一幅菊花，還是題寫了「風霜獨秀」。他說風霜獨秀是贊揚菊花，菊花我也喜歡。但我更愛梅花，梅花可以風雪獨秀，菊傲霜，梅耐雪，高下立分。

相對於霜色，我更愛雪色。因為生於南方，雪色一年也難見幾次，而霜色，一入冬，大抵隔三岔五還是可以遇見的，所以我不談雪色寫霜色。

有一年大清早，我去菜園裏拔蘿蔔，只見青菜的葉子上裹著一層厚霜，我小心翼翼地把這些霜刮下來，捧在手心，手心一涼，舌頭一舔，舌尖冰涼，然後又貼在眼睛上，眼睛也冰涼。

提到霜色就必須提一下霜葉，霜色是銀色，霜葉是金色，金和銀都是好東西。古人說霜葉煮茗，這是雅事。但霜葉煮茗，茗卻不好喝，因為霜葉在燃燒的時候產生了煙霧，茶水便多了些煙火氣，白白地浪費了好茶，浪費好水。某些古人只知道追求詩意，就像現在某些今人只知道追求女人一樣。追求女人比追求詩意現實多了，所謂秀色可餐。

中國的旅遊景點，有看日色的泰山，有看雪色的天山，有看雲色的黃山，有看月色的西山，惟獨少了看霜色的名山，我以為這是不公平的。有情趣的人，都會覺得霜色很好看、也很好玩。余秋雨有本《霜冷長河》，當然不是寫霜冷長河的美景，而是抒發人到中年的況味。余先生在序言中坦言他更傾心的，「是秋風初起、霜天水影的景象。因為只有那個時候，春天的激情早已減退，夏天實用也已終結，大地霜降，河水驟冷，冷走了喧鬧的附加，冷回了安詳的本體。涼涼的河水延綿千里，給收獲的泥土一番長長的寧靜，給燥熱的人間一個久久的寒噤。」這是我心中的至高美景，我喜歡這段話。

余秋雨筆下的美景我在家鄉經常見到。念書時，每天總要路過一條山河，冬日的清晨，河堤泛黃的草上有淡淡霜色。人走在上面，腳板傳來撲簌簌的聲音。

月賦

喜歡月，幼時讀王維的《山居秋暝》，「明月松間照，清泉石上流」一句，好好吟讀了一番才休。現在想起來，也不知道為什麼會把月看得那麼美好，只記得很小的時候就能背誦很多關於月的詩詞。「長安一片月，萬戶搗衣聲」；「釣罷歸來不繫船，江村月落正堪眠」；「涼月如眉掛柳灣，越中山色鏡中看」；「廣澤生明月，蒼山夾亂流」。這些寫月的詩句凝成一道道美景定格在腦海，讓我沉迷至今。

我生性好靜，而月的平淡自然著實可使人細細把玩、從容品味。站在月光下，沐浴著清涼的月色，一片皎白裹挾著身體，似乎能透過肺腑，一股涼意流入四肢百骸，心頭逸出滿心的芬芳，感覺一片清爽。閉上眼，浸沒在這清輝當中，月似乎無所不在，無孔不入，心神與其彙成一體，如水乳相融，似雨雪交彙，著實有說不出的妙境。非怪清人漲潮說：月之色，無可名狀，無可執著，卻可以攝招魂魄，顛倒情思。月乃天中之尤物，而玩月之法，怎麼都不為過，皎潔則賞色，朦朧可觀態。無物比月更美，秋月更佳，所謂「月到中秋分外明」是也。

兒時的夏夜，常常用一個大木盆盛滿清水，去收取天上那盤圓圓的月亮，看著浩浩天地間高懸的一面鏡子映盆底，不由樂極，手在水底一探，盆底的月亮化做無數小碎片四散開來，隨著笑聲飛灑在院子的四周。

就在那月冷星疏，清光萬裏的夜晚，和家人一起坐在竹床上納涼。磕著著瓜子，把茶閒話，面前一輪金黃的圓月斜掛在門前的梨樹上，灑下一片清輝，半片陽台彷彿被塗上了一層銀粉。眼光及處，月光溶溶，田野朦朧中但見淡褐的山影，點點螢火相映著遠方村舍的盞盞電燈，間或夾雜了幾聲犬吠……面對著這樣一幅深幽空闊、安詳靜穆的山村水墨畫卷，真讓人榮辱皆忘。

有月的夜晚是恬然的，有月的夜晚是靈性的。我喜歡寂靜的山村映襯下的那輪圓月，以澹遠的夜空作為背景，其色如銀，清輝冷淡，照著山，照著人，照著樹木，照著大地，投下一道道模糊的影子。看看皎潔的夜空，心中就升出濃濃的樂趣。

鄉居時，我常常在在夜間候月。夜漸漸深了，月愈來愈明，睜大雙眼凝望著月色下的楊柳，菜蔬，果樹，它們帶著一股野性的生氣，風輕輕的，月亮亮的，心軟軟的，真像一個聖境。露濕草葉，月慢慢向西山靠移，藏身在一朵晦暝的濃雲中，涼風沁人肌骨。

尤其是鄉下的中秋月，更是美得驚人，月光睡在瓜蔓上，夜風輕吻著樹枝，刷刷的聲音悄悄送進耳朵。眼前的景物被霧氣籠罩著，沒有平日那麼清晰。月亮停在天空，恬然的樣子，從對山一直到屋檐，月光照著，茫茫一白，融進去，頭臉一絲寒意，稻床上印著的身影，恍如仙境。

如今客居城市，天氣好時，夜間，依然看月，天空雖無山野之潔淨，好在還有依稀淺藍，月色清嘉，儘管城市燈火不滅，然而，還能感覺出月的清幽，風吹雲動，彷彿月在穿梭，一時間，「暮從碧山下，山月隨人歸」的舊事兜上心頭。

火爐

火爐曾給我帶來的溫暖，冬時經常想起，身在北國，整天在削面的寒風中掙扎，對它的懷慕更增了幾許。

又是一個呵氣成冰的日子，天空陰沉著，城市籠罩著濃濃的霧靄。不遠處是火車站，咣當咣當的車輪聲在耳邊聒噪，汽笛拖長了調子在濕漉漉的空氣中激蕩。暖氣不足，我穿了羽絨服還是感覺到冷，站在窗前，眼裏飽含著對火爐的熱盼。

其實小時候不喜歡火爐，總覺得那是累贅，祖母怕冷，一入冬就成天拎著，還在爐扳上夾根鐵絲做的拌火桿，不時抽出來攪拌著爐火。逢到冷極時，無論如何也要在我與弟弟的腳下塞上一把，久而久之，倒也習慣了它的溫暖，漸漸喜歡上那種不淡不濃的、恰倒好處的烘烤。如今，想起故鄉的冬天，記得最深的就是火爐了，那有一缽煤炭燃燒後的餘燼。

冬天裏，農閒了，母親便用竹枝拂拭著屋頂四周的灰塵，每一個角落都打掃得乾乾淨淨，再用笤帚粘石灰水，將有些斑駁的牆壁刷得雪白，窗戶也用薄薄的光連紙糊上，爽朗潔淨，溫馨柔和。就著微亮的天光，母親在窗前縫縫補補，納鞋底，織毛衣，我與弟弟在一旁看著，烘著爐火，聽鬼狐神仙的故事、古靈精怪的笑話。這個時候，春天的紅鯽魚，夏天的玻璃球、秋天的紙飛機都飄遠了，只有兩個乖乖的小人兒依偎在母親的身旁，享受著家的溫暖。

田野的北風把窗紙吹得獵獵做響，我們穿著嶄新的布鞋坐在火爐上，喝著冒香的滾茶，還在火爐缽裏埋上幾顆油栗。不多時，只聽得崩的一聲，栗子裂開了堅硬的外殼，露出粉撲撲的栗肉，我吃一顆，母親吃一顆，弟弟吃一顆，屋子裏暖暖的，洋溢著歡快的笑聲。

到了晚上睡覺時，母親將火爐放入冰冷的床上，等被窩變暖了，我們方才入睡，裹著暖洋洋的褥子，周身都是火爐的味道，說不出的舒坦。

念書後，不少怕冷的同學帶著火爐上學。母親生怕自己的孩子著涼了，也強迫我提一把，還不時在我的書包裏放幾塊饅頭片，說餓了可以烤著吃。下課後，我真個一片片放在火爐上烘烤，直烤得焦黃脆蹦。如今身在北方，饅頭到處都是，但少了母親的味道，更沒有爐火烘燒，這樣的饅頭於我這個吃慣大米飯的南方人來說，雖不至味同嚼蠟，卻只能聊以充饑。

當然，在外面也曾感受過爐火的溫暖。那年在青島，冬天冷時，與同事們用廢棄的鐵桶燒柴，大火燎燎，映著屋子都紅彤彤的，眾人圍爐閒話。外面大雪飄飄，海風呼嘯，在小屋裏扎堆烤火，東聊西扯、胡說八道，別有一番情致，那場景至今猶讓我懷念。只是現在，舊日的同事天各一方，飄零無著，好讓人感慨唏噓。

人生聚散無常，好在火爐的溫暖穿越了時空，久久不散。

牡丹冊頁

春天的洛陽，陽光在古城的上方久久眷戀。天氣很好，雲朵如棉似絮，飄在空中，像仙人腳下的白蓮。眼前倏地恍惚了，不遠處的大樹下似乎繫著一頭毛驢、幾匹駿馬，三五個人靠著樹幹喝茶，是文質彬彬的儒士還是身裹鎧甲的將軍？是在唐宋，還是明清？無辨辯清。他們輕聲地說著什麼，透過春風，依稀聽見了兩個字——牡丹。

冊頁一　前世

據草木學者考證，古時候牡丹芍藥不分。芍藥有兩種，因為花瓣的相似，宿根如木，反正還沒有名字，大家就稱呼牡丹為木芍藥。再後來，木芍藥就成了牡丹，草芍藥才是現在意義上的芍藥。當年的牡丹又叫「將離」，是依依惜別的戀人以表思念之情的信物。《詩經》記載，在鄭國的上巳節上，「維士與女，伊其相謔，贈之以芍藥。」帥男與美女在調笑中贈之以芍藥，這裏的芍藥，專家說就是牡丹。

牡丹的起源，如果從《詩經》開始，算起來距今已有三千年的歷史了。秦漢時以藥用植物將牡丹記入《神農本草經》，牡丹進入藥物學；南北朝時，北齊楊子華畫牡丹，牡丹開始進入藝術領域；隋煬帝在洛陽建西苑，詔天下進奇石花卉，易州進牡丹二十箱，植於西苑，自此，牡丹進入皇家園林，涉足園藝學；到了唐代，關於牡丹的文學作品更是大量湧現。因為外形的好看，牡丹被奉為群芳之冠，集天地之精華，鍾山川之毓秀，宛如絕代之姝，牡丹遂成「獨立人間第一香」。

關於牡丹，武則天是繞不開的話題。

話說有年冬天，女皇興致大發，帶眾人到上苑飲酒賞雪。大雪初停，滿目銀枝玉花，在那白皚皚的雪堆裏，有點點妖嬈的火紅。仔細一看，原來是朵朵盛開的紅梅。這時有人說：「武后，梅花再好，畢竟是一花獨放。如果下道聖旨，讓這滿園百花齊開，豈不更稱心願嗎？」旁邊有人搖搖頭道：「如今嚴冬寒月，梅花開放正適時令。若讓百花齊放，需等來年春天。」

武則天聽罷，哈哈大笑，說：「春時花開，不足為奇。百花鬥雪競放，方合我的心意。」回到宮裏，酒興未消，令宮女拿來文房四寶，在白絹上寫了一首五言詩：明朝遊上苑，火速報春知；花須連夜放，莫待曉風吹。寫罷叫宮女拿到上苑焚燒，以報花神知曉。

故事說到這裏一分為二，有了兩個版本：

現實的題材是，宮中的太監宮女各色人等，連夜扎了許多絹花，綁縛在花枝上。武則天看後一笑而過，想自己昨日酒後失態，醒來後頗為後悔，索性順水推舟，找個台階下了。

傳奇的題材是，武則天的詔令焚燒後，嚇壞了百花仙子。大家趕快聚集一起，共同商量對策。除了牡丹仙子之外，許多花仙懼怕武則天心毒手很，不敢違抗，只得各自開花。

第二天武則天一覺醒來，宮女推門而入，欣喜地稟報：「萬歲，上苑的百花全開放了！」

武則天一聽大喜，來到上苑，舉目一望，滿園的桃花、李花、玉蘭、海棠、芙蓉、丁香全部開了，絢麗多彩，爭芳鬥豔。這時，滿朝文武百官都紛紛跑來觀看稀罕。武則天見花叢中唯有牡丹未放，怒火中燒。心想，這還了得！君言不從，我還如何臨朝執政？對著滿朝文武百官，也太失臉面了。越想越惱，破口大罵：「大膽牡丹！竟敢抗旨不開。放火焚燒，一株不留！」武士們馬上點柴引火，扔入牡丹叢中。牡丹仙子看著一片牡丹將毀於一旦，禁不住滴滴淚垂，悲憤萬分。

武則天怒氣未消，又下令將牡丹連根鏟除，貶出長安，扔到洛陽邙山，叫它斷種絕代。原來武則天常來洛陽，到過邙山，知道那裏溝壑交錯，偏僻淒涼，好叫牡丹受罪，以解她心頭之恨。武士們馬上揮起鐵鏟，把牡丹連根掘出，連夜送往洛陽，扔到了邙山嶺上。

這一下有分教：唯有牡丹真國色，花開時節驚洛陽。

冊頁二　唐朝

卻說武則天將牡丹移入洛陽，豈料一入新土，扎下根了，來年春天，滿山翠綠。邙山的人很早就喜歡牡丹，再說許多李唐舊民，痛恨武氏篡位，對牡丹的風骨大加贊賞，戶戶育植，連洛陽城內的人也紛紛跑來移栽。牡丹仙子見大家這樣喜愛牡丹，非常高興。

當真是人逢喜事精神爽，花遇知音格外紅。一到穀雨，洛陽的牡丹株株怒放，千姿百態。賞花人扶老攜幼，朝暮不斷。誰要是不喜歡牡丹，朋友都瞧不起你的，覺得這是十分可恥的行為。

宮廷裏面，每到春天，還要舉行以牡丹為主題的歌舞盛會。有一年，唐玄宗邀李白、李龜年，楊貴妃，高力士等人於沉香亭畔，欣賞育花名家宋單父培育的牡丹。精通音律唐玄宗親自指揮自己的梨園班子演奏音樂，李白奉命作出《清平調詞三首》，李龜年隨即吟唱，楊貴妃則弄影起舞……當真盛況空前。

那時候，許多文人墨客，春天一到，牡丹開了，他們要把書房移到花園的，在花下喝著小酒，來一場沒有筆墨的雅集。當然也會帶上幾冊書，茶具酒杯，文房四寶之類，或步行，或騎馬，或駕車，在洛陽城裏東尋西顧。

畫家在絹布上畫下牡丹的容顏，作家在詩歌裏寫下牡丹的精神。你說紅牡丹好看，我說黃牡丹優雅，你說黑牡丹沉靜，我說白牡丹淡然。據不完全統計，《全唐詩》中就收錄有五十多人一百多首吟詠牡丹的詩歌。

在寫牡丹的詩中，白居易那首《牡丹芳》的長詩是比較高明的，他把牡丹從單純的花圃中抽出來，結合紛繁美麗的意象，讓國色與霞光、燈海、樹木等大自然風物結合起來，運用多種藝術手法描摹牡丹。他還通過大膽的誇張，巧妙的擬人，把牡丹寫得十分美麗、百般妖嬈。當時有人看了這首詩，都說好像一腳踏入牡丹園中，眼底是牡丹的風姿神韻與活色生香。

白居易不僅寫牡丹，而且買牡丹、種牡丹、唱牡丹，還風雅地設了個牡丹詩社，把文人們聚集一起，飲酒、賞花、賦詩。他晚年隱居洛陽，死後葬在洛陽，與喜歡牡丹是有很大關係的。

白居易幼年到南方避亂，小小年紀就背井離鄉，隨後南北奔走，備嚐艱辛。入仕以後更是數次被貶，經歷極廣。他一直懷念三十多歲在洛陽當官時的情景，有山有水，還有名絕一時的牡丹。所以到了晚年，他便捨棄了一切，定居在洛陽，住在清幽的香山寺，放情山水，賞玩牡丹。

那時候的洛陽，水流在伊河裏，風吹過廬舍那大佛的臉龐，大佛微笑著，白馬寺的鍾聲遠遠出來，抒情歲月裏的高山流水和牡丹園中的絕代風華，讓滾滾紅塵中的芸芸眾生怦然心動。

到後來，遠遠近近很多人，他們通過前人的文字看見了牡丹，在丹青裏欣賞了牡丹，牡丹差不多就是心靈深處的一個知己了。自李唐來，世人甚愛牡丹，許多人不遠千里地趕到洛陽和它相會。

這時候，李白、王維、白居易已經不在了。後來的文化人只能在龍門的石窟前坐坐，到白居易的陵冢前站一站，再去牡丹園中看看，在心裏追憶逝水年華，背一些古往今來的句子，講幾段喜怒哀樂的心事。譬如許多宋代詩人。

冊頁三　宋代

宋代是一個文化特別活躍的時代，和唐人一樣，宋人也喜歡牡丹。宋代的洛陽已經有了牡丹花會，西京留守錢惟演愛花成癖，將牡丹設成屏帳，滿目皆花，公署後面還建了個牡丹園，十幾畝大，種了許多牡丹。花開時，下帖請梅堯臣、司馬光、邵雍這些大名士前來觀賞。

宋代的洛陽，牡丹花開時節，萬人空巷，爭相賞玩。農工商賈、漁樵耕讀在花間遨遊，在古寺、廢宅、池塘邊張起幄簾，賞花賞月賞美人，吃飯喝茶行酒令，或者約三五個朋友出城踏春。老百姓都暫時放下了農具，穿得整整齊齊的，「天下有九福，洛陽為花福」，牡丹的花期可萬萬不能錯過。

開文墨店的老板心滿意足，天天高高興興的，因為畫家和詩人紛紛繪牡丹、寫牡丹，筆墨紙硯賣得太好了，每天都有大筆進款。

洛陽的牡丹實在太美，談起花草，洛陽人眼裏便只有牡丹了。以至牡丹花開的時候，許多人玩得天黑都不知道回家，索性就在外面吃飯，以致飯店的酒都跟著漲價。

對於牡丹的態度，宋代人和唐朝人的態度空前一致，空前地樂此不疲。還是有那麼多人願意對牡丹歌之詠之，宣傳得最為賣力的當屬歐陽修，官洛三年中，專門撰有《洛陽牡丹記》。是記凡三篇，一曰花品，敘所列凡二十四種。二曰花釋名，述花名之所自來。三曰風俗記，首略敘遊宴及貢花，餘皆接植栽灌之事，文格古雅有法。《洛陽牡丹記》把中國各地的牡丹加以對比，得出洛陽者為天下第一的結論，「洛陽牡丹甲天下」自此流傳開來。

歐陽修不僅梳理牡丹的過去，講述牡丹的現狀，還關心牡丹的前景，經常在心裏感慨：這些爭奇鬥豔的牡丹啊，百年以後又會怎樣呢？那些新品種的牡丹越來越好看，只怕那時我老了，光景一年不如一年……

後來歐陽修去湖北宜昌作官，那年二月，所在的小城還有殘冬的景象，薄雪壓著枝條，樹丫上掛著沒有摘掉的橘子，晚上聽到大雁的啼叫，勾起無盡的鄉思。景物變遷，歐陽修想起在洛陽和牡丹廝守的情景，不免感歎光陰流逝，給朋友寫詩道：

> 春風疑不到天涯，二月山城未見花。殘雪壓枝猶有橘，凍雷驚筍欲抽芽。
> 夜聞歸雁生鄉思，病入新年感物華。曾是洛陽花下客，野芳雖晚不須嗟。

惆悵之情，溢出紙面，更有對洛陽牡丹的無限向往與自我安慰。

歐陽修的一生就這樣在輾轉、交友、寫詩、作文中悄然而去。但他一直忘不了洛陽的牡丹，忘不了在洛陽生活的日子。年少曾為洛陽客，眼明重見魏家紅。分明為相伴過洛陽牡丹而感到自豪的，透過那意氣風發的詩句，彷彿還能看見寫在詩人臉上的一絲滿足。

許多像歐陽修一樣衣袂飄飄的古人，他們通過文字、借助丹青，讓自己的精神也如牡丹花瓣一樣，散落人間，更影響了無數後人的詩風詞韻，一直延續著，連綿不絕，元朝，明朝……

這是洛陽牡丹帶給人間的一醉千年。

冊頁四　遺韻

到了清朝，梳大辮子，穿馬褂的學人，也非常喜歡牡丹，他們向往洛陽，躊躇滿志地在書房裏寫寫畫畫，做著枯燥的考證工作，偶爾寫點關於牡丹的詩句。看不見洛陽的牡丹沒關係，給牡丹畫題上一段手跋，配上首小詩，也是人生的一種寄託嘛。

只是清朝人的詩詞，怎麼努力也寫不過唐宋舊人。還是蒲松齡聰明，他索性在《聊齋志異》中虛構了兩個花仙，來滿足自己的牡丹情懷。香玉、絳雪二女姿態豔麗雙絕，碰到生人逃奔後，袖裙飄拂，香風洋溢。而香玉登場時，更是「素衣掩映花間」，五彩繽紛的百花襯托著純白的衣裳，這是白牡丹嬌柔純潔的表現。葛巾身上所發出的芳香，「近曳之，忽聞異香競體，即以手握玉碗而起，指膚軟膩，使人骨節欲酥」，「纖腰盈掬，吹氣如蘭。」《群芳譜》云：大凡紅白者多香，紫者香烈而欠清。《聊齋》中常大用軟香溫玉抱滿懷，完全是人臥花叢的感覺，也有紫牡丹富麗驚豔之美。

這幾乎就是不寫一詩的盡得風流，蒲松齡不愧大手筆。

冊頁五　今生

萬年的時光，日出日落；千年的牡丹，花開花謝。

如今，牡丹不僅僅開在花園，更開放在畫筆下，開放在瓷器上。

以牡丹花形入器，融入浮雕技術，這是當代藝術家的首創。

以牡丹為題材的書畫，更是以獨有的藝術價值、審美價值和豐富的內涵寓意，深受畫家的推崇與人民的喜愛。

毛筆在宣紙上厮磨，白的紙盛開著一朵朵鮮花，紅牡丹、黑牡丹、黃牡丹，以明致遠，如一片冰玉在心靈深處陶醉、迴盪……腦海中泛起王國維的詩：

摩羅西域竟時妝，東海櫻花侈國香。閱盡大千春世界，牡丹終古是花王。

有一年，在洛陽牡丹園旁邊的飯店，吃魴魚，喝不翻湯，窗外的牡丹，從遠古到唐宋元明清，國色天香……

西風禪話

我現在只有假日裏能出去走走。

一個人沒有工作，沒出息；一個人只有工作，更沒出息。誰若能在有和無之間左右逢源，即便是野草人生，也是花樣年華，這點我明白。平平淡淡，隨遇而安，又把我搞糊塗了，糊塗得莫名其妙。

大餐對我已缺乏誘惑，我貪婪於友情的溫暖。下酒之菜，鋪天蓋地，我滴酒不沾；觥籌交錯，盈耳盈目，我依舊滴酒不沾；在席間，心底竟有點悲哀。蓄著長髮，無志可明，又遠遠不及三千丈，這樣的長髮不要也罷，剪去吧，剪去吧。剪得去的是頭髮，剪不去的是緣愁，緣愁像蠶絲一樣，細細密密，既然理不清，索性快刀亂麻，痛快。不說大話了，寫篇小說：

很多年前的一個午夜，禪師走到西風洞前，有點累，想歇會，吐出一個深深綠綠的禪房。坐下休息時，寂寞卻襲上心頭，跟著又吐出一窪湖水，禪師有些興奮，他拄著藤杖，在湖邊散步，西風驟起，感到有些涼，於是回去睡覺，在禪房裏打呼嚕。

我在花亭湖畔西風禪寺的石階上行行走走，兩旁樹木森然，大石磊磊。有兩個磊，石磊在山野打坐，朋友世磊陪我遊玩，一時，禁不住胡思亂想。有個階段曾自製過一張名片，方塊紙上用宋體字寫道：

胡竹峰，又名胡思，字亂想，號八道下人。

以致看見大石上刻著「別一壺天」的楷書時，我竟固執地念成「天壺一別」。別一壺天，人云亦云，大俗。海嘯、地震，激素、經濟危機，你方唱罷我登場，一壺天者，亦非世外桃源，反正都是要散的，不如在天壺一別。

在壺形的湖邊，一壺深水，是離別輕碰的酒杯。擁抱，作揖，握手，揮揮衣袖，帶走一片友情。勸君飲下天壺水，西出陽關無故人。那時的場面，應該有月，有花的。月初升，花淺開。月慢慢升，像扁扁的芸豆掛在樹梢；花淺淺開，優雅地幻化成雲的模樣。

就這樣吧，各自珍重。

我到了山頂，坐在觀湖亭上，古人呵，你真有雅興。

古人造亭觀湖，生怕辜負了大好河山，今人鑽營拍馬，只求家財萬貫。古往今來，大好河山依舊河山大好，萬貫家財卻不知花落誰家。

觀湖亭上來觀湖，我朝山下望望，閑人在釣魚，老翁在湖岸緩緩步行，摩托艇掛著長長的水線，那些都不是最美的。

最美的是旁觀。遊湖需要坐遊，鳥瞰，也就是在高處坐看，時間越長越好。坐在亭子裏的長條椅上，我一邊瞻眺湖面，腦海中空空如也，沒有什麼可想的。登高不懷古，不憶舊，不長嘯，不低吟，這是我的性情，我極其滿足。如果非要把文章寫得高大威猛，每回見到山水，就說這是對靈魂與身體的雙重洗禮。無趣，無趣，你們那樣寫吧，我一筆跳過了。

有位禪師告訴我，禪不過是世俗生活的態度，去惡從善、由癡而智、由污染到清淨，進入心明清空的境界。那麼西風吹過，落木蕭蕭，便是西風禪吧。寺不要了，將和尚遣散，讓他們雲遊吧。斜吹的西風，吹醒埋伏在樹林中的禪意，到了傍晚，西風打散了木魚聲，湖水攪亂了暮鼓。這是時間深處的老到，夕照書頁，西風拂面。

後記

《水滸傳》有一百單八將，我出散文集，學施夫子編了一百單八篇文章。文章選好後，發現有些湊數。施耐庵那樣的大才，寫一百單八將，還讓許多人面目不清，性格不明，何況我輩耳哉。於是決定刪去一些作品，定為九十九篇，中國人說九九歸一，我讓九九歸一成本書。

但體例在先，本書所錄文章，我心目中還是把它們當成「豹子頭」林沖、「花和尚」魯智深、「青面獸」楊志、「小李廣」花榮，我喜歡每篇作品之間的不一。

這些文章皆屬少作，都是二十六歲前的作品，它們在大陸近百家報刊或開成專欄，或零星發表，感謝當初編發我作品的編輯。有幾篇文字，是我偏愛的幼子，一直藏於抽屜，不忍心他們在報刊上顛沛流離，這次結集，終於面世了，這個機會是出版社給的。

挺意外，近五年時間，寫了四百來篇各類題材的散文隨筆。編完這本書，通讀幾遍，作了些增刪工作，主要是刪。

這些年，除了工作外，大部分時間，我都是一個人獨處。小時候，父親常年在外，母親忙於家務，無暇顧及我與弟弟，只好讓我們屋前屋後自尋樂趣。這為我培養了獨處的品質，年紀稍大，便能靜心在家讀書，每逢假期裏，更是獨閉小室、以書度日。

獨處慢慢成為一種習慣。我甚至可以什麼都不做，一個人在床上仰臥著，靜靜地躺半天。我家廂房牆壁刷有白色的石灰，屋頂滲雨，牆面有雨水漫漶的痕跡，那淺淡的褐色常能引人聯想。這一塊公雞形狀的像中國地圖，那一塊像桑葉，這邊一點就像雲霞，看著看著，彷彿從什麼地方傳來了森林的潮氣，似乎還有落葉的黴味……屋子裏很靜，靜得可以聽見牆上石英鐘指針嚓嚓的聲音。那種緩慢的節奏，彷彿兩個慢性子的人欣賞一幀發黃的古畫，小心地一點點打開掛軸，畫面上出現了落霞孤鷺，水天一色的景象。

在小屋幽暗的天光裏，我會想一些事。情緒的語言漂浮在空氣中，它們流動、漂浮、漫溢、讓心裏暖和安定。這樣的經歷，以致我在寫作時，經常自說自話。

喜歡有和無的狀態，故借空杯二字結集。這些年，最滿意的散文隨筆，幾乎全在這本小冊子裏。春暖秋涼，夏熱冬寒，山虛水深，萬籟蕭蕭，歲月這樣過去，真的很好。

我以前沒出過集子。

是為後記。

二〇一〇年八月六日，鄭州，木禾居。

謝謝老車先生作序，宗子兄的前言，郁嵐女史題簽，他們是調料，讓我這些家常菜一般的文字有了更好的滋味。更要感謝千惠，作為本書責編，她的敬業精神令人感動，是她的努力，家常菜看上去竟然也可以冒充大餐了。二〇一〇年十月二十日二校畢記，仍在鄭州木禾居小舍內，窗外秋風蕭瑟，室內燈火融融。

胡竹峰

語言文學類　PG0466

空杯集

作　　者／胡竹峰
主　　編／蔡登山
責任編輯／林千惠
圖文排版／蔡瑋中
封面設計／蕭玉蘋

發 行 人／宋政坤
法律顧問／毛國樑　律師
印製出版／秀威資訊科技股份有限公司
114台北市內湖區瑞光路76巷65號1樓
電話：+886-2-2796-3638　傳真：+886-2-2796-1377
http://www.showwe.com.tw
劃撥帳號／19563868　戶名：秀威資訊科技股份有限公司
讀者服務信箱：service@showwe.com.tw
展售門市／國家書店（松江門市）
104台北市中山區松江路209號1樓
電話：+886-2-2518-0207　傳真：+886-2-2518-0778
網路訂購／秀威網路書店：http://www.bodbooks.tw
國家網路書店：http://www.govbooks.com.tw
圖書經銷／紅螞蟻圖書有限公司
114台北市內湖區舊宗路二段121巷28、32號4樓
電話：+886-2-2795-3656　傳真：+886-2-2795-4100

2010年12月BOD一版
定價：330元

國家圖書館出版品預行編目

空杯集 / 胡竹峰著. -- 一版. -- 臺北市 : 秀威資訊科技,
2010.12
面； 公分. --（語言文學類 ; PG0466）
BOD版
ISBN 978-986-221-629-3（平裝）

855　　99019377

讀者回函卡

感謝您購買本書，為提升服務品質，請填妥以下資料，將讀者回函卡直接寄回或傳真本公司，收到您的寶貴意見後，我們會收藏記錄及檢討，謝謝！
如您需要了解本公司最新出版書目、購書優惠或企劃活動，歡迎您上網查詢或下載相關資料：http:// www.showwe.com.tw

您購買的書名：________________________

出生日期：________年________月________日

學歷：□高中（含）以下　□大專　□研究所（含）以上

職業：□製造業　□金融業　□資訊業　□軍警　□傳播業　□自由業
　　　□服務業　□公務員　□教職　□學生　□家管　□其它____

購書地點：□網路書店　□實體書店　□書展　□郵購　□贈閱　□其他

您從何得知本書的消息？

□網路書店　□實體書店　□網路搜尋　□電子報　□書訊　□雜誌
□傳播媒體　□親友推薦　□網站推薦　□部落格　□其他________

您對本書的評價：（請填代號　1.非常滿意　2.滿意　3.尚可　4.再改進）

封面設計____　版面編排____　內容____　文／譯筆____　價格____

讀完書後您覺得：

□很有收穫　□有收穫　□收穫不多　□沒收穫

對我們的建議：________________________

請貼
郵票

11466
台北市內湖區瑞光路 76 巷 65 號 1 樓
秀威資訊科技股份有限公司 收
BOD 數位出版事業部

（請沿線對折寄回，謝謝！）

姓　　名：＿＿＿＿＿＿＿　年齡：＿＿＿＿　性別：□女　□男

郵遞區號：□□□□□

地　　址：＿＿＿＿＿＿＿＿＿＿＿＿＿＿

聯絡電話：(日)＿＿＿＿＿＿＿＿(夜)＿＿＿＿＿＿＿＿

E-mail：＿＿＿＿＿＿＿＿＿＿＿＿＿＿